**Texte und Materialien zum Literaturunterricht**



Herausgegeben von Hubert Ivo, Valentin Merkelbach und Hans Thiel

# Werbung

Materialien für den Deutschunterricht und die Gesellschaftslehre

Herausgegeben von Rolf Günther

**Verlag Moritz Diesterweg**

Frankfurt am Main · Berlin · München

6215

ISBN 3-425-06215-8

1. Auflage



Umschlaggestaltung: Hetty Krist-Schulz, Frankfurt am Main
Satz: G. Appl, Wemding
Offsetdruck: aprinta, Wemding
Bindearbeiten: Münchner Industriebuchbinderei

## *Inhalt*

# Vorbemerkung

Werbung ist mittlerweile ein anerkannter Unterrichtsgegenstand des Deutsch-, Kunst- und Sozial- bzw. Gemeinschaftskundeunterrichts. Die Fächergrenzen markieren dabei in der Regel, welche Fragen im Zusammenhang mit einem solchen Themenstichwort angegangen werden können und welche auszuklammern sind: ökonomische gehören in die Sozialkunde; wenn es um die Beschreibung der Mittel geht, kommen der Kunst- oder der Deutschunterricht zum Zuge, je nachdem, ob die Mittel visueller oder sprachlicher Natur sind. So wird im fachbezogenen Denken gegenüber einem Gegenstand aus dem unmittelbaren sozialen Erfahrungsbereich der Schüler scheinbar der Anspruch von Progressivität gewahrt und zugleich zu Grabe getragen:

„Die Ersetzung des Lernens in Lebenssituationen durch ritualisiertes Lernen in artifiziellen Schulsituationen gliedert die Gehalte des Weltverständnisses auf, isoliert sie und zerstört damit ihren vorherigen Sinnzusammenhang [. . .]“[1]

Diese Praxis der Isolierung von Zusammengehörigem findet sich auch weitgehend in verschiedenen Lernmitteln, wenn Werbung als Lerngegenstand angeboten wird. Die Fragestellungen: wie Werbung in den verschiedenen Sprach- und Lesebüchern erscheint, was dabei ausgespart ist, welche Urteile über Werbung nahegelegt werden, aus welchem Argumentationszusammenhang diese Urteile kommen, führen zu dem Ergebnis, daß der Zusammenhang zwischen den Erscheinungsformen der Werbung und den sozio-ökonomischen Funktionen, die sie erfüllt, meist ignoriert wird.[2] Damit wird aber ein angemessenes Verständnis des Lerngegenstandes Werbung geradezu verhindert. Die Einengung auf den phänomenologischen Aspekt isoliert die Frage: „Wie wird Werbung gemacht?“ aus dem Kontext: „Warum wird Werbung gerade so gemacht?“ Der Kontext aber entscheidet über das „Wie?“. Deshalb muß die Frage nach den verwendeten Mitteln funktional werden für die Frage nach dem „Warum?“, wenn das Lernen am Gegenstand Werbung nicht beschränkt werden soll auf die Beschreibung und Auflistung von Oberflächenphänomenen. Dabei ist es

[1] *Peter Fürstenau*, Zur Psychoanalyse der Schule als Institution. In: Das Argument 29, Mai 1964, S. 72.

[2] Vgl. *Valentin Merkelbach*, Medien für den Deutschunterricht. In: Ivo/Merkelbach, Abschied vom klassischen Schulfach, z.B.: Deutsch. Heidelberg 1972, S. 109ff.

sicher im konkreten Fall von der Lernsituation der Gruppe abhängig zu machen, wie weit z.B. der ökonomische Aspekt verfolgt wird; wesentlich ist aber in diesem Zusammenhang, daß die Frage nach der nötigen Basisinformation nicht ausgeklammert wird. Eine solche didaktische Konzeption kann zu einem fächerübergreifenden Unterrichtsvorhaben (projektorientierter Unterricht) führen, kann aber auch in einer fachbezogenen Unterrichtseinheit realisiert werden; das setzt voraus, daß das kommunikationsdidaktische Konzept von Deutschunterricht ernst genommen wird: Erscheinungsformen von Sprache werden nicht aus ihrem Zusammenhang isoliert, sondern werden in ihrem jeweiligen Kontext als Bestandteil realer Kommunikationsvorgänge und damit gesellschaftlicher Prozesse interpretiert.

Das vorliegende Heft verzichtet, von wenigen Ausnahmen (Kapiteleinleitungen) abgesehen, auf den Abdruck von Original-Werbematerialien (Anzeigen, Plakate usw.), soweit sie nicht zum Verständnis eines Textes notwendig sind, denn die Auswahl wäre zu sehr von der Zufälligkeit des Erscheinungszeitpunktes abhängig. Es liefert Texte, die für die Analyse von Erscheinungsformen der Werbung auf der phänomenologischen Ebene hilfreich sind und die darüberhinaus ein theoretisches Verständnis der Funktionen von Werbung im gesellschaftlichen Zusammenhang ermöglichen: es versteht sich als ein Arbeitsmittel, aus dem das theoretische Rüstzeug für die Bewältigung und Überprüfung konkreter Aufgaben entnommen werden kann. Die Auswahl war dabei bestimmt von dem Gesichtspunkt, Autoren aus der Werbepraxis und Werbekritiker von verschiedenen theoretischen Ansätzen zu Wort kommen zu lassen. Es wird Aufgabe eines kritischen Unterrichts sein, daß Lehrer und Schüler zu einer fundierten Meinungsbildung gelangen. Dazu werden in dem Heft zwei Hilfen angeboten:

1. Die Anordnung der Texte unter den drei Aspekten „Kommunikation", „Psychologie" und „Ökonomie". Dahinter verbirgt sich keine auch irgendwie geartete Systematik, sondern die Anordnung ist als einfache Strukturierungs- und damit Lesehilfe gedacht, die im Grunde dem jeweiligen Denk- und Argumentationsansatz der Autoren folgt. Auf der didaktischen Ebene soll dies an möglichen vorrangigen Fragestellungen zu „Krawattenmuffel"-Anzeigen deutlich werden. Dabei ist wichtig, daß die einzelnen Fragen zwar von einer bestimmten Perspektive ausgehen können, aber bald eine Trennung der Perspektiven künstlich wird und inhaltliche Überschneidungen geradezu notwendig werden.
2. Eine weitere Lese- und Orientierungshilfe sollen die „Tendenzsätze"

sein, die aus den jeweiligen Texten ausgewählt und ihnen vorangestellt sind. Sie sollen, im Anschluß an Verfahrensweisen kommentierender Bibliographien, helfen, daß in die Verständigungsprozesse in der Lerngruppe auch Standpunkte von Autoren argumentativ einbezogen werden können, deren Texte nicht einer genaueren Analyse unterzogen wurden. Zugleich können die „Tendenzsätze" Anlaß sein, zu diskutieren, ob und warum die Lerngruppe inhaltlich andere oder gleiche Verständigungsschwerpunkte setzen würde. Damit werden die Auswahlkriterien des Herausgebers zur Disposition gestellt und ein kritischer Umgang mit dem Text-Band gesichert.

Die Zugänglichkeit und Verständlichkeit der Texte ist für Schüler verschiedener Lerngruppen sehr unterschiedlich und teilweise schwierig. Es wird dabei viel von der Erarbeitung von Werbematerialien (Anzeigen, Plakaten usw.) abhängen, inwieweit die Schüler einen Kontext haben, in dem auch im Sinne eines ersten Verständnisses schwer zugängliche Texte kritisch verfügbar werden. Dies gelingt sicher bei mehr Texten, als es auf den ersten Blick erscheint – es muß einfach in Rechnung gestellt werden, daß Schüler nicht die eigentlichen Adressaten solcher Texte sind. Innerhalb der inhaltlichen Aufgliederung in die einzelnen Aspekte gibt es aus der Sicht des Herausgebers Texte, die die jeweilige Perspektive schwerpunktartig verdeutlichen können:

z. B. Aspekt: *Kommunikation:* Verständnis und Interpretation des Kommunikationsbegriffs und damit inhaltliche Einschätzung der Kommunikationsvorgänge in der Werbung (Teigeler – Haseloff – Klotz);
z. B. Aspekt: *Psychologie:* Einschätzung des Konsumenten (Direct Mail, Frauen-Typologie – Packard, Horn);
z. B. Aspekt: *Ökonomie:* Einschätzung der ökonomischen und sozialen Funktion von Werbung (Galbraith – Reeves – Hofmann – Horn; zum Tausch-Begriff: Kaufmann – Haug).

Die Worterklärungen am Ende des Bandes können eine weitere Orientierungshilfe für den Leser sein. Auch sie sollten mit der gebotenen Vorsicht als Hilfsmittel benutzt werden, denn die präzise Bedeutung der einzelnen Begriffe kann nur aus der Verwendung im speziellen Kontext ermittelt werden; dafür allerdings kann die Formulierung der abstrakten Bedeutung in dem Nachschlageteil Hilfe geben.

# „Paapaa- die sagen, Du bist ein Krawatten-Muffel!"

Bleiben Sie ruhig. Lächeln Sie.
Führen Sie den Sohn zum Kleiderschrank, zeigen Sie ihm, daß Sie zu jedem Anzug zwei, drei passende Krawatten haben.

Sagen Sie ihm, daß ein rechter Mann nie die von gestern umbindet – ab jetzt kann ja Ihr Sohn mit darauf aufpassen.
Versprechen Sie ihm zum Geburtstag selber eine, und dann schicken Sie ihn wieder spielen.

Halt – zeigen Sie ihm vorher, wie man jemand in den „Schwitzkasten" nimmt.

1. Auf welche Weise und in welcher Form stellt die „Krawattenmuffel"-Anzeige Kommunikation her?
2. Welche Rolle spielen dabei
   – die typographische Anordnung von Text, Überschrift und Bild;
   – wie sind die die inhaltlichen Bezüge zwischen Text, Überschrift und Bild zu beschreiben?
3. Was ergibt sich daraus für die Einschätzung der Kommunikationssituation?
4. Welche Informationen liefert die Anzeige und welche liefert sie nicht?
5. Welche Zielgruppe ist angesprochen? Woran kann man sie erkennen?
6. Wie direkt oder wie vermittelt ist der Aufforderungscharakter dieser Werbenachricht?
7. Welche Assoziationen löst die Anzeige aus, und in welchem Zusammenhang stehen sie zu den Informationen über die Ware, für die geworben wird?

## Karl Christian Behrens: Werbung und Verbraucher

*„Der Unternehmer treibt Werbung, d. h. er wendet aktive Verkaufskosten auf, weil er davon einen Nutzen für sich selbst erwartet durch Mehrerlöse infolge steigender Absatzmenge oder höherer Preise."*

Über die Werbung gibt es viele Aussagen, positive und negative. Ihre wirtschaftliche Bedeutung, auch im Interesse des Verbrauchers, ist unbestritten. Auswüchse, Übertreibungen oder gar Irreführung werden mit Recht verurteilt.

Warum sind, um nur einige Beispiele zu nennen, Charterflüge, Gemeinschaftsreisen in Bus oder Bahn billiger als Einzelreisen? Weil mit Hilfe von Werbung, die eine günstige Gelegenheit angekündigt hat, jeder Platz besetzt sein kann und nicht leere Sitze die Unkosten erhöhen.

Warum können echte Sonderangebote preiswert abgegeben werden? Der schnelle Umsatz einer hohen Stückzahl senkt den Preis. Die Maschine produziert mit vollem Nutzen. Lagerkosten werden gespart, auch die Zinsen für investiertes Geld. Ohne Werbung wüßte der Kunde nichts davon.

Sehr kritisch ist Werbung mit allzu großen Versprechungen zu beurteilen, z.B. für das Traumhaus unter ewiger Sonne (für beinahe gar kein Geld!), für Schönheit, Bequemlichkeit und das, was in der Fachsprache Geltungsnutzen heißt. Nicht minder unerfreulich ist die Spekulation mit der Angst und dem Versagen im Umgang mit anderen Menschen (Mangel an körperlicher oder geistiger Frische, an Attraktivität, an Selbstbewußtsein usw.). Die Werbeaufwendungen für Kosmetika sind sehr hoch, sicher höher als dies für gute Körperpflege nötig wäre.

Der Geltungsnutzen einer Ware bietet besonders leicht den Ansatzpunkt für die der Werbung oft vorgeworfene Manipulation des Käufers. „Man" muß Wasch- und/oder Spülmaschine, Abendkleid, Pelzmantel, Zweitwohnung, Zweitauto, teure Weine, neue Polstermöbel haben, nicht, weil man sie dringend braucht, sondern um etwas zu gelten.

Das Angebot von arbeitsparenden Geräten (kein Wort gegen sie, wo richtig am Platz!) wird in der Werbung mit der Verlockung zum völlig veränderten Lebensstil verbunden, für den der Liegestuhl auf sonniger Terrasse zum Wunschbild wird, aus dem gerade junge Menschen oft unerfüllbare Ansprüche für die erste Einrichtung ableiten. Ein Berg drükkender Abzahlungsverpflichtungen entsteht.

„... Trifft es zu, daß die Werbung die Waren unnötig verteuert? Wäre es für den Verbraucher nicht besser, wenn der Unternehmer das in der Werbung investierte Kapital zur Verbilligung seiner Dienstleistungen verwendete?..."

Dieses Argument läßt die wirtschaftlichen Grundtatbestände außer acht. Produktion und Absatz funktionieren nicht von selbst. Die Werbung bildet ein für den Unternehmer und den Verbraucher unentbehrliches Hilfsmittel. Dem Unternehmer dient sie als Instrument, die Produktion abzusetzen, in Gang zu halten und zu erweitern, dem Verbraucher ist sie eine Orientierungshilfe bei seinen Wahlentscheidungen. Solange der Verbraucher selbst entscheidet, wie er sein Geld ausgeben will, kann er auf Werbung nicht verzichten ...

... die trotz Werbung noch mangelhafte Markttransparenz ginge verloren; die Verbraucher würden nicht wissen, wo sie bestimmte Waren bekommen könnten. ... Die Suche nach den gewünschten Gütern würde Zeit und Geld kosten.

Der Unternehmer treibt Werbung, d. h. er wendet aktive Verkaufskosten auf, weil er davon einen Nutzen für sich selbst erwartet durch Mehrerlöse infolge steigender Absatzmenge oder höherer Preise. Er versucht, seine Ziele durch Beeinflussung zu realisieren und denkt dabei an den Fortbestand seines Unternehmens, angemessenen Gewinn u. ä. Der Nutzen für den Verbraucher ist nicht das ursprüngliche und beherrschende Ziel der Werbungtreibenden; der Verbrauchernutzen ist vielmehr eine Nebenwirkung der Werbung. Es hat keinen Sinn, die Augen vor dieser Tatsache zu verschließen. [...]

Was kann gegen Täuschung und Verletzung des guten Geschmacks unternommen werden? In Deutschland bestehen zwar gesetzliche Bestimmungen, aber sie reichen erfahrungsgemäß nicht aus, alle Mißbräuche zu verhindern. Sie sollten vielmehr durch ethische Normen ergänzt werden, denen sich die an der Durchführung der Werbung beteiligten Kreise freiwillig unterwerfen müßten. Eine „soziale Marktwirtschaft“ verlangt eine maßvolle ethische Grundhaltung aller Beteiligten . . .

Die Anforderungen an eine verantwortungsbewußte Werbung basieren auf folgenden Kerngedanken:

- Die Werbung soll den Umworbenen zweckmäßig unterrichten.
- Der Verbraucher darf nicht irregeführt werden, also keine Angaben, die das Unwissen, die Leichtgläubigkeit oder gar den Aberglauben der Umworbenen ausnutzen und keine pseudowissenschaftlichen Behauptungen.
- Fragwürdig sind tiefenpsychologische Verfahren, bei denen die Werbung versucht, sich unter Umgehung der Bewußtseinssphäre direkt an die Wunsch- und Triebkräfte des Umworbenen zu wenden.
- Die Werbung soll sich keiner unästhetischen Mittel bedienen; . . . sie soll vielmehr zur Ausbildung des guten Geschmacks beitragen.
- Schließlich darf die Werbung den Verbraucher nicht zum Kauf minderwertiger, nutzloser oder schädlicher Waren verleiten.

Der Verbraucher verlangt verläßliche Information, Wahrheit und Klarheit.

## Wirtschaftswoche 50/1972: Verbraucherforum (Ist Werbung ersetzbar?)

Erstmals kamen in der Bundesrepublik Verbraucher-„Anwälte“ und Werbepraktiker an einen Tisch, um über Manipulation durch Werbung und Verbraucherschutz zu diskutieren. Eingeladen hatte die Werbeagentur Foote, Cone & Belding, eine der international führenden Agenturen. Wichtige Streitpunkte zeigen die folgenden Auszüge aus der Diskussion unter dem Motto: „Ist Werbung ersetzbar?“

### *Lucie Kurlbaum-Beyer[1]: Öffentliche Meinung mobilisieren*

Aus volkswirtschaftlicher und betriebswirtschaftlicher Sicht braucht die heutige Wirtschaftsordnung die Werbung. Aber man muß auch die Belan-

[1] Lucie Kurlbaum-Beyer ist Vorsitzende des Bundesausschusses für volkswirtschaftliche Aufklärung e. V. und Vorstandsvorsitzende der Stiftung Warentest, Berlin und Bonn.

ge des Verbrauchers sehen. Wenn ich jedoch heute weite Teile der Werbung ansehe, dann werden diese Belange oft vernachlässigt, z.T. sogar verletzt.

Ich verstehe nicht, daß man z.B. bei der Zigaretten- und Schnapswerbung junge, gesunde, strahlende Menschen darstellt, wo doch jeder weiß, daß ein Überkonsum auf diesem Gebiet eine große Gefährdung für die Gesundheit bedeutet.

Ich habe auch wenig Verständnis, wenn in einem Werbebericht von 1970 empfohlen wird, daß im Hinblick auf die steigende Kauflust der Jugendlichen und das ihnen zur Verfügung stehende Geld eine hartnäckige Aufklärungsarbeit auch in die Schulen hineingetragen werden sollte.

Wenn Sie mich nun fragen, wie soll die Werbung aussehen, so möchte ich sagen: Sie sollte hilfreicher für den Verbraucher sein, sie sollte mehr Informationen über den Gebrauchswert geben.

Die Frage ist, ob die werbende Wirtschaft in der Lage ist, die Mängel selbst zu beheben. Ich bezweifle dies aufgrund der bislang vorliegenden Erfahrungen. Es müßte vielmehr ein heilsamer Druck durch Aufsichtsgremien entstehen. Ein heilsamer Druck, damit meine ich eine gewisse Mobilisierung der öffentlichen Meinung.

## *Henri Estingoy[2]: Verfälschter Wahrheitsgehalt*

Was sind die Stärken der Werbung, ihre Vorzüge? Sie ist ein Motor des Fortschritts und wirkt schöpferisch, indem sie dem Verbraucher die Auswahl zwischen konkurrierenden Erzeugnissen ermöglicht. Sie macht ihn damit unabhängig, wie es der wirtschaftlichen und politischen Freiheit entspricht. Denn wenn man die Auswahlmöglichkeit im wirtschaftlichen Bereich nicht hat, beeinträchtigt das auch die Freiheit im politischen Bereich.

Was sind ihre Schwächen? Ihre Schwächen bestehen oftmals darin, daß sie Gefahr läuft, auf dem Verarbeitungsweg der Information den Wahrheitsgehalt zu verfälschen, so daß zwischen der Werbebotschaft und den tatsächlichen Eigenschaften des Produktes oder der Dienstleistung eine Diskrepanz entsteht. Solche dem Produkt fälschlich zugeschriebenen Eigenschaften sind besonders dann gefährlich, wenn die menschliche Gesundheit im Spiele ist.

[2] Henri Estingoy ist Direktor des „Institut National de la Consommation" (= „Nationales Institut für Verbraucherfragen"), Paris.

Kann nun die Werbung dem Verbraucher gegenüber ihre Rolle verbessern? Das kann sie, indem sie sich eine gewisse Disziplin auferlegt.

Solche Bemühungen sind mir aus England bekannt. Auch die Werbeleute in den USA scheinen begriffen zu haben, daß es letzten Endes wirkungsvoller ist, dem Verbraucher Angaben und Informationen über die tatsächlich dem Erzeugnis innewohnenden Eigenschaften zu geben, als in ihm übertriebene oder traumhafte Vorstellungen zu wecken. Es dürfte günstiger sein, ein ehrliches Bild zu geben, als wenn sich der einzelne von der Werbung hinters Licht geführt sieht.

Es kann nicht Aufgabe der Werbung sein, die Verbraucher zu schulen und zu schützen. Dazu sind andere Institutionen da, die nicht auf Gewinnbasis arbeiten. Deren Aufgabe ist es, dem Verbraucher soviel Rückenstärkung zu geben, daß er zum Partner in der Wirtschaft wird und nicht nur zum Spielball der Produzenten.

### *Leon Klein[3]: Werbung ist keine Information*

Der Nutzen der Werbung für die Wirtschaft ist klar. Wie steht es aber um ihren Nutzen für den Verbraucher? Ich meine, daß die Werbung dem Verbraucher zwar eine Anzahl nützlicher Informationen gibt. Wenn man aber für Informationen etwas strengere Maßstäbe anlegt, dann sollte Information alles über ein Produkt aussagen. Insofern ist Werbung natürlich keine Information, sondern eine Verkaufstechnik.

Nun zur Frage: Was sind ihre Stärken und was ihre Schwächen? Bei den Schwächen geht es zuerst um die trügerische Werbung. Hier gibt es allerdings durch viele Gesetze schon Gegenmaßnahmen.

Aber das Problem geht natürlich über die trügerische Werbung hinaus. Es stellt sich die Frage: Was für eine Gesellschaft wollen wir? Eine Konsumgesellschaft, also eine Käufergesellschaft, eine Gesellschaft, in der die Werbung Motor und Ausdruck ist? Oder ist es nicht auch so, daß der Verbraucher als Mensch gewisse Forderungen zu stellen hat, z. B. an gewisse kollektive Konsumgüter kultureller Art, sozialer Art.

Da kann man sich natürlich fragen, wenn die Mittel nicht ausreichen, hier gewisse Investitionen zu tätigen, ob da nicht ein schweres Problem für unsere Gesellschaft liegt. Denken wir daran, daß selbst in Deutschland, wo sich gerade in den letzten Jahren auf dem Gebiet der Verbraucherbewe-

[3] Leon Klein ist Leiter des Dienstes für Verbraucherfragen der Kommission der Europäischen Gemeinschaften, Brüssel.

gung vieles getan hat, die Werbeausgaben im Vergleich zu den Informationsausgaben für den Verbraucher im Verhältnis 1 : 1000 stehen.

### *John E. O'Toole*[4]*: Beleidigung der Intelligenz*

Die Werbung ersetzt heute den persönlichen Verkäufer, den es früher gab – im Lebensmittelgeschäft oder im Gemischtwarenhandel. Der Käufer braucht also eine zusätzliche Informationsquelle.

Das ist die Rolle der Werbung: Informationen zu vermitteln. Der Unterschied, der herausgearbeitet werden muß, ist der Unterschied in der Qualität der Information.

Ich will nicht näher auf die Stärken der Werbung eingehen, die sind oft genug behandelt worden. Ich möchte über ihre Schwächen sprechen.

Das sind vor allem historische Auswüchse und Mißbräuche dem Verbraucher gegenüber. Ich meine, daß es unsere Pflicht ist, so genau wie möglich auf den Verbraucher zu hören. Das liegt in unserem Interesse.

Es gibt Werbung, die nicht dem Wandel des Verbrauchers selbst und seinen Lebensverhältnissen Rechnung getragen hat, und das ist möglicherweise überhaupt die größte Fehlerquelle. Der Verbraucher ist heute besser ausgebildet, kultivierter, und deshalb können wir heute nicht mehr die Art von Werbung weiter machen, die in der Vergangenheit Erfolg gehabt haben mag. Heute betrachten wir manche Dinge als eine Beleidigung der Intelligenz und des guten Geschmacks der Verbraucher.

Nächste Frage: Sollte Werbung im Umfang und in der Aussage eingeschränkt werden? Im gewissen Sinne ja, aber sie wird bereits eingeschränkt. Einschränkungen in der Aussage bestehen heute bereits.

Sollte sie auch im Umfang eingeschränkt werden? Ich weiß nicht so recht. Ich halte nichts von einer Zensur. Ich glaube aber wohl, daß eine neue Art und Weise, Werbesendungen im Fernsehen zu präsentieren, für die USA übernommen werden sollte, weil wir sonst ein Übermaß an Antipathien gegenüber der Fernsehwerbung erzeugen, die ihre Wirkung beeinträchtigen würden.

[4] John E. O'Toole ist Präsident der FCB (= Werbeagentur Foote Cone & Belding) Communications, Inc., New York.

*Brian Mac Cabe[5]: Fast immer parteiisch*

Kann die Werbung besser für den Verbraucher arbeiten, als sie es heute tut, und wenn ja, wie? Meine Antwort darauf ist ja. Sie kann besser arbeiten, als sie es heute tut.

Werbung ist ein Versprechen. Und dieses Versprechen muß den Leuten erklärt werden, in einer Art, daß die speziell angesprochene Gruppe es attraktiv und interessant findet. Das hat nicht nur einen ethischen Grund, sondern es bedeutet gute und wirkungsvolle Werbung.

Die zweite Frage lautet: Ist Werbung einseitig, und dient sie nur der Industrie und nicht dem Verbraucher? Wenn für ein Produkt Werbung gemacht werden soll, und wenn es auf die Dauer erfolgreich verkauft werden soll, muß sie ein Bedürfnis des Verbrauchers oder einen Verbraucherwunsch erfüllen – das ist nicht dasselbe.

Werbung ist also sicher nicht einseitig. Sie ist sicher und meistens parteiisch. Sie kann allerdings nach beiden Seiten parteiisch sein.

Wenn für ein Produkt geworben wird, dann ist die Werbung parteiisch für den Werbungtreibenden, weil er dafür bezahlt. Und er bezahlt die Werbung, weil sie seinem Interesse dient.

Aber Sie haben z.B. hier in Deutschland Werbekampagnen, die auch außerordentlich parteiisch im Interesse der Verbraucher sind. Sie haben Werbekampagnen für Verkehrssicherheit, für die Häftlingsfürsorge, für die Altenfürsorge, für Unfallverhütung zu Hause und in der Fabrik. In diesen Fällen profitiert der Verbraucher viel mehr, als es der Werbungstreibende tut.

Deshalb: Nein, die Werbung ist nicht einseitig. Sie ist parteiisch, sie versucht zu überzeugen, denn das ist ihre Aufgabe. Sie kann auch im Sinne des Verbrauchers parteiisch sein, ebenso wie sie es im Interesse der Werbungtreibenden sein kann.

*Eduard Grosse[6]: Ein Teil der Freiheit*

Werbung ist nicht ideal, so wenig wie unsere Gesellschaft ideal ist. Werbung ist ganz einfach die Verteilung von kommerziellen, politischen und ähnlichen Botschaften, die zu einer Handlung überzeugen sollen, von der Mitteilungsquelle hin zur Zielperson, das ist eine relativ neutrale Angelegenheit.

[5] Brian Mac Cabe ist Vorstandsvorsitzender der FCB International, Inc., London.
[6] Eduard Grosse ist Senior-Vizepräsident der FCB International, Frankfurt.

Die Techniken, die den Mitteilungsquellen zur Verfügung stehen in dieser Massengesellschaft, sind die der modernen Massenkommunikation. Und sie sind ein Teil der Informationsexplosion, die sich seit 20 bis 30 Jahren in elektronischen und anderen Medien abspielt. Deshalb belästigen sie manchmal, und die Leute, die die Botschaften an die Gruppen bringen, müssen das in ihr Kalkül einbeziehen.

In den meisten europäischen Ländern, am stärksten jedoch im westlichen Teil von Deutschland, aber auch zunehmend stärker in den USA, gibt es genaue Spielregeln über das, was gesagt werden darf, und das was nicht gesagt werden darf – aus moralischen, ethischen, juristischen oder anderen Gründen.

Aber wenn ich jetzt versuche, die Frage zu beantworten: „Kann Werbung ersetzt werden?“, dann bezieht sich das natürlich nur auf die Werbung, wie wir sie heute kennen. Ich würde sagen ja! Sie muß sogar ersetzt werden. Und sie wird laufend ersetzt: durch verbesserte Werbung, die weniger einfach, oft auch weniger laut ist als die von gestern. Wenn wir die Werbung allerdings völlig ersetzen würden, d. h. die Kommunikation von kommerziellen Botschaften, würden wir einen Teil unserer Freiheit abschaffen.

## Otto Walter Haseloff: Über Wirkungsbedingungen politischer und werblicher Kommunikation

*„Jede Kommunikation ist nicht nur Informationsaustausch, sondern hat auch eine das Reaktionsverhalten der Empfänger steuernde Funktion.“*

In der Öffentlichkeit finden insbesondere zwei Formen der Kommunikation erhöhte Beachtung und sind demgemäß auch verstärkt der kritischen Diskussion ausgesetzt:
die politische Kommunikation, deren zentrales Ziel die Änderung oder Stabilisierung von Meinungen und Einstellungen zugunsten einer politischen oder gesellschaftlichen Interessengruppe ist, und
die werbliche Kommunikation wirtschaftlicher Unternehmen, die darauf abzielt, Meinungen und Konsumhaltungen bei den Adressaten aufzubauen, die den Absatz ihrer jeweiligen Produkte sichern oder erweitern. Diese beiden „Sozialtechniken“ sind heute Gegenstand einer ideologisch motivierten Kritik, der es um das Problem der „Zulässigkeit“ der Manipulation geht. Nachstehend soll nicht untersucht werden, wieweit der Vorwurf der

Manipulation aus einer kritischen, also empirisch-rationalen Analyse der Verhaltensweisen unter den Bedingungen der industriellen Großgesellschaft hervorgeht und wieweit er Ausdruck eines idealistischen und normbildenden Wunschdenkens ist, dem es um allseitig-optimale Entfaltung und Selbstverwirklichung geht.

Die aggressiven Verurteilungen dieser beiden Sozialtechniken verraten ein latentes, der kritischen Selbstreflektion meist weitgehend entzogenes Menschenbild, in dem die Majorität der Menschen der industriellen Gesellschaft als mit Leichtigkeit beeinflußbar und damit als extrem naiv, suggestibel und unintelligent abgewertet ist. Diese in der These von der mühelosen Manipulierbarkeit des Verhaltens vollzogene, unausgesprochene intellektuelle und moralische Abwertung des „mittleren Menschen" steht jedoch eindeutig im Widerspruch zu den Ergebnissen wissenschaftlicher Analyse der Reichweite und der Wirkungsbedingungen politischer und ökonomischer Werbung.

So kann gesagt werden: Die systematische Analyse der über Massenmedien verlaufenden Kommunikationsprozesse hat die eindeutige Unrichtigkeit der Annahme einer leicht zu erzielenden Verhaltensbeeinflussung oder Meinungssteuerung nachgewiesen. Die Bereitschaft zur ungeprüften Akzeptierung eines übervereinfachenden Modells der Beziehungen zwischen werblicher oder politischer Kommunikation und ihrer Wirkungen auf Meinung, Haltung und Entscheidung des Umworbenen manifestiert eine ideologisch motivierte Willenseinstellung, der wenig an der empirischen Klärung der hier wirksamen Gesetzlichkeiten gelegen ist.

Demgegenüber kann als empirisch gesichert gelten, daß alle über indirekte Kommunikation erzielbaren Wirkungen von hochkomplexen psychologischen und sozialen Bedingungen abhängen und von ihnen in jeweils spezifischer Weise begrenzt werden.

## *Kommunikation und Interaktion*

Die Ereignisabläufe, die sich zwischen Menschen (innerhalb oder außerhalb institutioneller Regelungen) vollziehen, haben entweder den Charakter der Interaktion oder denjenigen der Kommunikation. Dabei kann sich alles kooperative, kompetitive oder agonale Handeln, also jegliche Interaktion, nur verwirklichen, sofern ihr Kommunikationsprozesse vorausgehen und sie sodann begleiten: Wechselseitig aufeinander bezogenes Handeln zwischen Sozialpartnern ist nicht möglich ohne den Austausch von Zeichen, Signalen oder Symbolen.

Der Begriff „Kommunikation" faßt eine ganze Klasse von Ereignissen zusammen, die sich gemäß spezifischer Regeln zwischen „Zeichen-Aussendenden" und „Zeichen-Empfangenden" realisieren. Grundlegende Voraussetzung für das Zustandekommen kommunikativer Prozesse ist es, daß zwischen den Sozialpartnern ein hinreichender Konsensus über die Bedeutung der Zeichen besteht. Nur unter dieser Bedingung kann überhaupt ein verhaltensanweisender und -steuernder Austausch von Zeichen oder Nachrichten erfolgen.

Der Kommunikator („Sender") trifft hierzu aus dem Reportoire für ihn möglicher Nachrichten – seiner jeweiligen Zielsetzung entsprechend – eine Auswahl und übermittelt diese dem Kommunikanten („Empfänger"). Der wieder selegiert nun seinerseits die Antwort aus einer Vielzahl ihm möglicher Reaktionen. Dabei steht dieses Antwortverhalten auch bei einem gegenseitigen Mißverstehen in direkter Beziehung zur empfangenen Nachricht, so daß jede Kommunikation nicht nur Informationsaustausch ist, sondern auch eine das Reaktionsverhalten der Empfänger steuernde Funktion hat.

Der bedeutende Kommunikationsforscher Carl I. Hovland betont diesen Aspekt der wechselseitigen Einflußnahme als Grundfunktion jeder Zeichenübermittlung innerhalb sozialer Systeme. Damit ist „Kommunikation" als ein dynamisches Geschehen gekennzeichnet, bei dem Individuen Informationen mit dem Ziel übermitteln, andere Individuen zu beeinflussen.

Diese Beeinflussung kann den Charakter einer unmittelbaren, sofortige Wirkungen intendierenden Verhaltensanweisung und -lenkung haben, sie kann aber auch darauf gerichtet sein, das künftige Verhalten des Sozialpartners zielentsprechend zu verändern. Letzteres geschieht vor allem auf dem mittelbaren Wege der Erwartungs-, Meinungs- und Urteilslenfung.

Die Zielstellungen speziell politischer und/oder wirtschaftswerblicher Kommunikation decken sich mit den allgemeinen Grundfunktionen kommunikativer Prozesse: Bei den Adressaten sollen jeweils solche Einstellungen und Verhaltensweisen aufgebaut und stabilisiert werden, die mit den Intentionen des Kommunikators bzw. der von ihm repräsentierten Gruppe übereinstimmen. Die virtuelle oder faktische Position des Kommunikators oder „seiner" Gruppe in der politischen oder wirtschaftlichen Konkurrenzsituation soll hierdurch in vorteilhafter Weise verändert werden. Zumindest aber sollen Gegeneinstellungen des Kommunikanten gegenüber den eigenen Absichten und Zielstellungen verunsichert bzw. neutralisiert werden.

Voraussetzung für erfolgreiche Meinungs- und Verhaltensbildung aber ist es stets, daß überhaupt eine „tragfähige", die Grundbedingungen erfüllende Kommunikation zustande kommt.

## Hans Hörmann: Zeichen und Zeichenbenutzer

> *„Das Wesentliche des Zeichens liegt nicht in einer abstrakten oder idealen Sphäre, sondern in der Tatsache, daß das Zeichen verflochten ist in das Gewebe einer den Bereich der Sprache grundsätzlich überschreitenden Aktion, in das zielgerichtete Gesamtverhalten des Zeichenbenutzers."*

Notwendige Voraussetzung für die Existenz von Zeichen ist das *zielgerichtete Verhalten* des Zeichenbenutzers. Das Wesentliche des Zeichens liegt nicht in einer abstrakten oder idealen Sphäre, sondern in der Tatsache, daß das Zeichen verflochten ist in das Gewebe einer den Bereich der Sprache grundsätzlich überschreitenden Aktion, in das zielgerichtete Gesamtverhalten des Zeichenbenutzers.

Diese enge Verbindung zwischen Zeichen und Aktion sieht auch Wittgenstein; sein „Sprachspiel" ist „das Ganze: der Sprache und der Tätigkeiten, mit denen sie verwoben ist". Bei Bloomfield sind die *speech events* eingebettet zwischen *practical events.* Auch in der russischen Psychologie wird betont, daß der Anfang z.B. der kindlichen Sprache in der Handlung des Kindes liegt (so bei Wygotski).

Ein Zeichen hat Beziehungen in drei Dimensionen:

a) Die *syntaktische* Dimension verbindet es mit anderen Zeichen,
b) die *semantische* Dimension mit nichtsprachlichen Beständen und
c) die *pragmatische* Dimension mit den Menschen, die es benutzen.

Während bei Bühler ein Zeichen im Hinblick auf den Empfänger, d.h. als Signal, benutzt oder im Hinblick auf den Sender, d.h. als Symptom, analysiert werden *kann,* ist bei Morris die pragmatische Dimension nicht eine neben anderen, sondern für die Funktion des Zeichens überhaupt konstitutiv. „Gerade die intersubjektive Bedeutung der Zeichen eines Sprachsystems, mag immer sie in der Semantik unter Abstraktion von der konkreten Situation des Sprachgebrauchs behandelt werden, setzt zu ihrer Konstitution . . . die menschliche Erdeutung der Welt als Situation in der Verhaltenspraxis voraus" (Apel 1963). Umgekehrt ist Zeichenbenutzung *das* Merkmal, welches das menschliche von allem tierischen Verhalten unterscheidet. Zeichen sind sowohl die stärksten Bande, die Menschen geschmiedet haben, als auch die tauglichsten aller Instrumente zur Befreiung des Individuums und zu sozialem Aufbau.

## Die Internationalen Richtlinien für die Lauterkeit in der Werbung

Der lebhafte Austausch von Gedanken und Erfahrungen im Rahmen der Internationalen Handelskammer hat im Jahre 1937 zur Aufstellung eines „Internationalen Werbecodes" geführt, der 1949 erweitert und 1955 in Tokio wie folgt neu gefaßt wurde:

### *Internationale Richtlinien für die Lauterkeit in der Werbung*

(Code de Pratiques Loyales en Matière de Publicité)

Revidierte Fassung, angenommen durch den XV. Kongreß der Internationalen Handelskammer in Tokio, 1955.

*Einleitung*

Die Internationalen Richtlinien für die Lauterkeit in der Werbung wurden durch die internationale Handelskammer zur internationalen Beachtung aufgestellt, um etwaigen Mißbräuchen in der Werbung entgegenzuarbeiten und den Sinn für die Verantwortung zu schärfen, die alle mit der Werbung befaßten Kreise den Verbrauchern gegenüber haben.

Die Verantwortung für die Beachtung der Grundsätze, die in den Richtlinien niedergelegt sind, trägt:

a) der Werbungtreibende, für dessen Rechnung die Werbung erfolgt;
b) der Werbungtreibende und der Werbungschaffende, der die Werbung gestaltet;
c) der Werbungdurchführende oder der Werbungsmittler, der die Werbung veröffentlicht oder verbreitet.

Es wird von allen in diesen Gruppen tätigen Personen erwartet, daß sie innerhalb ihres Verantwortungsbereiches für die Beachtung dieser Regeln sorgen.

*Kapitel I*

## *Grundsätze lauterer Werbung gegenüber dem Verbraucher*

### *Grundlagen*

A. Die Werbung als ein Teil unseres Systems der freien Wirtschaft und der Warenverteilung, das den Bedürfnissen und der Wohlfahrt der Verbraucher dient, hat dem Verbraucher gegenüber eine soziale Verantwortung. Werbung ist ein wichtiges und rechtmäßiges Mittel des Verkäufers, um das Interesse für seine Erzeugnisse oder Dienstleistungen zu wecken. Hierbei können die Methoden des Verkäufers gegebenenfalls den berechtigten Interessen der Allgemeinheit entgegengesetzt sein. Wo immer ein Widerstreit der Interessen entsteht, soll das öffentliche Interesse in jedem Fall an erster Stelle stehen und geschützt werden.

B. Der Erfolg der Werbung beruht auf dem Vertrauen der Öffentlichkeit. Infolgedessen soll kein Verhalten erlaubt sein, das geeignet ist, das öffentliche Vertrauen zu untergraben.

### *Grundsätze*

1. Die Werbung soll so gestaltet sein, daß sie nicht nur mit den Gesetzen, sondern auch mit dem moralischen und ästhetischen Empfinden des Landes in Einklang steht, in dem sie durchgeführt wird.
2. Eine Werbung, die geeignet ist, das Ansehen der Werbung zu schädigen, soll nicht erlaubt sein. Sie soll nicht den Aberglauben oder die Leichtgläubigkeit ausnutzen.
3. Die Werbung soll wahr sein und Entstellungen von Tatsachen und Irreführungen durch falsche Angaben oder Auslassungen vermeiden. Sie soll den Verbraucher z. B. nicht irreführen hinsichtlich
   a) der Eigenschaften der angebotenen Ware, d. h. ihrer Brauchbarkeit, Beschaffenheit, Zusammensetzung, Herkunft usw.;
   des Preises der Ware oder ihres Wertes, ihrer Eignung oder der Kaufbedingungen;
   des Kundendienstes, der mit dem Kauf gewährt wird, einschließlich Lieferung, Umtausch, Rückgabe, Reparatur, Unterhaltung usw.;
   b) der Qualität oder des Wertes anderer Erzeugnisse oder der Glaubwürdigkeit der Äußerungen Dritter.
4. Eine Werbung darf keine übertriebenen Behauptungen enthalten, so daß sie dem Verbraucher unweigerlich Enttäuschungen bringen muß. Besondere Vorsicht soll in folgenden Fällen angewandt werden:
   a) Werbung, die sich an Kranke wendet (Heilmittelwerbung). Eine solche Werbung darf nicht die Hoffnung auf Heilung erwecken,

wenn diese nicht wissenschaftlich anerkannt worden ist, noch sollen Angaben enthalten sein, die die Gesundheit der Leidenden beeinträchtigen könnten, z.B. durch das Abraten, ärztliche oder andere Hilfe in Anspruch zu nehmen.

b) Werbung, die zur Anlage von Geld auffordert.
Eine solche Werbung soll keine Angaben enthalten, durch die das Publikum hinsichtlich der Sicherheit der Anlage, der Zinssätze oder der Tilgungsbedingungen irregeführt wird.

c) Werbung, die zur Teilnahme an Lotterien oder zu Preiswettbewerben einlädt, oder Wettbewerbe, durch die Geschenke in Aussicht gestellt werden.
Eine solche Werbung soll alle Bedingungen bekanntgeben, unter denen an einer solchen Lotterie oder an einem solchen Wettbewerb teilgenommen werden kann.
Ferner sollen die Bedingungen für die Verteilung der Preise oder der Geschenke bekanntgegeben werden.

5. Es dürfen keine falschen oder irreführenden Angaben über persönliche Empfehlungen einer Firma, einer angebotenen Ware oder einer Dienstleistung gemacht werden. Erfundene, veraltete oder aus sonstigen Gründen nicht mehr zutreffende Zeugnisse oder Zeugnisse, deren Original nicht beigebracht werden kann, dürfen nicht benutzt werden. Jeder, der Zeugnisse Dritter in seiner Werbung verwendet, ist für die darin enthaltenen Angaben so verantwortlich, als ob er sie selbst gemacht hätte.

6. Zeugnisse oder andere Bekundungen, die durch Einzelpersonen, Firmen oder Unternehmungen gemacht werden, sollten ohne ausdrückliche Genehmigung des Verfassers nicht in der Werbung verwandt werden. Ohne deren Genehmigung darf keine Bezugnahme auf bestimmte lebende Personen erfolgen oder eine Veröffentlichung von Bildern derselben vorgenommen werden. Bescheinigungen oder Erklärungen von im Zeitpunkt der Werbung verstorbenen Personen oder ihre Bilder sollen nur mit äußerster Vorsicht benutzt werden.

## *Kapitel II*

## *Grundsätze lauterer Werbung unter den Werbungtreibenden*

### *Grundlagen*

Die Grundsätze des lauteren Wettbewerbs, wie sie im Handelsverkehr allgemein üblich sind und anerkannt werden, müssen auch in der Werbung Anwendung finden.

*Grundsätze*

1. Methoden der Werbung, die dazu führen könnten, eine Verwechslung von Waren und Dienstleistungen in der Vorstellung des Verbrauchers hervorzurufen, dürfen nicht angewandt werden.
   Solche Methoden können bestehen:
   a) in der Nachahmung von Warenzeichen oder des Namens eines Wettbewerbers oder von Verpackungen oder Etiketten anderer Erzeugnisse; oder
   b) in der Nachahmung von Werbeentwürfen wie Illustrationen, Werbetexten, Zeichnungen oder Schlagzeilen.
2. Die Werbung soll bestrebt sein, das Vertrauen des Publikums auf Grund der Eigenschaften des mit der Werbung angebotenen Erzeugnisses oder der Dienstleistungen zu gewinnen.
   Hinweise von irgendeinem Werbebeteiligten auf eine bestimmte Firma,

ein bestimmtes Erzeugnis oder eine bestimmte Dienstleistung, die eine Ausnutzung des „Goodwill" der Firma, des Erzeugnisses oder der Dienstleistung mit sich bringen, müssen vermieden werden. Jeder unmittelbare Vergleich mit einem konkurrierenden Erzeugnis oder einer bestimmten Firma oder Dienstleistung soll vermieden werden. Herabsetzende Bezugnahmen auf irgendein Erzeugnis, eine Dienstleistung oder eine Firma dürfen unter keinen Umständen erlaubt sein.

*Kapitel III*

*Grundsätze lauterer Werbung unter den Werbeschaffenden, Werbungsmittlern und Werbungdurchführenden*

*Grundlagen*

Die Entwicklung einer gesunden Werbung hängt von dem guten Einvernehmen zwischen allen an der Werbewirtschaft Beteiligten ab. Es sollen keine Gepflogenheiten zugelassen werden, die diese guten Beziehungen gefährden könnten.

*Grundsätze*

1. Werbungschaffende, Werbungsmittler und Werbungsdurchführende müssen eine Herabsetzung ihrer Wettbewerber vermeiden.
2. Die Grundsätze für Werbungschaffende und Werbungsmittler, die in einem Lande gelten, sollten von allen gewissenhaft beachtet werden, die

in diesem Lande Werbung gestalten. Die Befolgung solcher Regeln braucht jedoch nicht als deren Billigung betrachtet zu werden und hindert keinen Werbungschaffenden oder Werbungsmittler daran, sich für Änderungen einzusetzen, welche seiner Ansicht nach den Belangen der Werbung am besten dienen.

3. Irreführende oder übertriebene Behauptungen gegenüber Werbungtreibenden hinsichtlich der Durchführung oder des voraussichtlichen Erfolges eines Werbefeldzuges sind nicht erlaubt.
4. Der Käufer von Anzeigenraum in einer Druckschrift oder einem anderen Werbeträger ist berechtigt, deren zahlenmäßige Verbreitung zu erfahren und eine Bestätigung dieser Zahlen entweder durch Veröffentlichung oder auf andere Weise zu erhalten. Außerdem sollten ihm Angaben hinsichtlich der Zahl und Zusammensetzung der Personen, welche durch das Werbemittel erreicht werden, zugänglich sein, und er sollte über die Methoden der Ermittlung solcher Angaben informiert werden.
5. Eine genaue und umfassende Preis- und Rabattliste für die verschiedenen Arten der Werbung soll von jedem Werbeträger bekanntgegeben und eingehalten werden.

## Peter Teigeler: Die Wirksamkeit von Texten

*„Ziel der Persuasion ist in erster Linie Einstellungsänderung und in ihrer Folge Verhaltensänderung."*

Neben der Information ist Persuasion (Beeinflussung) das wichtigste Ziel jeder Kommunikation, sowohl in der Werbung als auch in der Politik und der Pädagogik. So wird den Problemen der Persuasion besonders in den USA reges Interesse entgegengebracht. Hovland und zahlreiche Mitarbeiter haben dafür an der Yale-Universität grundlegende Forschungen durchgeführt und in einer Reihe von Büchern veröffentlicht. In Deutschland ist es Haseloff, der aufgrund zahlreicher empirischer Studien über Resonanz und Wirksamkeit von Sprache bereits zur Entwicklung und praktischen Verwendung multidimensionaler semantischer Systeme zur Analyse sprachlicher Mitteilungen und zu ihrer Wirkungsprognose gelangt ist: Emnid-Faktorielle-Anzeigenanalyse, die verschiedenen Techniken der strukturfunktionalen Semantik (u.a. Semantische Systemanalyse) usw.

Zwar gehört zur Persuasion auch die Ausgabe neuer Informationen an den jeweiligen Empfänger, in der Hauptsache wird jedoch mit Persuasion der Versuch einer Beeinflussung der Einstellungen, Haltungen und Meinungen der Menschen gegenüber bestimmten Sachverhalten und die Modifizierung ihres Verhaltens bezeichnet. Ziel der Persuasion ist in erster Linie Einstellungsänderung (attitude change) und in ihrer Folge Verhaltensänderung (Reaktion, Kauf, Rede, usw.). In [dem folgenden Schaubild] sind die wichtigsten Variablen verbaler Persuasion schematisch dargestellt.

Unter Einstellung (oder *Attitüde*) versteht man die komplexe Tendenz einer Person, in konsistenter Weise günstig oder ungünstig auf bestimmte Sachverhalte, Personen oder Institutionen ihrer sozialen Umwelt zu reagieren. Attitüden sind intervenierende Variable, das heißt sie werden aus dem Verhalten der Menschen erschlossen. Die Attitüden (Einstellungen) der Menschen gegenüber den Personen und Sachen ihrer Umwelt, gegenüber den gesellschaftlichen Institutionen, weltanschaulichen Systemen und so-

PERSUASION
(sprachliche Wirksamkeit)

| SENDER<br>*Anthropologische Faktoren* | TEXT<br>*Linguistische (vorw. semantische) Faktoren* | EMPFÄNGER<br>*Anthropologische Faktoren* |
|---|---|---|
| Glaubwürdigkeit | Diskrepanz zur Empfänger-Position | sozioökonomischer Status |
| Prestige | Emotionale Appelle | Gruppenzugehörigkeit |
| gemeinsame Gruppenmerkmale | Reihenfolge der Argumente | Persuabilitätsneigung |
| Verbergen der Beeinflussungsabsicht | Ein- oder zweiseitige Argumentation | Selbstwertgefühl |
| Attraktivität | Neutrale Informationen | kognitive Dissonanz |
| Ausgabe von Genußmitteln | Argumentations-Typen | Zeitraum ab Meinungsbeeinflussung |

*Schematische Darstellung der wichtigsten Faktoren, die die Wirksamkeit von Texten beeinflussen.*

zialen Gruppen einer Gesellschaft haben für die Individuen die Funktion der Ordnung dieser Sachverhalte, d.h. sie strukturieren für sie die Welt. Die Einbettung der Attitüden in den sozialen Kontext ist deutlich.

Man unterscheidet drei Komponenten der Attitüden: die kognitive, die affektive und die verhaltensorientierte. Unter der *kognitiven* Komponente der Attitüden versteht man die kognitiven Prozesse der Wahrnehmung, Auffassung und des Wissens der Menschen gegenüber den Objekten der Attitüden. Der *affektiven* Komponente ordnet man die affekt- und motivationsbezogenen Gefühle der Menschen gegenüber diesen Objekten zu und ihre wertenden Stellungnahmen, ihre feindseligen, negativen Einstellungen oder ihre begünstigenden positiven und freundlichen Haltungen.

Die *verhaltensorientierte* Komponente bezeichnet die Tendenz einer Person, auf Gegenstände und Objekte ihrer Attitüden in bestimmter Weise direkt zu reagieren. Struktur und Inhalt dieser drei Komponenten einer Attitüde gehen nicht miteinander konform, sondern können beliebig untereinander variieren. Das heißt, eine Hausfrau kann über Geschirrspülautomaten wenig Realinformation besitzen, aber ihnen gegenüber eine sehr negative Einstellung einnehmen, obwohl sie die Maschine ihrer Freundin, bei der sie zu Besuch ist, mitbenutzt. Bei extrem positiven oder negativen Attitüden wird in der Regel die Konsistenz zwischen den drei Komponenten größer.

Zentraler Zielpunkt der Persuasion sind besonders die affektive und die verhaltensorientierte Komponente der Attitüden – in geringerem Maße die kognitive. Konkret stellt sich die Frage: Wie können die affektiven und verhaltensorientierten Komponenten auf dem Wege verbaler *Kommunikation* beeinflußt werden? Auch hier können wir wieder die Einflußfaktoren in solche der Kommunizierenden (psychologische und soziokulturelle Faktoren bei Sender und Empfänger) und solche der Mitteilung (linguistische, besonders semantische, Merkmale) trennen [. . .]

## *Haupttypen der Argumentation in der deutschen Werbung (nach Haseloff)*

Die in der deutschen Anzeigen-Werbung üblichen Haupttypen der Argumentation und ihre spezifischen Wirkungsgrade sind von Haseloff untersucht worden. Er sagt wörtlich:

„Im einzelnen hat sich die folgende Klassengliederung empirisch ergeben:

*1. Plausibilitätsargumentation*

Plausibilitätsargumentation erfolgt durch Sprachmuster, die beim Adressaten durch Rückgriff auf subjektive Erfahrungsgewißheit, auf unreflektierte ‚Selbstverständlichkeiten' und durch Evidenzsuggestion einen Meinungswechsel begründen, Ungewißheit beseitigen und entgegenstehende Überzeugungen verunsichern sollen.
Klassen:

1. Argumente, die unreflektierte kulturelle Selbstverständlichkeiten betonen (Argumentation mit Tradition, wohlbegründeter Gewohnheit, Herkommen, zeitunabhängigen Erfahrungen).
2. ‚Einleuchtende' Argumente, die sich auf ihre Bestätigung durch den ‚gesunden Menschenverstand' (common sense) stützen – argumentative Verwendung von Majoritätsmeinungen.
3. Hinweise auf praktische Umgangsformen, auf allgemeine, für ‚jeden' einzelnen mögliche oder bereits verwertbare Konsum- und Anwendungserfahrung; Argumentation mit Ereignissen, Situationen, Entwicklungen, die als ‚typisch' dargestellt werden; Argumentation mittels Zitat.
4. Argumente in Gestalt von ‚ceteris-paribus-Klauseln' (also Einschränkungen der Aussage z. B. durch Worte wie ‚meistens', ‚im allgemeinen', ‚oft' usw.), die eine schwache Eigenposition annehmbar machen.
5. Rhetorische Fragen – ‚in Frage stellen eines an sich unbestrittenen Tatbestandes' – Widerspruch ‚ad absurdum', das heißt anschauliche Übersteigerung und phantasievolle Übertreibung von an sich sinnvollen und tragfähigen Konkurrenzargumentationen.

*2. Moralische Argumentation*

Bei der angesprochenen Zielgruppe sollen
Ungewißheiten beseitigt,
ein Meinungswechsel begründet oder
eine Erhöhung der Glaubwürdigkeit eigener Behauptungen

a) durch Aufweis ihres ‚notwendigen' oder doch demonstrablen Zusammenhanges mit positiven Werten oder mit ‚gelebten' Angemessenheitsnormen und Verhaltensstandards erreicht und/oder
b) erwartbare Einwände oder konkurrierende Argumentationen durch die gleichen Mittel entkräftet werden.

Klassen:

1. Argumentation mit überzeitlichen Werten – humanes, mitmenschliches Verpflichtet-Sein – Verantwortungsbewußtsein gegenüber einer anderen Person (den Kindern, der Mutter u. a.), einer Gruppe, einer nationalen oder übernationalen Gemeinschaft.
2. Argumentation mittels Hinweis auf ethisch vorbildliche Menschen und auf außeralltägliche, sozial anerkannte (gegebenenfalls auch namentlich genannte) Persönlichkeiten.

3. Appellative Argumentation mit Hinweis auf Angemessenheitsnormen sozialer Schichten – ‚Anständigkeit' und Alltagsmoral – Argumentationen mit beispielhafter Leistung und Lebensgestaltung von Alltagsmenschen.
4. Argumentation mit Gerechtigkeitsprinzipien, z. B. mit Hinweisen auf Gleichverteilung von Vorteilen und Nachteilen (do ut des): ‚Wenn der eine dies tut, leistet oder verzichtet, so muß von dem anderen erwartet werden, daß . . .'
5. Argumentation, nach der die Annahme der Werbebotschaft auf Einstellungen, Haltungen oder Ziele des Adressaten hinweist, die seinen moralischen Standard beweisen.

### *3. Rationale Argumentation*

Rationale Argumentation liegt vor, wenn bei der werblichen Ansprechgruppe
Ungewißheit beseitigt
ein Meinungswechsel ausgelöst oder
eine Erhöhung der Glaubwürdigkeit eigener Behauptungen durch logisches Schließen aus Vordersätzen, durch prüfbare empirische Daten oder durch rationale Bewertung von Alternativen erreicht werden soll.
Klassen:
1. logische Beweisführung: Ableitungen aus Vordersätzen (‚Axiomen', Thesen, z. B. ‚wenn-dann-Sätze', ‚unter der Bedingung, daß', ‚vorausgesetzt, daß' usw.)
2. Empirische Argumentation mit im Prinzip prüfbaren Daten (= Zahlenangaben, Statistiken, Kurven, Systemvergleichen)
3. Argumentation durch Hinweis auf vertragliche Regelungen und geltendes Recht (Gesetze, Vorschriften usw.)
4. Argumentation durch Aufdecken und rationale Bewertung von Alternativen
5. Argumente, die ‚Lücken' im gedanklichen Konzept konkurrierender Argumentation beweisen oder indirekt ansprechen. (Anmerkung: Da in Deutschland vergleichende Werbung verboten ist, sind Argumentationen, die offen auf Konkurrenzargumente eingehen, nur selten möglich. Dennoch dürfen sie in einer generellen Analyse werblicher Argumentationen nicht fehlen.)

### *4. Taktische Argumentation*

Taktische Argumentation erfolgt durch verbale Muster, die Ungewißheitsreduktion, Überzeugungsaufbau und Meinungsveränderung beim Adressaten durch Bezugnahme auf Situation, Eigenschaften, Interessenlagen oder Mentalitäten der eigenen oder fremder Gruppen unterstützt.
Klassen:
1. Argumente für die eigene Werbebotschaft, die mögliche Einwände oder tatsächliche Gegenargumente andeuten, aber als nicht widerlegungsbedürftig erscheinen lassen.

2. Argumentation mit einer ‚entscheidenden' Wertüberlegenheit des beworbenen Produktes oder seiner Nutzenfunktionen, der gegenüber Konkurrenzargumentationen ‚aussichtslos' sind.
3. Eigenargumente, die erwartbaren bzw. realen Konkurrenzargumentationen logisch oder durch Hinweis auf prüfbare Erfahrung begegnen, ohne sie direkt zu nennen.
4. Direkte Auseinandersetzung mit Fremdargumenten, die als solche gekennzeichnet werden und zu denen von der eigenen Position her wertend oder argumentativ Stellung genommen wird.
5. Eigenargumente werden von ‚neutralem' Standort her ‚objektiv' gekennzeichnet. Für die eigene Argumentation günstige (fiktive) Gegenargumente werden widerlegt.
6. Mögliche oder faktische Gegenargumente werden auf Sonderbedingungen, Einstellungen oder Betrachtungsweisen zurückgeführt, deren fragwürdige Geltungsvoraussetzungen und nur relative Bedeutung aufgewiesen wird, ohne daß auf die Argumente selbst Bezug genommen wird.

*Wirkungsgrade der Argumentationsformen:*

Unsere einschlägigen Erfahrungen lassen sich in folgendem Überblick der argumentativen Wirkungsformen zusammenfassen:

| Argumentationsform | Initiale Persuasionswirkung | Stabilität gegenüber kognitiver Dissonanz | Wirkungsperseveration | Stabilität gegenüber Konkurrenzwerbung | Verbindbarkeit mit anderen Argumentationsformen | Größe des erwartbaren Ansprechkreises |
|---|---|---|---|---|---|---|
| Plausibilitätsargumentation | + + + | + | + | + | + + | + + + |
| moralische Argumentation | + | + + | + + + | + + | + | + |
| rationale Argumentation | + + | + + | + + | + + + | + + + | + + |
| taktische Argumentation | + + | + | + | + | + | + + |

Spontan erscheint die rationale Argumentation als die stärkste Form. Dennoch wird vielfach gerade auf die ‚schwächere' Plausibilitätsargumentation zurückzugreifen sein, die sich vielfach nur dadurch empfiehlt, daß sie stets einem großen Menschenkreis einleuchtet. Die moralische Argumentation, die vorrangig darauf gerichtet ist, ein Argument durch Veranschaulichung seines direkten oder ‚notwendigen' Zusammenhangs mit dem Wertsystem der Ansprechgruppe zu stärken, hat meist einen besonders hohen Wirkungs*grad*, jedoch fast immer einen nur kleineren Wirkungs*kreis*."

*Zusammenfassung*

Viele Untersuchungen über Kommunikation und Persuasion wurden an ganz spezifischen Stichproben erarbeitet, häufig an *Studenten*. Die Verallgemeinerung solcher Ergebnisse ist also problematisch. Von daher kommt mehr sozialpsychologisch orientierten Untersuchungen, die auch andere Bevölkerungsgruppen einbeziehen, ein höheres Gewicht zu. Zum Beispiel solchen Untersuchungen, wie denen von Hovland, Lumsdaine und Sheffield, die ja gerade zeigten, daß Angehörige der unteren Schichten mit schlechterer Schulbildung ganz anders auf Kommunikationen reagieren als Angehörige höherer Schichten.

Die *Zusammenfassung* der wichtigsten Punkte bezüglich der persuasiven Wirkung von Texten ergibt folgendes Bild:

Auf seiten der *Sender* (Kommunikatoren) begünstigen folgende Variablen bei den Kommunikanten intendierte Meinungsänderungen:

1. Glaubwürdigkeit
2. Prestige
3. gemeinsame Gruppenmerkmale
4. Verbergen der Beeinflussungsabsicht
5. Attraktivität
6. Ausgabe von Genußmitteln

Auf seiten der *Mitteilung* (Kommuniqué) finden wir folgende wirksame Faktoren:

1. Diskrepanz zur Position der Kommunikanten
2. Emotionale Beunruhigung
3. Reihenfolge der Argumente
4. Einseitige oder zweiseitige Argumentation
5. Neutrale Informationen
6. Typen der Argumentationsformen

Entscheidende Variable bei den *Empfängern* (Kommunikanten) sind:

1. sozioökonomischer Status
2. Gruppenzugehörigkeit
3. Persuabilitätsneigung
4. Selbstwertgefühl
5. kognitive Dissonanz
6. Zeitraum ab Meinungsbeeinflussung.

## Volker Klotz: Slogans

*„Indem der Slogan vom geschenkten Gefühl, von der gewährten inneren Verfassung und von der eroberten Hochstimmung meldet, die der Gegenstand verschafft hat, versetzt er den Akt von Vertrieb und Verbrauch ins Metaökonomische.“*

Der Werbeslogan raunt, ruft, heißt, singt nicht den Verkauf von Sachen, er überspringt die Station, auf die es ihm eigentlich ankommt, nämlich den Tauschvorgang: hie Geld – hie Sache, als eine unfein kommerzielle. Er zielt von vornherein auf die nächste Station: auf den Zustand, in den die bereits erworbene Sache den neuen Besitzer vermeintlich versetzt. Damit wird dem Verbraucher eingeredet, er stünde nicht mehr vor der Entscheidung zum Kauf, sondern er habe sie bereits samt dem lästigen Geldopfer hinter sich. Indem der Slogan vom geschenkten Gefühl, von der gewährten inneren Verfassung und von der eroberten Hochstimmung meldet, die der Gegenstand verschafft hat, versetzt er den Akt von Vertrieb und Verbrauch ins Metaökonomische. Denn all die verheißenen Befindlichkeiten sind ja nicht käuflich und können infolgedessen auch nicht gekauft worden sein. Zum Beispiel: Sicherheit (*Citroen fahren ohne Gefahren*), Ewige Jugend (*Bleib in Schwung – fühl dich jung; mit Hammer-Jubel-Brand, dem alten Weinbrand für junge Herzen*), Wohlbefinden (*Rauche, staune, gute Laune – Players*), feste Koalition von Seele und Leib (*Koche mit Liebe – koche mit Eto*), Absicherung gegen Krankheit (*Kaba, Kaba hält dich gesund*), während Lust (*Wissol Mocca-Sahne – unendlich gut*), stetes Behagen (*Täglich Underberg, und du fühlst dich wohl*), gesellschaftliche Sonderstellung (*Universal Genève – eine Uhr, die nicht jeder trägt*), Männlichkeit und sozialer Alpinismus (*Consul Royal – das Feuerzeug für Männer – for top-men only*).

Absurd genug: ein Feuerzeug, das in wirrer Hochstapelei in seinem Namen den substantivischen Titel eines hohen republikanischen Beamten mit dem monarchistischen Beiwort koppelt, verleiht deswegen, weil es von maskulinen Stützen der Hochgesellschaft angeblich benutzt, nein zelebriert wird, demjenigen, der's sich erwirbt, den gleichen Rang. Das behauptete Limit *for top-men only,* das eine Instanz beschwört, die die Elite auswählt, heißt sich schon dadurch lügen, daß es überhaupt in einer Reklame erscheint. Warum werden solche Absurditäten vom Empfänger angenommen, wieso tun sie ihre Wirkung?

Die Frage führt zur Form des Slogans.

Betrachtet man werbende Inserate oder Plakate, so treten zumeist zwei Dinge im Gesamtbild hervor: Markenname und Slogan (soweit mit einem solchen gearbeitet wird). Sie setzen sich von ihrer Umgebung ab, vom größeren Sprachtext, der den Gegenstand beschreibt oder vom optischen Bild, das den Gegenstand in Aktion oder atmosphärespendend darbietet. Sie setzen sich ab durch den Ort, an dem sie im Gesamtbild plaziert sind, durch einen besonderen Drucktyp, durch Kürze. Sie sind zumeist isolierte Flecken, auf die das Auge fällt (bei der akustischen Werbung ist es entsprechend). Sie allein sollen dem Empfänger ins Bewußtsein und ins Unbewußte eingestanzt werden, das andere ist nur Folie, vor der sich Marke und Slogan abzeichnen. Dieser Hintergrund ist wichtig und mit dem Gegenstand, um den geworben wird, sowie mit dem Slogan, der wirbt, verbunden. Denn der Hintergrund – die Landschaft hinter dem Sechszylinder, die feierliche Kaminatmosphäre um die Sektflasche herum – ergibt sich erst aus dem Gegenstand, und umgekehrt speist sich der Slogan abstrahierend und konzentrierend aus dem Hintergrundstext oder -bild. Nur Slogan und Markenname dagegen sollen erinnert werden, der Kunde soll sie wiedererkennen und wiederholen können. Darum müssen sie kurz und einprägsam sein und der Zunge schmeicheln.

Die Beziehung zwischen dem Slogan und der Sache, für die er wirbt, ist verschiedenartig: mal nimmt er den Markennamen in sich auf, ja, geht erst eigentlich von ihm aus (*Lindes – ja, der schmeckt*), womit noch nicht gesagt ist, was Lindes denn eigentlich sei; mal nennt er zugleich Name und Art des Gegenstandes (*Dir und mir – Bindingbier*); mal erscheint er gleichsam für sich, unbezogen (*gut und schnell – rationell*), so daß allein die Erinnerung des Lesers oder Hörers an die Umgebung, in der er auftrat, die Verbindung mit dem Gegenstand (hier Olympia-Schreibmaschine) herstellt.

Der Slogan ist ein zwittriges Gebilde. Er ist sowohl absolut wie relativ. Das heißt: einerseits ist sein klanglicher, rhythmischer, gestischer und syntaktischer Bau abgerundet, gefüllt, selbstgenügsam; andrerseits steht er in Beziehung zu etwas außerhalb, hängt von etwas ab, zielt auf etwas, das ihm erst Sinn und Vollständigkeit gibt. Einerseits, in der Autonomie, trifft er sich mit dem Sprichwort, von dessen Form er viel übernommen hat, und andrerseits, in seinem Abhängigkeits- und Fragmentcharakter, entfernt er sich vom Sprichwort. Dies nämlich zieht eine in sich gerundete, abgeschlossene Erfahrungssumme, die der Hörer aus eigenem bestätigen kann und beläßt ihm zeitlich und modal einen weiten Spielraum, handelnd daraus zu folgern. Die Werbung hingegen muß erst eine künstliche Situation schaffen, aus der der Slogan sich ableiten läßt. Sie gewährt dem Konsumenten auch nicht die Freiheit, hier oder dort, jetzt oder dann, so oder so eine Konsequenz zu ziehen. Die Zwittrigkeit des Slogans liegt also nicht nur im

Gegensatz von scheinbarer Autonomie und faktischer Fremdbezogenheit, sondern auch darin, daß eine fiktive Formulierung allgemeiner und erfahrener Sachverhalte, nach dem Baumuster des Sprichworts, in Wahrheit ein Besonderes und Behauptetes meint.

Den Kredit, den der Hörer dem Sprichwort aus eigener Erfahrung zu geben bereit ist, wenn er vernimmt: Wie man sich bettet, so liegt man; Es ist noch kein Meister vom Himmel gefallen; Wer einmal lügt, dem glaubt man nicht; – den er selbst bei befehlenden Sprichwörtern aufbringt (Quäle nie ein Tier zum Scherz, denn es spürt wie du den Schmerz), wissend, daß hinter der Formulierung kein datierbares Sonderinteresse steht, das sein Vertrauen hinüber ins Finanzielle leiten will – diesen Kredit muß die Werbung sich erst verschaffen, sie findet ihn nicht vor. So müssen denn die Kaminecke um den Sekt herum, das Alpenpanorama hinter dem Auto, der befrackte männlich-herbe Typ, der lässig mit dem Feuerzeug spielt, die Erfahrung ersetzen, auf die das Sprichwort beim Empfänger bauen kann. Aus Alpen, Kamin und Frack zieht der Slogan seine Resümees, die tatsächlich das Auto, den Sekt und das Feuerzeug betreffen.

Neben dieser Kompensation der Erfahrung durch die künstliche Situation bekräftigt der Slogan seine Glaubwürdigkeit dadurch, daß er auch klanglich, rhythmisch und syntaktisch sich anerkannten und vertrauten Sprüchen und Formulierungen angleicht.

Das kann zunächst ganz direkt, sozusagen in Kontrafakturen geschehen: *Kaba, Kaba, hält dich gesund* (kuckuck, kuckuck, rufts aus dem Wald), *Berlin ist eine Reise wert* (Paris ist eine Messe wert), *Dir und mir – Bindingbier* (ich und du, Müllers Kuh). Indirekter sind folgende Formmuster: Alliteration (Wer wagt, gewinnt: *Hartmann hilft heilen*), Reim (Glück und Glas – wie leicht bricht das: *Keine Feier ohne Meyer*), gleichklingende Dreierreihung (Trau, schau, wem: *Rauche, staune, gute Laune*). Wenn der Slogan durch Kontrafaktur oder formale Analogie sich vom Sprichwort oder ähnlichem ziehen läßt wie der Radler beim Steherrennen, nimmt er teil an Schlagkraft und Renommee des Vorläufers. Einem homo novus gleich dringt der Slogan in die gute Gesellschaft ein, indem er durch Imitation eines bewährten und traditionsgeprägten Standes sich mit Prestige anzureichern sucht. Auch die Syntax folgt dem Modell des Sprichworts: entweder kurze prägnante Aussagesätze oder mehrgliedrige Gefüge mit verschiedenartiger lockerer Beziehung.

Die Werbesituation, in der der Slogan eingesetzt wird, und die sich in ihm selbst spiegelt, ist dreigliedrig: der Werbende, der Umworbene, das zu Erwerbende; Produzent, Konsument und Ware, bzw. politisches Programm. Diese drei Partner treten in verschiedener Akzentuierung, bald allesamt, bald nur teilweise im Slogan auf. Der Werbende ist stets zugegen, insofern seine Stimme den Slogan formuliert und den Sprechmodus des Slogans bestimmt. Die Modi sind mannigfaltig: befehlend (*Nimm Eidran, und du schaffst es / Wähl auch du: CDU*), belehrend (*Ata wirkt auf milde Weise*), in vertraulichem Parlando (*Ja – die Seife Fa / Übrigens – man geht nicht mehr ohne Hut*), behauptend (*Bier macht den Durst erst schön / Es ist unmöglich, von Edgar Wallace nicht gefesselt zu sein*), einweihend (*Die Großen der Gegenwart tragen Rolex-Uhren / Damen wissen das zu schätzen*), euphorisch mitreißend (*Herrlich – so ein Hansen-Rum / Unser köstlichstes Getränk . . . Milch*). Selten wird der Umworbene direkt in den Slogan aufgenommen; indirekt jedoch ist der Kunde allemal insofern eingeschlossen, als er als entsprechend gestimmter Partner der gewählten Tonart – befehlend, belehrend, parlierend, mitreißend – vom Werbenden vorausgesetzt wird. Der dritte Partner schließlich, die Ware, wird entweder namentlich im Slogan erwähnt, oder der Slogan ist derart konkav gebaut, daß die ungenannte, doch in der Nachbarschaft des Slogans erscheinende Ware entsprechend konvex sich ihm einpaßt.

## Roland Barthes: Die drei Nachrichten der Panzani-Anzeige

*„Enthält das Bild Zeichen, so ist man sicher, daß in der Reklame diese Zeichen im Hinblick auf eine optimale Verständlichkeit gebildet sind: Die Bildreklame ist direkt, zumindest eindringlich.“*

Wie erhält das Bild seinen Sinn? Wo endet dieser Sinn? Und wenn er endet, was ist hinter diesem Ende? Um diese Fragen soll es im folgenden gehen, wobei das Bild einer spektralen Analyse von Nachrichten unterworfen wird, die es enthalten kann. Zur Erleichterung dieser Aufgabe wird zunächst nur das Reklamebild untersucht. Warum? Weil in der Werbung die Bedeutung des Bildes ganz sicher intentional ist. Gewisse Attribute des Produkts bilden nämlich *a priori* die Signifikate der Reklamenachricht, und diese Signifikate müssen soweit wie möglich verdeutlicht werden. Enthält das Bild Zeichen, so ist man sicher, daß in der Reklame diese Zeichen im Hinblick auf eine optimale Verständlichkeit gebildet sind: Die Bildreklame ist direkt, zumindest eindringlich.

Betrachten wir eine Panzani-Reklame: Spaghettipäckchen, eine Dose, ein Beutel Tomaten, Zwiebeln, Paprika, ein Champignon – das Ganze, in gelber und grüner Farbe auf rotem Grund, fällt aus einem halbgeöffneten Netz. Versuchen wir jetzt, die eventuell vorhandenen verschiedenen Nachrichten herauszudestillieren.

Das Bild liefert sofort eine *erste Nachricht, die wesentlich linguistisch ist.*

PATES
PANZANI
PARTHENAY
PATES
PANZANI
PARTHENAY
FRANCE
SALSA
PANZANI
PARMESAN
PANZANI
PATES - SAUCE - PARMESAN
A L'ITALIENNE DE LUXE

Ihre konstituierenden Teile sind die Unterschrift und die Etiketten, die in das Naturell der Szene eingebettet sind. Der Code, in dem die Nachricht übermittelt wird, ist die französische Sprache. Um die Nachricht zu dechiffrieren, benötigt man nur die Kenntnis der Schrift und des Französischen. Diese Nachricht läßt sich noch weiter aufteilen, denn das Zeichen Panzani weist nicht nur auf den Firmennamen hin, sondern wegen seines Klanges noch auf ein zusätzliches Signifikat, nämlich auf das „Italienische". Die linguistische Nachricht ist also zweifach (zumindest in diesem Bild): sie ist Denotation und Konnotation.[1] Da es sich hier jedoch nur um ein einziges typisches Zeichen handelt, und zwar um das der gegliederten (geschriebenen) Sprache, werden wir es auch nur als eine Nachricht zählen.

Wenn man die linguistische Nachricht einmal außer Betracht läßt, bleibt *das reine Bild* (obgleich die Etiketten als anekdotische Anhängsel dazugehören). Dieses Bild liefert sofort eine Reihe zusammenhangloser Zeichen. Zunächst (die Reihenfolge spielt keine Rolle, da die Zeichen nicht linear angeordnet sind) die Vorstellung, daß es sich bei dem dargestellten Bild um die Ausbeute eines Markteinkaufs handelt. Dieses Signifikat impliziert zwei euphorische Werte: die Frische der Produkte und die Zubereitung durch die Hausfrau. Der Signifikant ist das halbgeöffnete Netz, aus dem die Vorräte auf den Tisch fallen. Um dieses Zeichen zu lesen, reicht eine gewisse Vertrautheit mit den Bräuchen einer der Entwicklung noch offenstehenden, nicht spezialisierten Kultur, in der das „Sich-selbst-Versorgen auf dem Markt" dem zügigen Versorgtwerden (Konserven, Tiefkühlkost) in einer mehr „mechanischen" Kultur gegenübersteht. Ein zweites Zeichen ist fast ebenso deutlich. Sein Signifikant ist die Vereinigung von Tomate, Paprika und den Farben Grün, Gelb, Rot in der Anzeige: Sein Signifikat ist Italien oder vielmehr: das „Italienische". Dieses Zeichen steht in einem redundanten Verhältnis zu dem konnotierten Zeichen der linguistischen Nachricht (dem italienischen Klang von „Panzani"). Das durch dieses Zeichen mobilisierte Wissen ist schon spezieller. Es ist ein ausgesprochen

[1] „Denotation" ist die Basissprache oder „erste Sprache", so „objektiv" wie nur möglich. Die „Konnotation" ist die „dekorative" Sprache oder „zweite", parasitäre Sprache im Gegensatz zur ersten. Im Extremfall besteht die Denotation im Telegrammstil, in dem nur das Nötigste zum Ausdruck gebracht wird („Glückwünsche!"), während ein nach allen Regeln der Kunst abgefaßter Glückwunschbrief die entsprechende Konnotation wäre. Doch der Fall von Konnotation ist auch dann gegeben, wenn – ohne Änderung und Ergänzung des Wortlautes – ein Wort in einen neuen Kontext, in ein anderes Bedeutungssystem gestellt wird und von daher eine neue Bedeutung annimmt: z.B. „Glückwunsch" in einem Grammatikbuch als Beispiel für „zusammengesetztes Hauptwort". Roland Barthes nennt die Sprache der Konnotation „mythisch", die der Denotation „praktisch" [. . .].

„französisches" Wissen (die Italiener könnten kaum die Konnotation des Eigennamens wahrnehmen, noch das Italienische der Tomate und des Paprika spüren), das auf der Kenntnis bestimmter touristischer Klischees beruht. Untersucht man das Bild weiter (was nicht heißen soll, daß es nicht schon auf den ersten Blick völlig klar wäre), entdeckt man mühelos mindestens zwei weitere Zeichen. Erstens vermittelt die gedrängte Ansammlung verschiedener Gegenstände die Vorstellung eines perfekten kulinarischen Services, als ob Panzani alles Nötige für ein umfangreiches Menü liefere und außerdem der Büchseninhalt den Naturprodukten gleichwertig sei: die ganze Szene vollzieht dabei gewissermaßen den Übergang vom Roh- zum Endprodukt. Zweitens verweist die Komposition auf ein ästhetisches Signifikat, indem sie die Erinnerungen an zahlreiche Darstellungen von Nahrungsmitteln in der Malerei wachruft: die „*nature morte*", oder wie andere Sprachen es besser ausdrücken: das „Stilleben". Das nötige Wissen ist hier vornehmlich ein Bildungswissen. Man könnte sagen, daß sich zu diesen vier Zeichen noch eine letzte Information gesellt, und zwar gerade die, die zeigt, daß es sich um eine Reklame handelt. Diese Information beruht auf dem Platz des Bildes in der Illustrierten und auf der Eindringlichkeit der Panzani-Aufschriften (abgesehen von der Unterschrift). Doch geht diese letzte Information schon über die Szene hinaus, sie verhält sich extensiv zum Bild. Der Sinngebung entzieht sie sich in dem Maße, wie der Reklamecharakter des Bildes wesentlich funktional ist: Etwas hervorzubringen heißt nicht unbedingt: ich *spreche*, außer in bewußt gedanklichen Systemen wie dem der Literatur. Es ergeben sich also vier Zeichen für dieses Bild, von denen angenommen wird, daß sie ein kohärentes Ganzes bilden, denn sie sind gänzlich diskontinuierlich und erfordern ein allgemeines kulturelles Wissen. Sie verweisen auf Signifikate, die alle global (z.B. das Italienische) und voller euphorischer Werte sind. Neben der linguistischen Nachricht können wir daher von einer *zweiten – und zwar ikonischen – Nachricht* sprechen.

Ist das alles? Eliminiert man alle diese Zeichen aus dem Bild, so bleibt noch eine gewisse informationsähnliche Substanz zurück: Ohne jedes Wissen fährt man nämlich fort, das Bild zu „lesen", zu „verstehen", daß es in einem selben Raum eine bestimmte Zahl identifizierbarer (benennbarer) Gegenstände vereint und nicht nur Formen und Farben. Die Signifikate dieser *dritten Nachricht* werden durch die realen Gegenstände der Szene gebildet, Signifikanten durch dieselben, jedoch fotografierten Gegenstände; denn da in der analogen Darstellung die Beziehung von bezeichnetem Ding zu bezeichnendem Bild nicht mehr „willkürlich" ist (wie in der Sprache), ist es selbstverständlich auch nicht mehr nötig, eine Vermittlung durch einen dritten Begriff, etwa der psychischen Vorstellung vom Gegenstand, anzunehmen. Charakterisiert wird diese dritte Nachricht durch die Tatsache, daß Signifikat und Signifikant quasi-tautologisch sind. Ohne Zweifel impliziert die Fotografie ein gewisses Herrichten der Szene (Umrahmung, Beschränkung, Einebnung), aber dieser Übergang ist keine Transformation (wie es eine Codierung sein kann). Es handelt sich um Verlust der Äquivalenz (die echten Zeichensystemen eigen ist) und um Herstellung einer Quasi-Identität. Mit anderen Worten, das Zeichen dieser Nachricht wird nicht mehr aus einer institutionellen Reserve geschöpft, es ist nicht codiert, und man hat es hier mit dem Paradox einer *Nachricht ohne Code* zu tun (worauf später noch eingegangen wird). Diese Eigenart findet sich auf der Ebene des in die Lektüre der Nachricht investierten Wissens wieder: Um diese letzte (oder erste) Ebene des Bildes zu „lesen", benötigen wir nur das von unserer Wahrnehmung gelieferte Wissen. Das ist nicht wenig, denn wir müssen wissen, was ein Bild ist (ein Kind weiß das erst mit vier Jahren) und was eine Tomate, ein Netz, Spaghettipäckchen sind: Es ist ein fast anthropologisches Wissen. Diese Nachricht entspricht dem Bild in gewisser Weise auf den Buchstaben genau, und wir nennen sie „buchstäbliche" Nachricht, im Gegensatz zur vorhergehenden „symbolischen" Nachricht.

Wenn unsere Lektüre erschöpfend war, bietet uns die analysierte Fotografie drei Nachrichten: *eine linguistische Nachricht, eine codierte ikonische (symbolische) und eine nicht codierte ikonische (buchstäbliche) Nachricht.* Die erstere ist von den beiden anderen leicht zu trennen; wie aber soll man die zwei letzteren, die dieselbe (ikonische) Substanz haben, voneinander unterscheiden? Gewiß geschieht die Unterscheidung der zwei ikonischen Nachrichten nicht spontan bei einem flüchtigen Ansehen: Der Betrachter empfängt die sinnlich wahrnehmbare und die, dank der eigenen Bildung erkannte, „kulturelle" Nachricht gleichzeitig. Wir werden später sehen, daß diese Vermischung der Funktion der Bildreklame entspricht. Die Unterscheidung hat indes eine operative Gültigkeit analog derjenigen, die in einem linguistischen Zeichen Signifikant und Signifikat zu unterscheiden ermöglicht, obwohl tatsächlich niemand das „Wort" von seinem Sinn zu trennen vermag, ohne die Meta-Sprache einer Definition zu Hilfe zu nehmen. Wenn die Unterscheidung erlaubt, die Struktur des Bildes auf eine kohärente und einfache Weise zu beschreiben, und wenn eine solche Beschreibung eine Erklärung der Rolle des Bildes in der Gesellschaft vorbereitet, halten wir sie für gerechtfertigt [. . .]

Wir wissen, daß ein System, welches sich der Zeichen eines anderen Systems bedient, um sie zu seinen Signifikanten zu machen, ein System der Konnotation ist. *Das buchstäbliche Bild ist also ein denotiertes und das symbolische Bild ein konnotiertes.*

## *II. Aspekt: Psychologie*

# Sie sind doch kein 'Krawatten-Muffel', oder?

Ein Krawatten-Muffel trägt immer nur dieselben paar Krawatten. Das tut ein Mann, der auf sich hält, bestimmt nicht.

Ein Mann, der auf sich hält, besitzt zu jedem Anzug drei, vier passende Krawatten. Er wechselt sie regelmäßig – und das fällt angenehm auf. (Sie brauchen morgens nur darauf zu achten, daß Sie nicht die von gestern umbinden.)

**Neue Krawatte, neuer Mann... Trag nicht die von gestern**

# Was Sie tun müssen, damit Sie kein 'Krawatten-Muffel' sind.

Sie müssen regelmäßig die Krawatte wechseln. Am Montag eine andere als am Sonntag, am Dienstag eine andere als am Montag – das macht sieben für die Woche. Für jeden Anzug zwei, drei passende ... dann werden Sie nie ein Krawatten-Muffel sein, sondern immer als ein Mann gelten, der etwas auf sich hält.

**Neue Krawatte, neuer Mann... Trag nicht die von gestern**

1. Was wird in der Anzeige eigentlich verheißen?
2. Welche Rolle spielt die Einschätzung der Zielgruppen für die Form der hier realisierten werblichen Kommunikation?
3. Welche Funktion haben die psychologischen Äquivalente des Angebots? Über welche Zusatzwerte zur angebotenen Ware werden sie faßbar?
4. Welche Voreinstellungen und Affekte werden bei den Lesern der Anzeige bevorzugt angesprochen? Wird eine Leitbild-Vorstellung deutlich?
5. Wird eine Veränderung oder eine Bestätigung der vorhandenen Einstellung über die Anzeige nahegelegt (mögliche Identifikation, mögliche Distanzierung)?
6. Welche gesellschaftliche Bedeutung kann die individuell angenommene Werbenachricht gewinnen (Vorurteil, Stereotyp)?

## Ein wenig Konsumenten-Psychologie (Direct Mail)

*„Die Werbung ist nicht nur eine Waffe im Kampf um Konsumentengunst und Marktanteile, sondern sie ist auch ein Hilfsmittel für den Konsumenten, sich auf der psychologischen Bedarfsdeckungs-Ebene richtig orientieren und verhalten zu können."*

### *1. Der Konsument: Verführer oder Verführter?*

Die Werbung nimmt heute einen allgegenwärtigen Platz in unserem Leben ein. Millionen von Franken werden für Werbezwecke aufgewendet, denn niemand kann es sich mehr leisten, auf Werbung zu verzichten.

Über den Sinn und die Bedeutung der Werbung gehen die Meinungen allerdings nach wie vor auseinander.

Den Werbetreibenden wird vorgehalten, die Konsumenten suggestiv zu beeinflussen anstatt sie sachlich zu informieren und sie zum Kauf von Artikeln zu stimulieren, die sie gar nicht benötigen. Der Werbung wird vorgeworfen, die Preise zu verteuern und die Wahrheit zu verschleiern.

Von der Gegenseite werden diese Vorwürfe zurückgewiesen und die wirtschaftliche Notwendigkeit der Werbung unterstrichen und belegt.

Es gibt in dieser Diskussion aber noch eine dritte Seite, die in der Regel nur wenig zu Worte kommt: Die Umworbenen selbst. Denn über Sinn und Unsinn von Werbemaßnahmen kann man nur dann diskutieren, wenn man sich Rechenschaft über deren wirkliche „Aufgaben" ablegt resp. die Frage beantwortet, was für Funktionen ihnen vom Verbraucher auferlegt werden.

Die vorliegende Studie dreht sich um *Direct Mail.* Die wirkliche Bedeutung von Direct Mail-Maßnahmen (im Vergleich mit anderen Werbemaßnahmen) kann man aber nur dann verstehen, wenn man sich mit den Hintergründen der Reaktionen auseinandersetzt, die wir beim Empfänger solcher Sendungen feststellen können.

Wir haben dies getan. Dabei ergab sich, daß Werbung für den Konsumenten (oft ohne daß er sich bewußt Rechenschaft darüber abgibt) noch anderes bedeutet, als die Befürworter und Gegner der Werbung in ihren Definitionen umreißen.

Werbung wirkt nur dann, wenn sie Konsumentenbedürfnisse befriedigen kann. Die Werbung ist nicht nur ein Instrument des Produzenten, seine Produkte möglichst attraktiv anzubieten. Sie ist nicht nur eine Waffe im Kampf um Konsumentengunst und Marktanteile, sondern sie ist auch ein Hilfsmittel für den Konsumenten, sich auf der psychologischen Bedarfsdeckungs-Ebene richtig orientieren und richtig verhalten zu können.

Man macht der Werbung gerne den Vorwurf, den Konsumenten zu verführen. Man könnte aber mit gleichem Recht dem Konsumenten den Vorwurf machen, die Werber zu „verführen", hängt doch die Art der Werbung von seinen positiven oder negativen Reaktionen ab. Und diese wiederum sind eine Folge der Funktionen, die der Werbung aus seiner (meist unbewußten) Sicht zukommen.

Warum aber der große Widerstand gegen die Werbung? Es gibt viele Gründe dafür, von denen wir aber nur einen herausheben wollen, weil er zum Verständnis unseres Themas von entscheidender Bedeutung ist.

## *1.0. Der Mensch handelt nicht (nur) vernünftig*

Man macht der Werbung zum Vorwurf, sie versuche den Menschen gefühlsmäßig zu beeinflussen, so daß sein vernünftiges Handeln beeinträchtigt werde.

Warum dieser Vorwurf?

Seit Jahrtausenden steht unsere Erziehung unter dem Motto der Vernunft. Seit Jahrtausenden wird der Jugendliche dazu angehalten, dem Verstand zu folgen und seine Gefühle zu unterdrücken.

Als „Ideal" schwebt den Erziehern der „vernünftige Mensch" vor, der sein Leben nach den Regeln des gesunden Menschenverstandes abwickelt und sich nicht durch gefühlsmäßige Einflüsse vom „geraden Weg" abbringen läßt.

Der Kampf gegen die Werbung ist u. a. nichts anderes als eine zeitgemäße Manifestation des Kampfes des Menschen, dem ein vernünftiges Handeln als Ideal vorschwebt, gegen die Welt der Gefühle resp. gegen Reize, die ein gefühlsbestimmtes Verhalten fördern.

Es mag der Idealwunsch vieler sein, „vernünftig“ zu leben und sich durch nichts beeinflussen zu lassen – schon gar nicht durch die Werbung. Doch die Wirklichkeit sieht etwas anders aus.

Der Mensch wird immer beeinflußt, sein vernünftiges Handeln immer beeinträchtigt. Nicht nur durch die Werbung oder durch Sympathien anderer Menschen gegenüber. Bereits Windströmungen, klimatische Verhältnisse oder Magenschmerzen können Auswirkungen haben, die einem vernünftigen Verhalten nicht zuträglich sind.

Vor Gefühlen wurde während Jahrhunderten „gewarnt“. Immer wurde die Zweiteilung des Menschen gepredigt, wobei die „gute“ Vernunft der Gegenspieler der „gefährlichen“ Gefühle war.

Heute – im Lichte der modernen Erkenntnisse wissen wir, daß diese Zweiteilung eine willkürliche Verzerrung der Wirklichkeit darstellt. Gefühle und Vernunft sind in Wirklichkeit keine gegensätzlichen Kräfte sondern zwei Seiten einer Ganzheit, die uns erst zusammen in die Lage setzen, einigermaßen sicher und zufrieden zu leben.

Viele Gefühle müssen sicherlich mit Grund zurückhaltend gehandhabt werden, da sonst ein Gemeinschaftsleben nicht möglich wäre. Aber ohne Gefühle – lediglich gestützt auf sachliche, vernünftige Verhaltensschemata – wäre ein Zusammenleben ebenfalls kaum möglich und sicherlich nicht sehr erfreulich.

Die Vernunft ist die eine Seite des Menschen. Sie hat Steuerfunktionen und hilft ihm in der unübersehbaren Vielfalt von drängenden Gefühlen und Wünschen, von inneren und äußeren Einflüssen einen begehbaren Weg zu finden. Die Gefühle sind die andere Seite. Sie sind Teil der ursprünglichen Antriebskräfte des Menschen und helfen ihm Ziele anzustreben und zu erreichen, die das Leben erst lebenswert machen.

Jeder menschlichen Handlung liegen vernünftige Überlegungen und gefühlsmäßige Motive zugrunde. Und es nützt nichts, wenn jemand es nicht wahrhaben will, daß auch sein Verhalten von Gefühlen mitbestimmt wird.

Dieser Umstand ist für unser Thema von ganz besonderer Bedeutung. Denn die Werbung wird gerade dort zum wichtigen Kommunikationsträger, wo es um die gefühlsmäßigen Motive geht. Rein sachliche Information kann nur verstandesmäßig überzeugen. Aber nicht „verkaufen“, weil nicht all das angeboten wird, was der Mensch beim Kauf sucht.

Die Werbung ist für den Menschen in unserer Gesellschaft ein wichtiges Hilfsmittel zur Orientierung in der unübersichtlichen Fülle des Angebotes.

Und nicht nur, weil dem Menschen gezeigt wird, was es alles gibt. Sondern weit mehr noch, weil ihm nur auf diese Weise gezeigt werden kann, was er von seinen Käufen erwarten darf – und welche Teile des Angebotes ihm das vermitteln, was er wirklich sucht: Reale Bedarfsdeckung *und* emotionale Bedürfnisbefriedigung.

Will man daher verstehen, warum die Werbung wirkt, wie die Werbung wirkt und welche Werbung wirkt, so gilt es zuerst abzuklären, was der Konsument von der Werbung überhaupt erwartet und wie die Werbung sein muß, damit sie kommuniziert und er reagiert.

## *2. Seelische Motive und Umwelteinflüsse*

### *2.0. Der Mensch steht zwischen Wünschen und Verboten*

Man hat heute Methoden, um das Verhalten des Menschen sehr genau zu beobachten und festzuhalten. Geht es aber darum, Maßnahmen werblicher Natur zu planen, so sind diese Verhaltensbeobachtungen keine sicheren Grundlagen, solange man nicht versteht, was sie „bedeuten". Und dies bedingt auch ein Erkennen der Motive, die hinter diesen Verhaltensmanifestationen stehen.

Jeder Mensch hat reale Bedürfnisse, aufgrund derer er gezwungen ist, Eßwaren, Kleider und viele andere Dinge für den alltäglichen Bedarf einzukaufen.

Aus einer Vielzahl psychologischer Untersuchungen wissen wir heute aber auch, daß diese Art von Bedarfsdeckung allein den Menschen nicht glücklich macht. Denn er hat daneben auch eine Vielzahl seelischer Strebungen, die alle nach Befriedigung drängen. Diese „seelischen Strebungen sind aus folgenden Gründen für sein Kaufverhalten wichtig:

Die direkte Befriedigung der seelischen, gefühlsmäßigen Bedürfnisse ist dem Einzelnen in den meisten Fällen verwehrt, weil er in einer Umgebung lebt, die dies zu verhindern sucht. Sie schreibt ihm nämlich vor, wie weit er sich „ausleben" darf resp. seinen persönlichen Wünschen nachgeben darf, ohne Konflikte heraufzubeschwören.

Aber nicht nur die Umgebung engt den Einzelnen ein. Der Mensch in unserer Gesellschaft wird von Beginn seines Lebens an dazu erzogen, seine eigenen Wünsche den Forderungen der Gruppe zu unterordnen, d.h. ein „nützliches Glied" dieser Gesellschaft zu werden und nicht als egoistischer Individualist zu leben. Aus dieser Erziehungsarbeit der Umgebung resultiert im heranreifenden Menschen eine seelische Instanz, die ihn quasi von innen daran hindert, sich frei auszuleben: Das Gewissen.

Die Erziehungsarbeit der Umgebung und das Heranwachsen einer solchen hemmenden inneren Instanz sind natürlich notwendig und gerechtfertigt, weil sonst ein auch nur einigermaßen geregeltes Zusammenleben unmöglich wäre.

Die hemmenden Einflüsse von Umgebung und Gewissen wirken sich auf das Verhalten des Einzelnen auf vielen Ebenen aus. Der Mensch findet sich nämlich in der Folge in einem ständigen Konflikt zwischen dem, was er „wirklich" tun möchte (d.h. zu dem, was ihn seine inneren Wünsche treiben) und dem, was ihm seine Umgebung und sein Gewissen zu tun erlauben.

Weil es dem Menschen verwehrt ist, seine Grundstrebungen direkt zu befriedigen, ist er ständig (wenn auch oft ohne es zu realisieren) auf der Suche nach Möglichkeiten, sich „trotzdem" seelisch entlasten zu können. Der Ausweg aus diesem Dilemma: Wenn er entweder einen Konflikt mit der Umgebung in Kauf nimmt oder wenn er sich bescheidet, seine „verbotenen Wünschen" symbolisch, d.h. indirekt in sozial erlaubter Form auszuleben.

Ansatzpunkte für solche indirekten Entlastungsmöglichkeiten sucht und findet der Einzelne in seiner näheren Umgebung.

Die moderne Motivforschung hat in einer Vielzahl von Untersuchungen festgestellt, daß der Mensch sich mit seiner Umgebung identifiziert. Er zieht – so zeigten diese psychologischen Analysen – sein Heim, seine Familie, seinen Arbeitsplatz oder auch sein Auto in seinen persönlichen Erlebnisbereich ein und reagiert auf Impulse der Umwelt auf diese Identifikationsobjekte so, wie wenn sie ihm gegolten hätten. Dabei lebt er vieles aus, was eigentlich gar nichts mit diesen Produkten, Dingen oder Personen zu tun hat. In der Identifikation schafft sich der Mensch einen Rahmen für ein verschlüsseltes und indirektes Ausleben seiner „verbotenen" Wünsche. Er muß sich dabei weder bloßstellen noch kompromittieren.

Kompensatorische Auslebensmöglichkeiten vermitteln aber immer nur Ersatzbefriedigungen. Diese können wohl kurzfristig entlasten; Grundspannungsprobleme werden dabei aber nicht beseitigt. Sie sind eine Art Ventile um „Dampf abzulassen". Der Mensch bleibt im Grunde seines Herzens aber unzufrieden. Dies ist einer der Gründe dafür, warum der Käufer immer nach neuen Produkten sucht, obwohl er mit den Alten zufrieden ist. Oder warum ein Mann drei Wochen nach dem Kauf eines neuen Autos zu überlegen beginnt, was für eine Marke er das nächste Mal kaufen will. Oder warum jemand, der behauptet mit seinen Zigaretten zufrieden zu sein, lediglich aufgrund einer Werbung eine neue Marke ausprobiert.

## *2.1. Der Käufer will mehr als nur Produkte*

Der Konsument hat zu allen Produkten, die er kauft und verwendet, eine primär „menschliche" und damit eine subjektive, irrationale Beziehung. Eine Vielzahl menschlicher Bedürfnisse, Wünsche und Ängste bestimmen diese mit.

Auch die vorliegende Untersuchung hat deutlich gezeigt, daß der Käufer für das von ihm bezahlte Geld mehr erwartet als nur ein Produkt. Er handelt sich gleichzeitig immer auch die Befriedigung von seelischen Bedürfnissen ein. Nur wenn er unter dem Eindruck steht, für sein Geld das zu erhalten, was er „wirklich" beansprucht, erst dann wird er bereit sein, ein bestimmtes Produkt zu kaufen oder einer Marke treu zu bleiben.

Produzenten oder noch mehr Werbefachleute können sich natürlich nicht mit den Wünschen eines jeden einzelnen Käufers befassen. Aber dies ist auch nicht notwendig. Unsere Untersuchung hat nämlich auch gezeigt, daß die Menschen nicht so verschieden voneinander sind, wie viele es gerne wahrhaben möchten. Wir konnten ganz im Gegenteil unter unseren Versuchspersonen Gruppen und Kategorien von Personen feststellen, die sich durch ihre Einstellungen zu den verschiedenen Produktkategorien oder auch durch die Art ihrer Erwartungen an die Werbung stark voneinander unterscheiden.

Diese Gruppen entstehen dadurch, daß andere emotionale Bedürfnisse das Grundverhalten dominieren, d.h. daß andere Arten von angestrebter Zusatzbefriedigung durch ein Produkt im Vordergrund stehen.

In bezug auf Werbung und Werbemaßnahmen hat sich ergeben, daß folgende Strebungen und Strebungsgruppen eine Rolle spielen:

## *2.2. Soziale Strebungen*

### *2.2.1. Das „Anlehnungsstreben" oder „Streben nach Sicherheit"*

Das Bedürfnis des Menschen nach Sicherheit beeinflußt sein Verhalten grundlegend. Je sicherer sich ein Mensch ganz allgemein fühlt, desto weniger nimmt er in der Regel Rücksicht auf Umstände und Umwelt, und desto rücksichtsloser wird er versuchen, seine Ziele zu erreichen und seine Bedürfnisse zu befriedigen. Je unsicherer jemand ist, desto mehr wird er von Ängsten oder Zweifeln bedrängt, die ihn in eine eher passive Grundverhaltensweise drängen.

Jeder Mensch fühlt sich von Zeit zu Zeit unsicher. Bei manchen Leuten sind diese Unsicherheitsgefühle permanent vorhanden und beeinflussen ihre ganze Lebenshaltung.

Unsicherheitsgefühle werden als störend und unlustvoll empfunden – gleichgültig ob sie nur gelegentlich auftauchen oder ob sie permanent vorhanden sind. Dies vor allem, weil sie Zweifel und Ängste mobilisieren. Sie führen immer zu einem Bedürfnis nach Beseitigung dieser Störfaktoren. Das Kaufverhalten unsicherer oder sich momentan unsicher fühlender Menschen wird deshalb immer auch von der Suche nach Produkten mitbeeinflußt, die als Nebennutzen „Sicherheit" vermitteln können.

In bezug auf die Werbung wirkt sich das menschliche Sicherheitsbedürfnis wie folgt aus:

- Unsichere oder sich unsicher fühlende Menschen werden vor allem auf Werbeappelle ansprechen, die ihnen als Nebennutzen „Sicherheit" versprechen.
- Unsichere Konsumenten sprechen ganz generell stärker auf Werbung an als sichere. Der Grund dafür liegt darin, daß sie ihrer Unsicherheit wegen ständig voller Zweifel sind und deshalb ein ständiges Bedürfnis nach „sicheren Wegweisern" haben. Die Werbung ist für sie einer dieser „Wegweiser", weil sie ihnen bereits durch die Tatsache ihres Vorhandenseins das Gefühl gibt, sie könne ihre Entscheidungen erleichtern.
  Es kann aus diesem Grund auch nicht überraschen, daß unsichere Käufer in der Regel der Werbung gegenüber viel weniger „Kritisch" eingestellt sind als „sichere" Konsumenten.

### *2.2.2. Das Unterordnungsstreben oder Streben nach Gemeinschaft/das Gesellungsstreben*

Der Wunsch einer Gruppe anzugehören, gehört zu den ursprünglichen und elementaren Bedürfnissen des Menschen.

Eines der schwerwiegendsten sozialen Problemen unserer Zeit ist die Angst vieler moderner Menschen vor der Vereinsamung. Diese Angst ist aber keine Zufallserscheinung. Unsere Lebensformen haben nämlich dazu geführt, daß viele Leute immer mehr in einer Massengesellschaft ohne wirklich echte Kontakte leben.

Die Vereinsamungsängste werden im weitern dadurch gefördert, daß Menschen, die unsicher sind und an sich zweifeln gleichzeitig auch befürchten, von der Gruppe nicht mehr akzeptiert, d.h. ausgeschlossen zu werden.

Menschen, die unter Vereinsamungsängsten leiden, neigen dazu, dieses Problem insofern kompensatorisch zu überbrücken, als sie sich nach außen so stark wie nur möglich als Teil der Gruppe manifestieren (um sich so symbolisch als Teil einer Gemeinschaft fühlen zu können). Ganze Wirtschaftszweige, z. B. die Mode leben sehr stark vom Streben des Menschen, sich nach außen als Glied einer Gruppe präsentieren zu können.

Der Werbung kommt in diesem Zusammenhang eine ganz spezifische Bedeutung zu, denn wer außer der Werbung könnte dem unsicheren oder unter Ängsten leidenden Menschen zeigen, welche Produkte „gruppentypisch" sind, d. h. mit welchen Produkten er mit „in" ist?

### *2.3. Individualistische Strebungen*

Die Zugehörigkeit zu einer Gruppe ist ein ursprüngliches und elementares Bedürfnis des Menschen. Der Mensch will aber nie nur Teil einer Gemeinschaft sein. Jeder hat gleichzeitig auch den Drang, als Individuum aus der Gruppe herauszuragen, etwas zu sein „was die anderen nicht sind".

Im Zusammenhang mit unserem Thema spielen hier folgende Strebungen eine wichtige Rolle:

#### *2.3.1. Das Erfolgsstreben oder Streben nach Selbstbestätigung*

Wer sich frustriert fühlt oder wer unter Ängsten leidet, zweifelt normalerweise auch an sich und seinen Leistungen. Solche Zweifel haben Minderwertigkeitsgefühle zur Folge, die etwas vereinfacht gesagt dazu führen, daß man befürchtet, man werde im Leben das nicht erreichen, was man für sich beansprucht oder als sein „Recht" betrachtet. (Jeder Mensch stellt Forderungen an das Leben, auf deren Erfüllung er ein „Recht" zu haben glaubt.)

Je mehr jemand an sich zweifelt, desto größer wird sein Bedürfnis, sich „zu bestätigen". Gelingt ihm dies (wenn auch oft nur in kompensatorischer Form), so gibt ihm dies (zumindest kurzfristig) das beruhigende Gefühl, „seine Zweifel seien überflüssig", er sei doch „gut genug, um es im Leben zu etwas zu bringen".

Dem Selbstbestätigungsstreben (der kompensatorischen Verhaltensform des Erfolgsstrebens) liegen aber noch andere Ursachen zugrunde. Es gibt Leute, deren Haupttriebsfeder das Streben nach Erfolg und Reichtum ist. Erreichen sie dieses Ziel nicht oder nur sehr bedingt, so werden sie dennoch versuchen, nach außen so zu wirken, wie wenn sie ihr Ziel wirklich erreicht hätten. Dies ist natürlich nur in kompensatorischer Form möglich.

Die Werbung hat hier eine Doppelaufgabe:
– Sie muß Produkt-Images aufbauen, damit diese einen solchen Nebennutzen versprechen können.

– Sie muß dem potientiellen Käufer zeigen, welche Produkte ihm diesen Nebennutzen vermitteln können.

### *2.3.2. Das Beeinflussungsstreben oder Streben nach Macht*

Das Streben nach Macht spielt in verschiedensten Bereichen des menschlichen Lebens eine große Rolle. Wer die angestrebte Machtposition nicht erreicht oder aber sich in seiner Position unsicher fühlt, wird ebenfalls versuchen, seine dadurch entstehenden Spannungen kompensatorisch auszuleben.

Auch hier kommt der Werbung die Aufgabe zu:
- Produkte durch Imagebildung zu Machtsymbolen zu machen (sofern nicht die Produkte dies an und für sich bereits sind).
- Dem Konsumenten zu zeigen, welche Produkte ihm den angestrebten Nebennutzen vermitteln können.

## *2.4. Egoistische Strebungen*

Jeder Mensch hat eine ganze Reihe von Strebungen nach direktem egoistischem Lustgewinn, die er in der Regel nicht direkt abreagieren und befriedigen kann.

Der Werbung kommt in diesem Zusammenhang die „Aufgabe" zu, dem Konsumenten zu zeigen, welche Produkte ihm ein kompensatorisches und damit sozial erlaubtes Befriedigen dieser egoistischen Strebungen ermöglichen.

### *2.4.1. Das Geschlechtsstreben*

Das Geschlechtsstreben beeinflußt die Einkaufsgewohnheiten und Verhaltensweisen des Menschen in sehr vielen Hinsichten. Beim Kauf vieler Produkte spielen direkte und indirekte sexuelle Nebengedanken eine große Rolle.

### *2.4.2. Das Schaustellungsstreben (Geltungsbedürfnis)*

Bei manchen Menschen ist der Wunsch, die eigene Person zur Geltung zu bringen, das das Verhalten dominierende Grundstreben.

Geltungsbedürftige Leute haben aber sehr oft nicht die Möglichkeit, sich so zur Geltung zu bringen, wie sie es gerne möchten. Im weitern suchen sie auch oft Befriedigung für Strebungen und Wünsche, die von der Gemeinschaft kaum toleriert würden. Sie sind aus diesem Grund gezwungen –

wollen sie nicht auf die angestrebte Befriedigung verzichten – nach akzeptierten und erlaubten Ausdrucksformen des Sich-zur-Schau-Stellen zu suchen.

Die Werbung hat auch hier wegweisende Funktionen.

### *2.4.3. Das Spielstreben oder Streben nach Unabhängigkeit*

Der durchschnittliche Erwachsene fühlt sich „unfrei". Familie, Beruf und Gesellschaft lassen den Einzelnen nie ganz los und zwingen ihm einen Lebensstil auf, der sehr oft nicht mit seinen individuellen und egoistischen Wünschen und Strebungen übereinstimmt. In der Jugend rebelliert der Mensch gegen diesen Zwang der Umgebung. Als Erwachsener kann er seine „Bedürfnisse nach Freiheit und Unabhängigkeit" in der Regel nur in symbolischer Form ausleben.

Eine ganze Reihe von Produkten werden mit dem (meist unterschwelligen) Nebengedanken gekauft, sich bei der Verwendung zumindest symbolisch „frei und unabhängig" fühlen zu können. Beispielsweise Autos, Zigaretten u. a. m.

Die Werbung muß hier den Konsumenten „belehren", welche die „Produkte der Freiheit" sind, d. h. mit welchen Produkten man sich symbolisch die angestrebte Befriedigung verschaffen kann.

### *2.4.4. Das Selbstverwöhnungsstreben*

Menschen, die nicht zufrieden sind, und die sich vom Leben schlecht behandelt fühlen oder Menschen, die eine Leistung vollbracht haben, die von der Umwelt nicht genügend „gewürdigt" wird, haben oft das Bedürfnis, sich selber zu verwöhnen.

Viele Produkte werden in diesem Sinne verwendet. Aber nur die Werbung „weiß", welche Produkte dies am besten tun können.

## *2.5. Der Wert der eigenen Leistung*

Wenn ein Mensch etwas kauft, verfolgt er gleichzeitig immer in irgendeiner Form das Ziel, sich dabei seelisch zu entlasten.

Diese geheimen Wünsche sind aber nur ein die Kaufentscheidungen beeinflussender Faktor. Eine weitere, ebenso wichtige Rolle spielt in vielen Hinsichten der Problemkreis „eigene Leistung".

Die seelische Bedeutung des Leistungsdenkens kann man nur verstehen, wenn man sich vor Augen führt, welche Wichtigkeit dem sogenannten „magischen Denken" auch im Verhalten der Erwachsenen zukommt.

Es würde den Rahmen dieser Untersuchung sprengen, wollten wir versuchen, dieses Thema erschöpfend zu analysieren. Aber auch vereinfacht dargestellt zeigt es uns deutlich, wie dieses Problem die Kaufgewohnheiten vieler Leute mitbeeinflußt.

- Das Kleinkind erlebt die Welt als eine Umgebung voller magischer Zusammenhänge. Es lernt während seiner Entwicklung „realistisch“ zu denken – aber die magischen Hintergründe seiner Denkvorstellungen verschwinden nie ganz. Die vielen abergläubischen Vorstellungen, die wir bei so vielen Leuten immer wieder antreffen, sind typische Beispiele dafür. So die Vorstellung, daß es genügt, gewisse gesunde Nahrungsmittel und Getränke zu sich zu nehmen, um damit Sünden wider die eigene Gesundheit gut zu machen.

In dieser magischen Vorstellungswelt spielt das Leistungsprinzip eine sehr bedeutsame Rolle. Der Mensch steht nämlich unter dem festen Eindruck (und er wird ja auch zu einem solchen Denken erzogen), daß nur der etwas wert ist, der etwas leistet – und daß er nur etwas erhalten wird, wenn er dafür etwas leistet.

Für den durchschnittlichen Käufer ist die „eigene Leistung“ aus den geschilderten Gründen gefühlsmäßig immer eine bedeutsame Angelegenheit.

In der Kaufsituation steht der Käufer sehr oft vor dem Problem, daß er Dinge ersteht, die er als „Luxus“ betrachtet, d.h. Artikel, die er sich eigentlich erst mit einer Leistung „verdienen“ müßte. Diese Leistung wird in vielen Fällen aber nicht erbracht. Der Käufer würde aus diesem Grund von Zweifeln geplagt oder vom Kauf absehen, wenn hier nicht wiederum die Werbung einspringen und ihm den Konflikt abnehmen würde, indem sie ihm einen „guten Grund“ für den Kauf gibt, der die Leistung überflüssig macht.

### *3. Die Welt der Produkte*

Der Mensch wird tag-täglich mit einer unübersehbaren Vielfalt von Eindrücken konfrontiert. Diese Umwelt wäre verwirrend, chaotisch, würde er sie nicht „gliedern“.

Der Mensch erfindet nämlich Systeme, die ihm ermöglichen, die Umwelt so einzuteilen, daß er sich darin orientieren kann.

Im Großen schafft er reale und moralische Wertmodelle, die ihm die „Übersicht“ ermöglichen. Wenn wir von „Wertmodellen“ reden, so meinen wir damit: Der Mensch spricht Gefühlen, Handlungen und Objekten mehr oder weniger „willkürlich" einen bestimmten Wert zu und erhält so die Möglichkeit, die Dinge und Geschehnisse um ihn herum in bestimmten Gruppen zu vereinigen. (Bei Produkten hängt deren „Wert" nicht zuletzt davon ab, wieviel sie über ihren Realnutzen hinaus dem Menschen auch emotional bieten können.)

Wertmodelle werden aber nicht nur zur Lösung der großen menschlichen Probleme errichtet. Auch für den kleinen Alltag hat der Mensch seine „Wertmodelle".

Der durchschnittliche Verbraucher gruppiert die verschiedenen käuflichen Produkte in der Regel in ein „psychologischen Ordnungssystem". Daraus resultieren bestimmte Produktgruppen, die nicht nur ihren festen Platz im Haushalt (oder wo es auch immer ist) sondern auch einen bestimmten gefühlsmäßigen Platz bei ihm haben (der mit ihrem realen Wert oft nicht übereinstimmt).

Der Verbraucher unterscheidet in seinem System aber nicht nur allgemein zwischen Autos, Suppen und Waschmitteln etc., sondern er schafft auch eine „Ordnung" innerhalb der einzelnen Produktgruppen. So wertet und plaziert er auch innerhalb eines bestimmten Produktangebotes. (Er positioniert gefühlsmäßig jedes Produkt.)

Analysiert man die Zusammensetzung der verschiedenenen Gruppen innerhalb dieser Ordnungssysteme, so gilt es folgendes zu beachten:

- Die Gruppen innerhalb des Ordnungssystems hängen weniger von den realen Eigenschaften der Produkte als von den gefühlsmäßigen Einstellungen der Verbraucher zu diesen Produkten ab.
- Die realen Eigenschaften der Produkte kennzeichnen in der Regel nur deren allgemeinen Verwendungszweck oder die Anwendungsformen. Ihre bessere oder schlechtere Positionierung in einer Gruppe, hängt aber davon ab, wieviel emotionalen Nebennutzen sie dem Verbraucher versprechen können.

Anders ausgedrückt bedeutet dies:

- Je mehr emotionalen Zusatznutzen ein Produkt dem Verbraucher versprechen und vermitteln kann, desto „höher" wird es eingestuft. Innerhalb der einzelnen Gruppen werden diejenigen Marken positiver gewichtet, die dank besserer Realeigenschaften aber noch mehr dank eines positiveren Images den Verbraucher emotional stärker ansprechen können.

Daß diesen emotionalen Gesichtspunkten in den Ordnungssystemen der verschiedenen Konsumenten-Kategorien eine ständig wachsende Bedeutung zukommt, sei nur nebenbei vermerkt. Der Grund dafür: Der Verbraucher ist je länger desto weniger in der Lage, das sich ständig vergrößernde Angebot zu überblicken oder die realen Unterschiede zwischen den Produkten und Marken überhaupt noch feststellen zu können. Weil die objektiven Unterscheidungsfaktoren sich immer mehr verflachen, ist der Käufer immer mehr darauf angewiesen, sich auf sein „Gefühl“ zu verlassen – oder auf das, was er als „Erfahrung“ bezeichnet. Oder auf Wegweiser wie die Werbung.

Ein Ordnungssystem mit entsprechenden Positionierungen ist nie eine feste Größe. Ein Produkt wird natürlich dank seiner Realeigenschaften immer von vornherein einer bestimmten Untergruppe zugeordnet. Aber im Rahmen dieser Gruppe kann es weiter oben oder weiter unten rangieren – je nachdem, wie es durch Realeigenschaften, Preis, Werbung, eventuell die Packung und vor allem das Image fixiert wird.

## *4. Zum Aufgabenbereich der Werbung*

Ohne Werbung hätte der Käufer längst die Übersicht über das große Produktangebot völlig verloren. Die Werbung wirkt aber nicht nur, weil sie den Konsumenten informiert. (Produkt-Information ist ihre primäre Aufgabe.) Unsere Untersuchung hat sehr deutlich gezeigt, daß der durchschnittliche Konsument im weitern positiv auf Werbung anspricht, weil sie darüber hinaus folgende Funktionen erfüllt:

- Sie erleichtert ihm die Bildung seiner alltäglichen Wertsysteme, indem sie Wegweiserfunktionen erfüllt.
- Sie zeigt dem Konsumenten nicht nur, was für Produkte es gibt, sondern hilft ihm auch zu erkennen, von welchen dieser Produkte er das erwarten kann, was er eigentlich wirklich kaufen will (Realnutzen und Nebennutzen).
- Sie hilft ihm die Kaufentscheidungen erleichtern.
- Sie bietet Images und nicht nur Produkte an und hilft so mit, Ängste und Zweifel zu bannen, indem sie dem Konsumenten indirekt antönt, auf welche Weise er sich kompensatorisch, d. h. ohne soziale Nachteile seine Strebungen befriedigen kann.
- Sie gibt ihm Kaufgründe, so daß er problemlos und ohne „schlechtes Gewissen“ einkaufen kann.

Die Werbung wirkt also, weil sie Voraussetzungen schafft, damit der Konsument unbelastet und damit zufriedener einkaufen kann, d. h. denjenigen Nebennutzen vermitteln, den er eigentlich anstrebt. In dieser Funktion kann sie helfen, Ängste und Zweifel zu bannen.

Sehr oft wird davon gesprochen, daß die Werbung hilft, den Verkauf zu fördern. Umsatzsteigerungen sind aber immer Fernziele, denn das Nahziel ist anders. Die Werbung hilft mit, in den Köpfen des Konsumenten Vorstellungen von einem Produkt zu entwickeln (Imagebildung). Erst wenn diese Vorstellungen vorhanden sind, resultiert daraus ein bestimmtes Verhalten beim Konsumenten, das zu einem Kauf führen kann.

Man behauptet, daß der Konsument mittels Werbung beeinflußt wird. Dies stimmt auch. Allerdings kann Werbung den Konsumenten aber nur beeinflussen, wenn eine Kampagne auf die Problematik des Konsumenten abgestimmt ist, d.h. ihm hilft, die Produktwelt um ihn herum so zu „gliedern", daß er (trotz inneren Spannungen und trotz der Forderungen der Außenwelt) in einer Weise einkaufen kann, die ihn auch seelisch zufriedenstellt. Die Werbung ist eine der Voraussetzungen dafür, daß der Mensch beim Einkauf und Verbrauch auch seelisch profitieren kann.

Der Mensch ist für sich selbst „zu klein". Er benötigt Dinge aus seiner Umwelt zu seiner Zufriedenheit. Der Mensch lebt wirklich nicht von Brot allein. Nur wenn er sich auch seelisch zufriedenstellen kann, fühlt er sich einigermaßen zufrieden.

Die Werbung ist eines der Instrumente unserer Gesellschaft, um dem Menschen zu diesem symbolischen Zufriedenheitsstatus zu verhelfen.

Und noch etwas:

Die Werbung wirkt nur, wenn sie vom Umworbenen akzeptiert wird. Sie kann nur „verführen", wenn die Gegenseite bewußt oder unbewußt bereit ist, sich „verführen" zu lassen.

## Ludwig von Holzschuher: Das Beispiel eines werbenden Reisevertreters

> *„Natürlich setzt ein solches Gespräch voraus, daß der Vertreter mit dem Herzen dabei ist, das Gefühl echter Anteilnahme vermittelt sowie von einer gewissen Selbstsicherheit und Begeisterung beseelt ist."*

Zur Einführung eines neuen Markenartikels sind Vertreter unterwegs, die einschlägigen Detaillisten zu besuchen und für einen ersten Auftrag zu gewinnen. Fast überall stoßen sie auf schroffe Ablehnung. Sobald die Händler davon hören, daß es sich um die Aufnahme eines neuen Artikels handelt, mit dem sie ihr an sich schon viel zu umfangreiches Sortiment noch vergrößern sollen, erklären die meisten von ihnen rundheraus, daß ein Auftrag nicht in Betracht käme. Später vielleicht, sobald eine Nachfrage eingesetzt habe. Jetzt aber unter keinen Umständen ...

In einem solchen Fall, der häufig genug vorkommt, zeigt es sich, wer von den Vertretern zu „werben" versteht bzw. wer zu nichts anderem fähig ist als zum Abholen von Aufträgen (die durch vorliegenden Bedarf oder durch eine von der Zentrale aus vorausgegangene Werbung bereits reif zur Erteilung waren).

*Das erste Kriterium* des Werbens ist, wie gesagt, daß es *eine Ablehnung zu überwinden* hat. Das ist eine Grunderkenntnis, von der auch jede Vertreterschulung ausgehen muß. Vertreter, die lediglich zum „Auftragabholen" befähigt sind, hören im Gegensatz hierzu bei der Ablehnung mit ihrer Tätigkeit auf. Und das heißt praktisch: sie fangen mit dem Werben gar nicht erst an. Entmutigt durch das Nein des Kunden stammeln sie noch Worte der Entschuldigung, daß sie durch ihren Besuch gestört haben, und empfehlen sich mit dem Ausdruck der Hoffnung, daß es beim nächsten Besuch zu einem Auftrag käme.

Neben der Kategorie der *nicht*-werbenden Vertreter gibt es eine zweite, die vielleicht noch weniger erwünscht ist: die Kategorie der *falsch*-werbenden Vertreter. Sie rekrutiert sich aus jenen, die – um einen sofortigen Erfolg zu erzielen – trotz aller Ablehnung pausenlos mit ihrem Verkaufsgespräch fortfahren. Solche Redeschwälle haben den Nachteil, daß der Sprecher gar nicht bemerkt, wie der andere zunehmend ungeduldig wird, wie er längst nicht mehr bereit ist, sich die Argumente anzuhören, und wie er nur auf eine günstige Gelegenheit wartet, das Gespräch abrupt abzubrechen. Ein solcher Vertreter steigert also die Ablehnung, anstatt sie werbend zu überwinden. Er zeigt sich nicht in einem vorteilhaften Licht, um dadurch den Kunden zu gewinnen, sondern er geht ihm auf die Nerven. Und wenn er schließlich gar anfängt, um einen Auftrag zu betteln, dann ist der Höhepunkt des Falsch-Werbens erreicht. Ist doch dadurch eine negative Nachwirkung seiner Tätigkeit selbst dann gegeben, wenn der Kunde sich zum Auftrag bewegen läßt, nur um den Quälgeist endlich loszuwerden. Denn jener fühlt sich später bestimmt „eingeseift", vergewaltigt; ihm wurde etwas aufgeschwatzt, was er gar nicht haben wollte.

Daraus ergibt sich das – ebenfalls schon erwähnte – *zweite Kriterium* echten Werbens: Es muß so wirken, daß *der Umworbene, wenn er der Werbung schließlich folgt, diese Folgeleistung als seinen freien Willensentschluß empfindet.* So lehrt auch D. Carnegie: „Es gibt zwischen Himmel und Erde nur einen Weg, einen Menschen zu veranlassen, etwas zu tun: man muß ihn dazu bringen, daß er etwas tun *will.* Vergiß es nicht: das ist der einzige Weg." Die Kunst des Werbenden aber ist es, diesen Weg ausfindig zu machen.

Weiter: Unternehmer wie Vertreter neigen stets dazu, allzu einseitigen Wert auf sachliche Argumentation zu legen. „Haben Sie", so pflegen sie ihre Leute im Außendienst zu fragen, „auch gebührend hervorgehoben, daß unsere Ware diese und jene Vorzüge hat, außerdem billiger ist, dem Händler eine größere Gewinnspanne bietet, daß wir ihm durch eine große Werbung Kunden in den Laden treiben werden usw.?" Sie bedenken nicht, daß zum erfolgreichen „Werben" vor allem auch gehört, menschliche Saiten anklingen zu lassen.

Und das ist das *dritte Kriterium: Richtiges Werben muß den Umworbenen als Menschen packen, mit all seinen menschlichen, ja allzu menschlichen Eigenschaften.* Sachliche Argumente wenden sich nur an die eine Eigenschaft des Menschen, seine Entschlüsse nach vernünftigen Gründen ausrichten zu können, eine Eigenschaft, die (leider) eine sehr untergeordnete Rolle spielt. Ein guter Vertreter, der auf Ablehnung stößt, setzt unter keinen Umständen seine sachliche Verkaufsrede fort. Vielmehr sucht er herauszubekommen, wie er seinen Partner menschlich und persönlich am besten zu fassen vermöchte. Vielleicht erkundigt er sich nach den Gründen der Ablehnung. Oder er stellt Fragen, die ein ganz anderes Thema betreffen und zweierlei bezwecken:

1. den Umworbenen aus seiner ablehnenden Haltung herauszulocken und für eine aktive Teilnahme am Gespräch zu gewinnen;
2. auf derartige Weise abzutasten, für welches Thema der andere sich zu erwärmen vermag und in welcher Richtung seine Interessen liegen, wo ihn „der Schuh drückt" usw.

„Pflege die Kunst des Fragestellens", sagt F. Bettger. „Nicht Behauptungen und Argumente, sondern Fragen können den Weg zum Verkauf ebnen und dazu dienen, andere Menschen für unsere eigene Denkweise zu gewinnen." Und wenn der Vertreter die Kunst der Gesprächsführung meistert, wird er es mühelos erreichen, daß das Gespräch allmählich in einer Auftragserteilung mündet. Meistens wird dann der Kunde sogar von sich aus spontan die Bestellung aufgeben.

Natürlich setzt ein solches Gespräch voraus, daß der Vertreter mit dem Herzen dabei ist, das Gefühl echter Anteilnahme vermittelt sowie von einer gewissen Selbstsicherheit und Begeisterung beseelt ist. Denn dadurch erweckt er *Vertrauen* und *imponiert* zugleich. Diese beiden Faktoren bilden zusammen das *vierte Kriterium: Ohne Vertrauen zu gewinnen und ohne zu imponieren, ist kein erfolgreiches Werben denkbar.* Ohne Vertrauen sind alle Argumente in den Wind gesprochen. Bei einem eingeführten Vertreter hingegen, der bereits das volle Vertrauen seiner Kundschaft genießt, bedarf es vielfach gar keiner großen Argumentation mehr. „Wenn Sie es mir empfehlen, genügt mir das", pflegt dann der Kunde zu sagen.

Ein gewisses Imponieren (im Sinne von „als Persönlichkeit beeindrukken" und ja nicht mit dem Beigeschmack des Eindruck-Schinden-Wollens) ist aber schon deshalb unerläßlich, weil Kunden – ähnlich wie es umworbene Frauen mit ihren Anbetern tun, die ihnen nicht imponieren können – dazu neigen, mit unterwürfigen und bittstellerischen Lieferanten umzuspringen. Einem Bittsteller gegenüber empfindet man geradezu zwangsläufig eine innere Ablehnung und das Bedürfnis, ihn loszuwerden; man gibt ihm bestenfalls ein Almosen. Und außerdem: man gelangt mit ihm niemals auf die Basis von Gleichgestellten, die von beiderseitigem Vertrauen getragen ist. *Vertrauenerwecken und Imponieren bedingen sich gegenseitig.*

*Ein fünftes Kriterium* typischen Werbens ist schließlich *das Wiederholen der Beteuerungen und Argumente*, die den anderen beeindrucken und gewinnen sollen. Inhalt wie Ziel bleiben dabei stets gleich. Nur die Mittel und Ausdrucksweisen werden abgewandelt. Ein derartiges Wiederkauen der gleichen Ideen in wechselnder Form ist von der Propaganda her ebenso bekannt wie von Liebesbeteuerungen. Auch ein Vertreter, der zu werben versteht, setzt – will er nicht aufsässig wirken – immer neue Hebel an, um dem Kunden seine Ware nahezubringen und beharrlich auf eine Auftragserteilung loszusteuern.

## Vance Packard: Leitbildwerbung in der Autoindustrie

> *„Das Auto sagt, wer wir sind, und was wir sein möchten [. . .] Es ist das bewegliche Symbol unserer Persönlichkeit und unserer Stellung."*

Die am offensichtlichsten erfolgreiche Leitbildschaffung gelang wohl der Automobilindustrie. Das Auto ist weit mehr geworden als ein bloßes Beförderungsmittel. Wie Pierre Martineau es ausdrückt, „sagt das Auto, wer wir sind, und was wir sein möchten . . . Es ist das bewegliche Symbol unserer Persönlichkeit und unserer Stellung . . ., das sicherste Mittel, das wir haben, um den Leuten deutlich unsere Stellung zu zeigen. Beim Kauf eines Wagens sagen wir gewissermaßen: ‚Ich möchte den Wagen haben, der besagt, wer ich bin'." Buick deutet das in seinen Anzeigen sogar an, als er dem Publikum versprach: „Sie fühlen sich darin als der Mensch, der Sie sind."

Eines der bemerkenswertesten Dokumente, auf die ich bei meiner Untersuchung stieß, war eine Broschüre mit dem Titel „Was das Auto für die Amerikaner bedeutet". Sie berichtet über eine von Social Research, Inc., für „The Chicago Tribune" durchgeführte Untersuchung, deren Ergebnisse von den großen Wirtschaftsblättern sehr ausführlich erörtert wurden. Diese Untersuchung führte eine Arbeitsgemeinschaft von Sozialwissenschaftlern durch, die mit einer Vielzahl von Testmethoden 352 Wagenbesitzer im Raum Chicago prüften.

Sie stellte dabei fest, daß nur eine Minderheit der Bevölkerung – meist Männer der unteren Klassen – ein echtes Interesse an der technischen Beschaffenheit von Autos hat. Als Wichtigstes erbrachte diese Untersuchung die Erkenntnis, daß Autos reich mit sozialen Bedeutungen beladen sind und sehr geschätzt werden, weil sie „Ausdrucksmittel . . . für Charakter, Temperament und die Vorstellung sind, die Eigentümer und Fahrer von sich selber haben . . . Der Kaufvorgang ist eine Wechselwirkung zwischen der Persönlichkeit des Wagens und der Persönlichkeit des Individuums." Der Bericht kennzeichnete die Persönlichkeit des Besitzertyps für verschiedene große Wagenmarken durch eine Reihe von Kreisen. Jeder Kreis enthielt einen Text, der die vorherrschenden Merkmale dieses Besitzers und ihre relative Bedeutung beschrieb. Hier einige der aufgeführten Besitzerprofile:

Cadillac: „Stolz . . . großspurig . . . Kaufmann . . . in mittleren Jahren . . . gesellschaftliche Beweglichkeit . . . gute Einkommensstufe . . . verantwortungsbewußt."

Ford: „Schnelligkeitsteufel . . . gutes Einkommen . . . junger Mann . . . stolz . . . obere Mittelklasse . . . fährt zur Arbeit . . . praktisch."

DeSoto: „Konservativ . . . verantwortungsbewußt . . . Hausmütterchen . . . gehobener Mittelstand . . . gutes Einkommen . . . stolz."

Studebaker: „Gutaussehend . . . Angeber . . . intellektuell . . . beweglich . . . im freien Beruf . . . junger Mann."

Pontiac: „Trachtet nach stabilen Verhältnissen . . . Straßenmitte . . . verheiratete Frau . . . Mutter . . . zuverlässig . . . konventionell . . . fleißig."

Mercury: „Vertreter . . . bestimmt . . . beweglich . . . modern . . . solid . . . untere Mittelklasse . . . Vater . . . flink."

Der Bericht bestätigt, daß „die Leute den Wagen kaufen, von dem sie glauben, daß er zu ihnen ganz besonders paßt", und stellt dann fest:

Leute, die konservativ erscheinen und der Umwelt sagen möchten, daß sie sehr seriös und verantwortungsbewußt sind, pflegen Plymouth, Dodge, DeSoto, Packard, viertürige dunkle Limousinen mit einem Minimum an Ausstattung und Spielereien, zu kaufen.

Leute, die gesellig und modern erscheinen möchten, doch sozusagen hübsch auf dem Mittelweg, pflegen Chevrolet, Pontiac, Buick, Chrysler, zweitürige Limousinen, helle Farben, maßvoll in Zubehör und Spielereien, zu bevorzugen.

Leute, die sich ein bißchen zeigen, ihre Individualität und moderne Lebensauffassung geltend machen möchten, kaufen gern Ford, Mercury, Oldsmobile, Lincoln, Hardtops, zweifarbige kräftige Kontrastwirkung, einen Haufen Sonderausstattung, technischen Kleinkram und Modespielereien.

Leute, die einen ungewöhnlichen Rang oder persönlichen Anspruch zum Ausdruck bringen müssen, bevorzugen Cadillac (Wirkung nach außen, hoher Rang), Studebaker, Hudson, Nash, Willys, Cabriolets (Impulsivität), sehr leuchtende Farben, Rot, Gelb, Weiß, und das Neueste an Ausstattung und Spielereien.

Eine interessante Variante der Möglichkeiten, durch den Besitz eines Autos den „Wunsch nach Beachtung" zu befriedigen, ist das, was die Tester „betonte Zurückhaltung" nennen. Solche Leute wollen andere ihren sozialen Rang erkennen lassen, möchten aber gleichzeitig, daß dies auf bescheidene Art geschieht. Manche stufen sich absichtlich niedriger ein. Das ist eine von „Leuten, die sich ihrer hohen sozialen Stellung sicher sind, häufig angewandte Methode. Sie zeigen ihre Überlegenheit durch eine zur Schau gestellte Gleichgültigkeit gegenüber dem sozialen Status, indem sie absichtlich weniger teure Wagen kaufen, als man von ihnen erwarten könnte. Sie lieben klapperige Caravans und alte Autos." Andere versuchen vielleicht durch extravagant wirkende Wagentypen Aufsehen zu erregen: ausländische Wagen, Nash Rambler oder der neue Studebaker. Burleigh Gardner erzählte von einer Spannung, die in einer Gruppe von vier Ärzten mit gemeinsamer Praxis an der eleganten Michigan Avenue in Chicago aufkam, als einer der Kollegen anfing, seinen leicht urtümlichen, aufsehenerregenden Wagen vor dem Hause zu parken. Nachdem sie sich beraten hatten, erklärten sie ihm, der Wagen passe nicht in das Bild standesbewußter Ärzte, das zu bieten sie bestrebt seien.

Die Social-Research-Untersuchung hatte u.a. gezeigt, daß DeSoto als der passende Wagen für Leute in geordneten Verhältnissen, einschließlich solcher in mittleren Jahren und solcher, die sich zur Ruhe gesetzt hatten, betrachtet wurde. Der gereiften und verantwortungsbewußten Menschen angemessene Dodge war chronologisch etwas jünger als DeSoto.

Kurz nach Veröffentlichung dieser Untersuchung begann die Chrysler Corporation die Leitbilder ihrer sämtlichen Wagen zu überholen. (Inwieweit der Bericht die Firma dazu veranlaßt hatte, war nicht genau festzustellen.) Jedenfalls gab man mit dem „Forward Look" der gesamten Produktion eine jugendlichere, lebhaftere Note. In dem Social-Research-Bericht hieß es, der Dodge-Besitzer wünsche als solider Bürger zu gelten. Als der Dodge auf „Forward Look" umgemodelt wurde, kündigten die Hersteller an, der solide Bürger habe einige Überraschungen zu erwarten. Und als Plymouth durch eine Änderung seines Leitbildes sein großes Comeback einleitete, führte er keinen „Schrauben-und-Bolzen"-Werbefeldzug. Statt dessen war die Werbung, wie Mr. Martineau darlegte, auf „im Herzen jung" abgestellt, ein Thema, das den ewigen Jüngling in uns anspricht.

Ich fragte Mr. Martineau, ob seit der Durchführung seiner beiden Untersuchungen wesentliche Wandlungen im Persönlichkeitsbild von Autos und Zigaretten vor sich gegangen seien, und er antwortete:

> „Ganz allgemein möchte ich sagen, daß – entgegen dem oberflächlichen Eindruck – solche Vorstellungen von einem Produkt sich sehr langsam verändern, es sei denn, bei dem Produkt selbst oder bei der Werbung träte eine Wandlung von Grund auf ein. Der Plymouth hat sich, meiner Meinung nach, sehr schnell von einem langweiligen zu einem recht lebhaften Wagen gewandelt. Die Vorstellung von Lucky Strike als einer männlichen Zigarette verblaßt, glaube ich, langsam. Natürlich wandeln sich diese Bilder im Laufe der Zeit, aber im großen und ganzen sind die Produktpersönlichkeiten der beiden Untersuchungen . . . verhältnißmäßig gleich geblieben."

Obwohl Autos unterschiedliche, sorgfältig für sie geschaffene und auf Anziehungskraft für einen bestimmten Käufertyp berechnete Bilder haben, beschränken die Autofirmen ihre Kundenwerbung nicht auf eine einzige Persönlichkeitsgruppe. Der Kreis würde für eine auf Massenabsatz eingestellte Produktion zu eng sein. Der Bericht stellt fest: „Ein Wagen läßt sich an verschiedene Leute verkaufen, indem man die verschiedenen Seiten seiner Persönlichkeit aufzeigt . . . Werbung ist ein Symbolmultiplikator. Wie ein Prisma kann sie viele verschiedene Seiten des Wagencharakters zur Geltung bringen, so daß viele grundverschieden geartete Leute ihn als ‚ihren' Wagen betrachten." Wenn die Analytiker ein paar von den Vorstellungen kennen, die wir kaufen, können sie daraus auf unser Verhalten in anderen Kaufsituationen schließen und viele Lücken in ihrer Vorstellung von der Gesamtstruktur unserer Persönlichkeit ausfüllen. Ich unterhielt mich mit zwei Psychologen von Social Research, und einer von ihnen sagte: „Nehmen Sie etwa den Mann, der einen Studebaker fährt, Old Golds raucht, Haarpomade, einen elektrischen Rasierapparat und einen Füllhalter Parker 51 benutzt. Bestimmt ist er Handelsvertreter, aktiv, steht in schwierigen Situationen seinen Mann und möchte einen guten Eindruck machen. Wahrscheinlich war er in seiner Jugend ein rechter Schwärmer." Und der andere Psychologe fügte hinzu: „Ferner werden Sie feststellen, daß er auffallende Shorts trägt."

**Renate Lengwenus: Dufte Marken kauf' ich gern – teure noch viel lieber . . .**

## Frauen-Typologie. Markt- und Medienverhalten weiblicher Marketing-Zielgruppen

Frauen
25 Millionen leben in der BRD
15 Millionen sind unter 50 Jahre alt
Verbraucherinnen
Ein gewaltiger Markt
Die Untersuchung beweist: diese Frauen sind in marketinggerechte Teilgruppen zu gliedern.
Die gefundenen Typen sind die wichtigsten Zielgruppen der Werbung. Sie bieten
- dem Produktplaner
- dem Marketing-Fachmann
- dem Creativen
- dem Mediaplaner

die Möglichkeit, weibliche Zielgruppen
- klarer zu definieren
- genauer abzugrenzen
- wirkungsvoller anzusprechen
- gezielter zu erreichen.

### *Vorbemerkung*

Als wir dieser Untersuchung einen Namen geben wollten, überraschte uns die Schwierigkeit, all das, was hier erarbeitet wurde, in einem Titel schlagwortartig zusammenzufassen.

Wir einigten uns auf FRAUEN-TYPOLOGIE – eine Wortkombination, die ihre Einprägsamkeit bei G + J und im GETAS-Institut ein Jahr lang bewiesen hatte, mit der jedoch der Inhalt dieses Bandes nur angedeutet werden kann.

Was gesagt werden sollte: hier wird der Versuch gemacht, die überaus konsumintensive Gruppe der rund 15 Millionen Frauen zwischen 14 und 49 Jahren nach mehr als nur demographischen Kriterien zu segmentieren.

Grundgedanke und Zielsetzung der Untersuchung ist es, diese Frauen unter verschiedenen Aspekten auf Ähnlichkeiten in einer Vielzahl von Verhaltens-, Einstellungs- und Persönlichkeitsmerkmalen zu überprüfen und einander ähnliche Personen zu möglichst homogenen ‚Typen‘ zusammenzufassen. Die Aufgliederung einer Personengruppe in Typen kann unter vielerlei Gesichtspunkten vorgenommen werden – vorausgesetzt, man hat die Möglichkeit, so viele Informationen zu sammeln, daß eine ausreichend genaue Determinierung der untersuchten Personen innerhalb des jeweiligen Bezugsrahmens vorgenommen werden kann. Leider werden jedoch unseren Informationsbedürfnissen durch die Befragten Grenzen gesetzt, und so erwies es sich als unumgänglich, eine Auswahl unter der großen Zahl von

*Frauen zwischen 14 und 49 Jahren (14,87 Mio.)*
*Die 48 Typen*

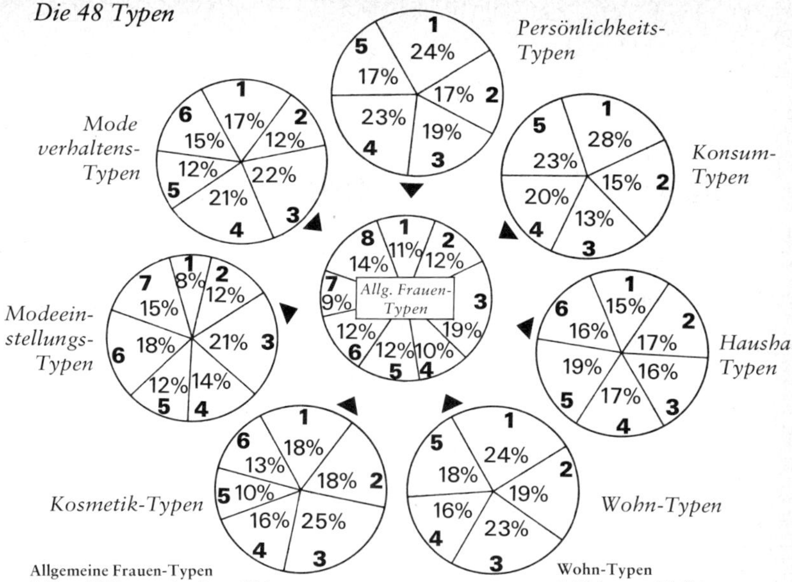


**Allgemeine Frauen-Typen**
1 Unauffällige, passive Jugendliche
2 Rückständige, anspruchslose Frau
3 Solide Hausfrau alten Stils
4 Schicke Berufstätige
5 Geltungsbedürftige „Möchtegern-Dame"
6 Gepflegte, unausgefüllte Frau
7 Improvisierfreudiger Mode-Twen
8 Intelligente, aktive Frau

**Persönlichkeits-Typen**
1 Die Unzufriedene
2 Die Jugendlich-Emanzipierte
3 Die Selbständige
4 Die Selbstzufriedene
5 Die Genügsame

**Konsum-Typen**
1 Die desinteressierte „Konsumfremde"
2 Kauffreudige Neugierige
3 Preisbewußte Spontankäuferin
4 Die Renommierfreudige
5 Die abwägende Konservative

**Haushalts-Typen**
1 Rückständig-gleichgültige Hausfrau
2 Die biedere, gute Hausfrau
3 Rationelle „Muß-Hausfrau"
4 Experimentierfreudige Hobby Köchin
5 Anti-Hausfrau
6 Renommier-Hausfrau

**Wohn-Typen**
1 Wohnungs-Muffel
2 Möbelumsteller
3 Möbel-fürs-Leben-Typ
4 Anspruchsvoller Wohn-Typ
5 Biedere Heimwerkerin

**Kosmetik-Typen**
1 Hautpflege-Typ
2 Kosmetik-Muffel
3 Handcreme-Typ
4 Schönheits-Expertin
5 Progressiver Kosmetik-Typ
6 Schmink-Typ

**Modeeinstellungs-Typen**
1 Gefallsüchtiger Mode-Extremist
2 Die Altmodisch-Unscheinbare
3 Modisch-elegante Frau
4 Die Damenhaft-Korrekte
5 Die Mode-Gleichgültige
6 Die zweckmäßig-bequem Gekleidete
7 Modisch-progressiver Mädchentyp

**Modeverhaltens-Typen**
1 Kostüm- und Hut-Typ
2 Kleidungs-Muffel
3 Kittelschürzen-Typ
4 Jeans-Typ
5 Auffälliger Kleidungs-Fan
6 Geschmacksicherer Individualist

denkbaren Typologisierungs-Aspekten zu treffen. Dafür sollten die in den ausgewählten Erhebungsbereichen gefundenen Typen möglichst ausführlich beschrieben und – durch die Ermittlung des Informationsverhaltens – auch für die Werbung erreichbar gemacht werden. Vorrangig erschien uns der Nachweis unterschiedlicher Frauen-Typen in bezug auf:

- Einstellungen, Interessen und Bedürfnisse in allgemeinen Lebensbereichen; persönliches Selbstverständnis
- Verhalten und Einstellungen zum Konsum generell
- Verhaltensweisen und Einstellungen in den Bereichen:
  *Mode*
  *Kosmetik*
  *Wohnen*
  *Haushalt*

Darüber hinaus werden alle innerhalb der einzelnen Bereiche gefundenen Typen in ‚Allgemeinen Frauen-Typen' zusammengefaßt. (Siehe hierzu die Übersicht auf Seite 55.)

Um die Arbeit mit dem Material zu erleichtern und eine globale Vorstellung darüber zu vermitteln, welche Art von Frauen einen Typ bilden, haben wir in den Tabellen die Typen mit Kurzbezeichnungen wie „Renommier-Hausfrau" oder „Jeans-Typ" zu charakterisieren versucht. Bei der intensiveren Beschäftigung mit einem bestimmten Typ ist es jedoch empfehlenswert, sich anhand der Beschreibungen im Register 3* ein detailliertes Bild der Merkmalsausprägungen eines Typs zu verschaffen.

Hiermit legen wir die Ergebnisse vor. Sie scheinen uns gleichermaßen interessant für Marketingfachleute, Mediaplaner und Kreative.

GRUNER + JAHR AG & CO
Fachbereich Marketing
Hamburg, März 1973

## *Typologie der Frauen in der Bundesrepublik*

### *Allgemeine Problemstellung*

Das primäre Ziel dieser Untersuchung besteht darin, Frauen im Alter von 14–49 Jahren nach Marketing-Zielgruppen zu differenzieren.

Um bei der Zielgruppenbestimmung eine Optimierung zu erreichen, wurden Konsumdaten, Konsumeinstellungen und Persönlichkeitsmerkmale erhoben, die allein für die Segmentierung der Gruppen entscheidend waren. Im Gegensatz zu bislang praktizierten Methoden der Typenbildung waren nicht theoretisch vorgefaßte Dimensionen maßgebend, wie z.B. Extraversion oder Sparsamkeit, die erfahrungsgemäß nur in einem ungenügenden oder keinem sehr einleuchtenden Zusammenhang zum Konsum- und Medienverhalten stehen, sondern aus der marktforscherischen Praxis

* Hier nicht mit abgedruckt. (R. G.)

heraus entwickelte Beschreibungsmerkmale, mit Hilfe derer sich die Versuchspersonen selbst zu charakterisieren hatten. Auf der Basis dieser Selbsteinstufungen hat das hier angewendete Typologisierungsprogramm die Gruppierungen vorgenommen.

*Untersuchungshypothese*
Ausgangspunkt für diesen Untersuchungsansatz bildete einmal die Hypothese, daß eine Marktsegmentierung nach demographischen Merkmalen mit erheblichen Unzulänglichkeiten behaftet und nur bedingt konsumrelevant ist, da demographisch gleich strukturierte Gruppen möglicherweise sehr verschieden, demographisch ungleich strukturierte Gruppen dagegen ähnlich in Verhalten und Einstellungen sein können. Zum anderen wurde angenommen, daß eine Differenzierung von Personen nach Verhaltensweisen, Verhaltensmotiven und allgemeinen Einstellungen zu besseren Marketing-Zielgruppen führen würde.

*Bestägigung der Hypothese*
Die Untersuchungsergebnisse zeigen deutlich, daß es möglich ist, auf den verschiedensten Einstellungs- und Verhaltensebenen zu klar voneinander abgesetzten Teilgruppen (Typen) zu gelangen, die sich durch eine besondere Anschaulichkeit auszeichnen, und die einen weitaus höheren Grad von Konsumrelevanz erreichen als Zielgruppen, die allein nach demographischen Merkmalen bzw. nach Verbrauchsdaten (Panels) differenziert sind.

Die bisherigen Versuche, Verbraucherschaften mit Hilfe von theoretischen, vorgefaßten Dimensionen zu typologisieren, haben diesen Grad von Konsumrelevanz nicht erreicht. Als Erklärung hierfür mag gelten, daß solche Skalendimensionen auf einem zu allgemeinen und zu rationalen Niveau operierten und infolgedessen nicht die Ebene erfaßten, aus der heraus die Motive für das Konsum- und Medienverhalten erklärbar werden. So erscheint zwar „Sparsamkeit", um dieses Beispiel aufzugreifen, auf den ersten Blick als eine plausible und anschauliche Dimension, doch zeigt sich bei näherer Betrachtung, daß sie ein Abstraktum höchsten Grades darstellt. Sparsamkeit als durchgehender, alle Konsumebenen gleichermaßen betreffender Wesenszug, ist, abgesehen von pathologischen Extremfällen, ebenso wenig denkbar wie realistisch.

Um die Dimension Sparsamkeit wirklich exakt zu prüfen, müßte sie auf den einzelnen Konsumebenen außerordentlich differenziert erfaßt werden; und dann würde sich beispielsweise herausstellen, daß eine im Bereich der Haushaltsführung extrem sparsame Frau im Bereich Kosmetik durchaus verschwenderisch sein kann. Bei einem solchen Vorgehen würde sich dann sehr bald zeigen, daß die differenzierte Erfassung einer solchen allgemeinen, theoretisch vorgefaßten Dimension zu ihrer empirischen Absicherung ein volles Interview allein für sich beansprucht. Ein Aufwand, der in keinem Verhältnis zur Nutzanwendung steht.

Die im vorliegenden Falle gewählte Methode zur Typenbildung ging mit Vorbedacht nicht von solchen theoretisch und willkürlich vorformulierten Dimensionen aus, sondern von einer großen Fülle von einzelnen anschaulichen und einfachen Items und Statements, die sich auf die verschiedensten Einstellungs- und Verhaltensebenen beziehen. In der jeweiligen Konstellation zueinander interpretieren sich diese einzelnen Merkmale und wirken je nach Typus mit am Zustandekommen seiner unverwechselbaren Physiognomie.

Der hypothetische Charakter der folgenden Ausführungen erklärt sich aus der empirisch-pragmatischen Ausrichtung der vorliegenden Typologie. Erst aufgrund der Facts kann über die Theorienbildung nachgedacht werden. Bei „klassischen" Typologien war das zum Teil umgekehrt: Zunächst hatte man eine Theorie, die anschließend in der Praxis (und zwar oft mit fragwürdigen Resultaten) zu belegen war. Bei einer unvoreingenommenen Betrachtung der Typen ist festzustellen, daß sich jeder Typus um einen Dreh- und Angelpunkt gebildet hat, dem eine Schlüsselfunktion zukommt. Es ist klar, daß dieser Punkt verbal nicht auf Anhieb zu fassen ist, zumal er sich möglicherweise gar nicht so sehr im Sinne eines Grundwertes darstellt, welcher sich in einem einzigen Begriff fassen ließe, sondern möglicherweise im Sinne eines polaren Spannungsfeldes, dessen Energien im Sinne einer dialektischen Einheit zusammengehalten werden. – In diesem Zusammenhang muß noch einmal betont werden, daß die gewählten Stichworte zur Kennzeichnung der Typen wirklich nicht mehr als Merkhilfen sein wollen und sein können. Sie erheben nicht den Anspruch, den „Wesenskern" des Typus vollständig zu charakterisieren.

*Definition des Begriffs „Typologie'*

Bevor sich der Frage nach dem sozialpsychologischen System genähert wird, zunächst die Einschränkung, daß der in der Typologie ins Auge gefaßte Ausschnitt selbstverständlich nicht den Anspruch erhebt, repräsentativ für die Gesamtheit der eine Person charakterisierenden Wesenszüge zu sein. Ein solcher Anspruch wäre vermessen. Eine Typologie kann immer nur Ausschnitte berücksichtigen, und zwar nicht etwa nur aus ökonomischen, sondern vor allem aus erkenntnistheoretischen Überlegungen heraus, da das relativ autonome, sich auf vielfältige Weise selbst regelnde und offene System „Mensch" sich totalen und endgültigen Zugriffen und Festlegungen entzieht. Damit ist aber zugleich auch gesagt, wo die Grenzen jeglicher Typologie liegen. Typen sind Gruppen von relativer Strukturfestigkeit, von relativer Dauer. Die Zuordnung von Individuen zu Typen bedeutet keine auf Lebenszeit gültige Klassifizierung.

*Allgemeine Frauen-Typen*
Der für die Allgemeine Frauen-Typologie betrachtete Ausschnitt berücksichtigt hinsichtlich der den Typus aktiv beschreibenden Merkmale – und nur, soweit dies im Rahmen eines Interviews von vertretbarer Länge möglich war – primär

- das Rollenselbstverständnis
- die Konsumhaltung in bezug auf Mode, Kosmetik, Wohnen und Haushalt
- das Selbstbild im Hinblick auf Wesensmerkmale
- das intellektuelle Niveau in einem sehr allgemeinen Sinne.

Passiv beschreibend treten hinzu Demographie und Zeitschriftennutzung. (Die deutliche Diskriminierungsfähigkeit der Typologie hinsichtlich der passiv beschreibenden Merkmale indiziert deren beachtliche Realitätsnähe). Bei näherer Betrachtung orientieren sich vier der acht Allgemeinen Frauen-Typen nach der Welt des Haushalts und der Familie, gruppieren sich mehr oder weniger um die Existenzform „Hausfrau" – hier im weitesten Sinne verstanden. Es sind dies die

- Rückständige, anspruchslose Frau
- Solide Hausfrau alten Stils
- Geltungsbedürftige Möchtegern-Dame
- Gepflegte, unausgefüllte Frau.

Drei weitere Allgemeine Frauen-Typen

- Schicke Berufstätige
- Improvisierfreudiger Mode-Twen und
- Intelligente, aktive Frau

orientieren sich außerhalb der Haushalts- und Familienwelt, und zwar entweder in mehr narzißtischer Weise auf sich selbst (so die *schicke Berufstätige* und der *improvisierfreudige Mode-Twen*) oder auf berufs- und leistungs-, in jedem Falle aber mehr auf objekt- und sachbezogene Inhalte, wie es beim Typus der *intelligenten, aktiven Frau* festgestellt werden kann.

Gegenüber den drei Möglichkeiten weiblicher Zielsetzung und Selbsterfüllung (Familie/Haushalt; Leistung/Beruf; Schönsein/Sich selbst und anderen gefallen wollen) ist der verbleibende Typ der *unauffälligen, passiven Jugendlichen* auffällig desinteressiert. Er steht sogar partiell in starker Opposition zu diesen Möglichkeiten, ohne daß er deutlich zu erkennen gäbe, an welchen anderen Möglichkeiten weiblicher Selbstverwirklichung er interessiert wäre. Da dieser Typus in hohem Maße desinteressiert an der Konsumwelt ist, ihn Unzufriedenheit ebenso charakterisiert wie eine – in Relation zum vorliegenden Durchschnittsalter erstaunenswerte – Muffeligkeit und Anti-Haltung, so ist daraus zu schließen, daß dieser gesellschaftskritische, in gewisser Weise anti-weibliche, wenig gepflegte Jeansträger seine Form des weiblichen Selbstverständnisses unter Inkaufnahme einer gehörigen Portion von Unzufriedenheit in einer Rolle des „passiven Widerstandes" sucht.

*Haushaltsorientierte Frauen-Typen*

Die vier erwähnten Typen, die sich um die Wertwelt des Haushalts und um die Familie gruppieren, tun dies nun in sehr differenzierter Weise. Während sich die einen diese Welt zu eigen machen, Herrschaftsansprüche anmelden und in ihr für Autoritäten gehalten werden wollen (*Geltungsbedürftige Möchtegern-Dame*), erleiden und erfüllen die anderen stumm und genügsam die Auflagen, die ihnen aus der mit bescheidenen Mitteln zu betreibenden Haushalts- und Familienfürsorge erwachsen (*rückständige, anspruchslose Frau*). Andere erledigen diese Auflagen zufrieden in treuer Pflichterfüllung, weil es sich so gehört und immer schon so war (*solide Hausfrau alten Stils*) oder akzeptieren sie aus kritischer Distanz (*gepflegte, unausgefüllte Frau*).

Allen gemeinsam ist, daß ihr Lebensstil primär durch Familie und Haushalt geprägt wird, und zwar auch im Falle eigener Berufstätigkeit, die an sich eine andere Ausrichtung zuließe. Die Ausrichtung nach der Haushalts- und Familienwelt betrifft die Pflichten, Sorgen und Nöte ebenso wie die Hoffnungen, Wünsche und Erfüllungsmöglichkeiten.

Wichtig ist hier, daß das Bestimmtwerden von der Familien- und Haushaltswelt nicht unbedingt abhängig ist von der Frage, ob die den Typ prägende Person nun selbst ausschließlich Hausfrau ist, Kinder hat oder nicht. Maßgebend ist vielmehr, daß das eigene Bewußtsein von den fraglichen Inhalten erfüllt ist, durch die es seine Grenzen abgesteckt erhält und daß diese Inhalte die psychologische Leitlinie des Lebenszuschnitts bestimmen.

Durch das Hinzutreten weiterer Faktoren erhält diese Leitlinie ihre jeweilige spezielle typenmäßige Charakteristik. Sozio-ökonomische und psychologische Faktoren sind maßgebend dafür, wie die fraglichen Inhalte aus dem Familien- und Haushaltsbereich verarbeitet werden, inwieweit sie genutzt werden, um damit Sozialstatus, Leiden und Lasten der Frau, Tradition und Konservativismus oder anderes auszudrücken. An dieser Stelle wird besonders deutlich, wie wichtig es ist, in der Anspracheform die Mentalität des ausgewählten Typs zu treffen. Die Ansprachеformen können in der Grundlinie je nach Typus und bei angemessener Berücksichtigung des intellektuellen Niveaus Statusunterstreichung, Entlastung, Bestätigung oder Aufwertung zum Ausdruck bringen.

*Leistungs- und sachorientierte Frauen-Typen*
Die *schicke Berufstätige*, die *intelligente, aktive Frau* und der *improvisierfreudige Mode-Twen* haben gemeinsam, daß sie alle in aktiver, Signale setzender Weise „außenorientiert" sind. Diese Außenorientiertheit hat bei der *intelligenten, aktiven Frau* einen sach- und leistungsbezogenen Akzent, während bei den beiden anderen Typen der Schwerpunkt mehr auf dem persönlichen Erscheinungsbild liegt, das am Ideal der schicken, gepflegten, attraktiven Frau ausgerichtet ist. In der narzißtischen Pflege dieses schönen Erscheinungsbildes setzt die *schicke Berufstätige* nicht nur die größeren finanziellen Mittel, sondern auch ein größeres Maß von Bewußtheit ein. Der *improvisierfreudige Mode-Twen* agiert in der Verfolgung dieses Zieles unbewußter, ausgehend von einer eher romantischen Gefühlslage.

*Opinionleader im Konsumbereich*
Unter den acht Typen sind zwei, denen unter konsumpsychologischem Aspekt und unter dem Aspekt neu einzuführender Produkte insofern eine zentrale Stellung zukommt, als sie Konsumführer- und Opinionleader-Qualitäten in hohem Maße haben. Es sind dies die *schicke Berufstätige* und die *geltungsbedürftige Möchtegern-Dame*. So unterschiedlich beide Typen auch strukturiert sind, so sind doch beide in hohem Maße jeweils für ihre Bereiche vorbildlich, weil sie in bezug auf die Kommunikation innerhalb der Verbraucherschaft so etwas wie werttragende Bezugsgruppen darstellen. Und dies einmal wegen ihrer Kaufkraft, zum anderen durch ihr Selbstbewußtsein, ihren Autoritätsanspruch und nicht zuletzt wegen ihres breiten Informationsbedürfnisses und ihrer Aufgeschlossenheit gegenüber den Informationsträgern der verschiedensten Art. Es hat den Anschein, als stellten diese beiden Typen Zentralgruppen innerhalb der Bereiche „Beruf" einerseits und „Familie/Haushalt" andererseits dar. Es hat ferner den Anschein, als bestimmten diese beiden Welten überhaupt und allgemein die Psychologie der Frauen in der Altersgruppe 14–49 Jahre. Frauen dieser Altersgruppe erleben die Selbstverwirklichungsmöglichkei-

ten, die sich ihnen innerhalb dieser beiden Welten bieten, im Sinne eines Spannungsfeldes, welches auf Entscheidung hindrängt.

So gruppieren sich um diese beiden Zentralgruppen aus den Bereichen „Beruf“ und „Familie/Haushalt“ die übrigen Typen in ihrer jeweiligen Ausprägung, ohne jedoch – wie diese – Führungsansprüche geltend zu machen. Eine gewisse Ausnahme bildet lediglich den Typus der *unauffälligen, passiven Jugendlichen*, der sich weder mit der dem Leistungsprinzip unterworfenen Berufswelt noch mit der Rollenfunktion, die der Frau in der Welt der Familie und des Haushalts zufällt, identifizieren kann. Unter entwicklungspsychologischem Aspekt betrachtet, könnte es sich hier um einen Übergangstypus handeln, der, nachdem er die Phase der „passiven Resistenz“ durchlaufen hat, später in anderen Typen aufgeht und somit seinen Ort findet.

*Die Relevanz demographischer Merkmale zur Bestimmung von Konsumenten-Zielgruppen*

Bevor auf die gewonnenen Typen näher eingegangen wird, ist festzustellen, welche Beziehung zwischen demographischen Merkmalen und bestimmten Einstellungen und Verhaltensweisen von Personen besteht, und inwieweit Merkmale wie Alter, Einkommen, Schulbildung usw. bei der Bildung von konsumrelevanten Zielgruppen eine Rolle spielen.

Grundsätzlich jeglichen Einfluß demographischer Merkmale auf das Konsumverhalten und auf Konsumeinstellungen zu leugnen, wäre genauso falsch, wie diesen Einfluß zu überschätzen.

Wie fragwürdig der leider noch zu oft notwendige Analogieschluß von demographischen Merkmalen auf ein bestimmtes Konsum-Verhalten sein kann, soll an folgenden Tatbeständen aufgezeigt werden:

In fast allen Bereichen, für die Typologien durchgeführt wurden, gibt es Typen, die sehr verschieden in ihren Einstellungen und ihren Verhaltensweisen sind, die aber keine oder kaum Unterschiede in ihrer demographischen Struktur aufweisen. Um nur einige Beispiele zu nennen: In bezug auf die demographische Struktur unterscheiden sich die

- Modeverhaltens-Typen
  *Kleidungs-Muffel* und *Kittelschürzen-Typ*
- Kosmetik-Typen
  *Schönheits-Expertin* und *Schmink-Typ*

kaum voneinander, während sie in ihren Einstellungen und in ihrem Verhalten durchaus verschieden sind.

Für den *improvisierfreudigen Mode-Twen* trifft das eben Abgeleitete in nahezu gleichem Ausmaß zu. Dieser Typ ist der *schicken Berufstätigen* weitestgehend ähnlich; lediglich seine stärkere Mode-Orientierung und geringere Kosmetik-Verwendung unterscheidet ihn. Im Grunde ist wohl der *improvisierfreudige Mode-Twen* eine entwicklungsmäßige Vorstufe zur *schicken Berufstätigen.* Es ist zu erwarten, daß er mit fortschreitendem Reifeprozeß und mit Abschluß seiner Ausbildung in den Typ der *schicken Berufstätigen* hineinwächst.

Generell sind diese beiden Typen für Marketing-Belange am interessantesten. Die restlichen vier Typen gewinnen je nach spezifischer Zielsetzung an Bedeutung.

So wäre z. B. die *intelligente, aktive Frau* besonders dort ansprechbar, wo etwas offeriert wird, was auf gehobenem Niveau und mit intelligenter Ansprache Mobilität, eine gewisse Selbständigkeit und zugleich ein Genußmoment verspricht.

Die *geltungsbedürftige Möchtegern-Dame* beispielsweise wäre immer dann eine besonders geeignete Zielgruppe, wenn es darum geht, für Artikel mit „besonderer Qualität" und „Solidität", also mit Prestige-Versprechen, zu werben.

Die *gepflegte, unausgefüllte Frau* wäre für Marketing-Maßnahmen im Zusammenhang mit Medikamenten oder pflegenden Kosmetika ansprechbar. Und die *solide Hausfrau alten Stils* schließlich könnte für die ihr entsprechenden Produkte ebenfalls als spezielle Zielgruppe gewählt werden.

In erster Linie bestimmen das Produkt und die Zielsetzung, für die Marketing-Maßnahmen geplant sind, die Zielgruppe. Ist z. B. einer der gebildeten Typen als Zielgruppe gewählt, so läßt sich aufgrund seiner spezifischen Eigenarten auch weitgehend etwas über das notwendige „Wie" der Maßnahmen sagen.

Für die *schicke Berufstätige* sind z. B. Mode und Kosmetik Vehikel ihres Emanzipations-Strebens und Narzißmus zugleich. Eine Werbeansprache, die das berücksichtigt, dürfte ihre Erfolgschancen steigern.

Da sich die Typen durch die Fülle der [sie] beschreibenden Merkmale in ihrer Mentalität selbst erklären, bieten sie dem *Marketing-* und *Produktmanager*, dem *Mediaplaner* und dem mit der *kreativen Umsetzung befaßten Spezialisten* Hinweise in bezug

- auf das Volumen des jeweils anvisierten Verbraucherpotentials,
- auf die dieser Gruppe angemessene Anspracheform,
- auf die primär in Betracht zu ziehenden Kommunikationskanäle (z. B.: Zeitschriften).

Die hier vorliegenden Typen lassen sich nun für enger oder weiter gesteckte Marketingziele einsetzen. Oder anders: Die Typen erlauben es, die Aktionen zur Erreichung der Marketingziele entweder mehr „punktuell“ (beispielsweise auf die Kerngruppe des *Hautpflegetyps* aus dem Bereich Kosmetik) oder mehr „flächig“ (beispielsweise auf den allgemeineren Typus der *gepflegten, unausgefüllten Frau*, welcher den erstgenannten Typ in gewissem Grade „umschließt“) zu konzipieren.

Vor der Formulierung der Anspracheform ist zweckmäßigerweise zu beachten, in welchem Grade der spezielle Typ mit dem allgemeineren korreliert. Es wird aber auch zu prüfen sein, welche Überschneidungen er mit anderen speziellen Typen in anderen Konsumverhaltens- und -einstellungsbereichen hat, um weitere Anhaltspunkte für eine optimale Werbe-Ansprache zu erhalten. In diesem Zusammenhang dienen die demographischen Merkmale, die die Psychologie des Typs abrunden und zur Charakterisierung seiner weiteren Mentalität beitragen. So ist der Zustand des Verheiratetseins für den *Hautpflege-Typ* mentalitätsprägend. Wenn ferner eine bemerkenswerte Überschneidung mit dem Modeeinstellungstyp der *zweckmäßig und bequem Gekleideten* und eine unterproportionale mit dem *modisch-progressiven Mädchentyp* vorliegt, gewinnt das Bild über die Einzelbeschreibung dieses Typs hinaus zusätzlich an Plastizität.

*Typen mit starker Mediennutzung*

In diesem Zusammenhang läßt sich zunächst folgendes feststellen:

Es gibt im Hinblick auf die Nutzung von Zeitschriften Typen, die sich sowohl in der Menge der von ihnen gelesenen Titel als auch in der Art der von ihnen bevorzugten Zeitschriften prägnant voneinander unterscheiden.

Zu den „Viel-Lesern“ zählen bei den

*Allgemeinen Frauen-Typen*

- Schicke Berufstätige
- Intelligente, aktive Frau
- Geltungsbedürftige Möchtegern-Dame

*Persönlichkeits-Typen*

- Die Jugendlich-Emanzipierte
- Die Selbständige

*Konsum-Typen*

- Kauffreudige Neugierige

*Kosmetik-Typen*
- Schönheits-Expertin
- Progressive Kosmetik-Typ

*Wohn-Typen*
- Möbelumsteller und
- Anspruchsvolle Wohn-Typen

*Haushalts-Typen*
- Gefallsüchtige Mode-Extremist
- Auffällige Kleidungs-Fan
- Geschmackssichere Individualist

*Modeeinstellungs- und Modeverhaltens-Typen*
- Rationelle „Muß-Hausfrau"
- Experimentierfreudige Hobby-Köchin

Unübersehbar ist bei allen diesen Typen eine auf Extraversion gerichtete Motivation wirksam, die dafür sorgt, daß zumindest von den erfaßten Zeitschriften erhöht Gebrauch gemacht wird.

Auffällig und bezeichnend ist zudem, daß die Typen, die zu den intensiven Zeitschriften-Lesern gehören, in allen Bereichen einen außerordentlich starken Konsum-Willen dokumentieren und meist einen weitaus höheren Verbrauch an verschiedensten Produkten haben als andere Typen.

Umgekehrt bedeutet dies, daß Personen, die weniger Zeitschriften lesen, also einen niedrigen Zeitschriften-Konsum haben, sich auch in anderen Bereichen als Konsum-Muffel herausstellen.

In bezug auf die Funktion der präferierten Zeitschriften zeigen sich folgende Unterschiede:

Frauen-Zeitschriften haben besonders hohe Reichweiten in Typen, die

- insgesamt eine hohe Zeitschriften-Nutzung aufweisen;
- eher beruflich als familienorientiert sind;
- ein sehr konsum- und probierfreudiges Verhalten zeigen;
- stark auf ihre äußere Erscheinung bedacht sind.

Funk-Zeitschriften und Zeitschriften der Yellow-Press werden eher gelesen von Typen, die

- insgesamt zu einer geringen Zeitschriften-Nutzung neigen
- häuslich orientiert sind, und ihre Bestätigung in der Rolle der Hausfrau finden

– sowohl in ihren Einstellungen als auch in ihrem allgemeinen Konsumverhalten stark konservative Tendenzen zeigen
– insgesamt als Konsumenten weniger in Erscheinung treten und in vielen Bereichen einen niedrigeren Verbrauch haben als andere Typen.

Würden die Ergebnisse dieser Typologie im einzelnen unter dem Gesichtspunkt der Mediennutzung von Typen analysiert, dann könnten weitere sinnreiche Beziehungen festgestellt werden, die das Instrumentarium, die Selektions- und Gewichtstechniken des Mediaplaners erweitern dürften.

Die Voraussetzungen zu einer gezielteren, motivationsgerechteren Anspracheform – unter anderem auch mit Hilfe einer feineren Selektion der Kommunikationskanäle – sind durch diese Verbraucher-Typologie geschaffen worden.

## Klaus Horn: Zur Bedeutung der Werbung für die Individuen („Krawattenmuffel")

*„Die Funktion eines solchen Stereotyps (des ‚Krawattenmuffels') ist, in den Konsumenten Furcht davor zu erzeugen, mit diesem Bild, d.h. mit dieser sozialpsychologischen Minorität aus Dummheit, Angst, Ohnmacht und Schwäche identifiziert zu werden."*

### *Zur Geschichte der Krawatten-Muffel-Serie*

Wir wollen die mit der Figur des Krawatten-Muffels geführte Werbekampagne sozialpsychologisch analysieren. Dazu einige ökonomische Daten. In den Jahren 1964–1966 warben, mit jährlich 1,4 Millionen DM ausgestattet, Krawattenweber, Konfektionäre, auch Garnproduzenten wie Glanzstoff und Hoechst, für einen höheren Krawattenverbrauch. Die Kampagne erhielt 1967 die Texport-Trommler-Medaille, nach der Frankfurter Allgemeinen Zeitung vom 24. 10. 1969 „der deutsche Oskar für die Textilwerbung". Diese Auszeichnung gibt unserer sozialpsychologischen Analyse ein größeres Gewicht. „So sollte es gemacht werden", wird damit schließlich von Leuten zum Ausdruck gebracht, die von erfolgreicher Werbung etwas verstehen.

Im Jahre 1966 wurde der Krawatten-Muffel vorübergehend zurückgenommen, denn die Marplan-Marktforschungsgesellschaft stellte in einer Muffel-Studie fest, daß die Gefahr bestünde, die von dem Fiesling angesprochenen negativen Gefühle könnten sich womöglich gegen seine Erfinder wenden. „Die außerordentliche psychologische Kraft der Muffel-Figur enthält die Gefahr, daß die Figur über die Krawatte hinauswachsen und zum allgemeinen Spiegel menschlicher Befürchtungen über die eigene Unzulänglichkeit werden kann.“ In dramatischen Szenen wurde der Krawatten-Muffel verjagt. Jedoch: Obgleich die Krawattenindustrie sich nach der Konjunkturflaute schnell wieder erholt hatte und der Umsatz von 30,5 Millionen Stück im Wert von 108 Millionen DM im Jahre 1967 ein Jahr später auf 32,1 Millionen im Wert von 113 Millionen DM stieg, hatte die einschlägige Branche 1969 die Idee der Wiedererweckung ihres Umsatzteufels; mitten in dessen erster Kampagne, im Jahre 1965 waren 35 Millionen Krawatten im Wert von 124 Millionen DM verkauft worden. Das machte der Düsseldorfer Werbeagentur Special Team, die Erfinder des Krawatten-Muffel war, offenbar Übermut: sie stellte, für Unterwäsche werbend, eine deutsche Familie als Schweinefamilie dar. Die Empörung darüber war groß, doch blieb sie moralisch und insofern ideologisch und sinnlos; wir wollen versuchen, den politischen Gehalt der Krawatten-Muffel-Serie darzulegen.

Die Frage nach dem Verhältnis von Reklame und Vorteil provoziert Reklame selbst: durch ihre Inhalte fällt sie in das Gebiet von Vorurteilsforschung. Die Wahl von Anzeigen aus einer Serie des „Deutschen Krawatten-Instituts“ ist relativ zufällig; sie war bestimmt durch die Prägnanz, mit der in diesen Anzeigen bestimmte Strukturen vorurteilsvollen Denkens hervortreten, die in der Reklame für andere Waren keineswegs fehlen. Die Anzeigen wurden gesammelt, wenn sie bei der Lektüre einiger deutscher Tages- und Wochenzeitungen begegneten. So ging die Krawatten-Muffel-Serie wahrscheinlich nicht vollständig in die Untersuchung ein. Auch die Fernsehwerbung, die der Zeitungswerbung parallel lief, wurde in die Analyse nicht einbezogen. Aber vielleicht ist Vollständigkeit hier für eine qualitative Inhaltsanalyse nicht so entscheidend. Die Erfahrung der Einförmigkeit der kommunizierten Inhalte, die der Reklame-Konsument macht, dürfte auf der tatsächlichen Gleichförmigkeit ihrer Inhalte beruhen. Dem widerspricht auf den ersten Blick die Vielfalt der Themen in der KM-Serie. Daß trotzdem jede einzelne Anzeige nur eine geringfügige Variation des Grundthemas darstellt, wird hier zunächst nur behauptet und kann sich erst in der Analyse der Serie erweisen.

## *Angst und Abweichung – Die Verfolgung des Krawattenmuffels*

Es ist sinnvoll, sich der Binsenweisheit zu erinnern, daß Reklame zum Kauf einer Ware bewegen soll, sich gleichsam in eine naive Vorstellung von

Reklame zu begeben, denn allein auf dem Hintergrund einer solchen naiven Vorstellung springt die Intention dieser Serie klar ins Auge. Eine solche naive Vorstellung wäre: der sicherste Weg, Menschen zum Kauf zu bewegen, bestehe darin, ihnen eine Ware genau zu beschreiben, ihre Qualität zu kennzeichnen, ihren Preis zu nennen, ihre Preiswürdigkeit anderen Waren gegenüber hervorzuheben und an das vernünftige Interesse des Käufers zu appellieren. Die Rückversetzung in einen solchen „naiven" Vorstellungshorizont ist dem Einwand der Weltfremdheit ausgesetzt. Man sollte dabei jedoch nicht vergessen, daß jeder Tauschakt, auch der Kauf einer Ware ist ein solcher Akt, zwangsläufig die Forderung der Rationalität enthält, so wenig der einzelne sich dessen auch bewußt ist. Denn indem der Kunde Geld ausgibt, gibt er den Gegenwert seiner eigenen Arbeit, seiner eigenen Anstrengung aus und erwartet bewußt oder unbewußt, daß er für diese Anstrengung einen entsprechenden Gegenwert erhält. Wie irrational oder verrückt die Bedürfnisse, die der einzelne hat, auch immer eingeschätzt werden mögen, er erwartet eine Befriedigung dieser Bedürfnisse, allgemeiner, er erwartet von jedem Kauf eine Befriedigung von Bedürfnissen. Die „naive" Vorstellung von Reklame ist, daß sie die Beziehung der Ware auf die Bedürfnisse des einzelnen herstellt.

Die Krawatten-Muffel-Serie empfiehlt keine Ware. Sie versucht nicht, potentielle Käufer mit einsichtigen, auf die Bedürfnisse bezogenen Argumenten zum Kauf zu ermuntern. Sie appelliert nicht an rationale Interessen und Wünsche. Es gibt Güter, deren Beziehung auf Lebensnotwendigkeiten, Selbsterhaltung, rationales Interesse so wenig durchsichtig ist, daß es ohnehin sinnlos wäre, eine rationale Begründung und Beziehung auf die Lebensinteressen der Menschen zu versuchen. Krawatten stellen einen tradionellen Bestandteil der Kleidung dar; der Heranwachsende übernimmt in der Regel diese Tradition. Allenfalls in Randbewegungen der Gesellschaft werden solche Traditionen gelegentlich in Frage gestellt: man versucht, Kleidung durchsichtig zu beziehen auf die Zwecke des Schutzes des menschlichen Körpers. Aber in der Regel werden Kleidungsgewohnheiten als Elemente einer eng mit Herrschaft verfilzten Tradition diskussionslos übernommen. Werbung für Waren dieser Art kann sich daher auch nicht auf einsichtige Gründe beziehen, da solche Gründe in der Gesellschaft gar nicht vorhanden sind, außer denen bloßer Konvention: es gehöre sich, eine Krawatte zu tragen. Reklame für Krawatten kann daher nicht sinnvoll versuchen, die Menschen auf vorwiegend oder gar ausschließlich mit rationalen Argumenten zum Kauf zu bewegen.

Die Krawatte gehört zu den Waren, zu denen der Besitzer leicht ein Gewöhnungsverhältnis entwickelt. Er mag sie schön gefunden haben, als er sie aussuchte, und dieses Urteil mag eine gewisse Festigkeit haben gegenüber dem Geschmacksdiktat neuer Moden. Bei ihrem Bemühen, den Absatz neuer Krawatten zu fördern, stieß die Marktforschung der Krawatten-Industrie offenbar nicht nur auf solche Gewöhnungen, sondern auch auf bestimmte festeingewurzelte Vorstellungen von der Anzahl der Krawatten, die ein Mann haben sollte. Sie dürfte gestoßen sein auf Vorstellungen des Selbstverständlichen, in diesem Falle auf *Konsum-Normen.* Solche Normen sind in der Regel gar nicht oder nur halb bewußt, aber sie leiten das Kaufverhalten. Nur wenn einer sich solchen Elementen der Konvention recht mühsam anbequemt, wird er an den erstaunten Ausrufen („Warum trägst Du keine Krawatte?" – „Du hast ja schon wieder die gleiche Krawatte an!"), an spöttischem Lächeln oder an wohlmeinend-zwangvollen Bekehrungsversuchen erfahren, was in der Gruppe, der er angehört, als Gruppennorm gilt. Mit anderen Worten: Für einen bestimmten Sektor des Verhaltens (hier: der Kleidung) existieren bestimmte Normen, die der einzelne in einem kaum bewußten Anpassungsprozeß lernt und an denen er sein Verhalten orientiert. Wenn er das nicht tut, reagiert die Gesellschaft, repräsentiert vor allem durch den Kreis der Verwandten, Bekannten, Nachbarn und Kollegen, zu dem er gehört, auf dieses abweichende Verhalten mit sozialen Sanktionen. Bei ihrem Bemühen, den Konsum von Krawatten zu steigern, stößt die Industrie auf solche geronnenen Normalvorstellungen. Sie begegnet etablierten Normen des Verhaltens, die die Menschen für selbstverständlich halten und die sie darum auch nicht ändern zu müssen glauben. Diese festgefügten, geronnenen Vorstellungen der Menschen von dem, was richtig und falsch, normal und nicht normal ist, hat der französische Soziologe Durkheim „soziale Tatsachen" (faits sociaux) genannt. Er hob ihre Härte hervor, den Widerstand, den sie demjenigen entgegensetzen, der sie zu ändern sich vornimmt. Was diese sozialen Tatsachen, diese geronnenen Schemata des gesellschaftlichen Lebens der Menschen sind, kann man am besten erfahren, wenn man dagegen verstößt. Dann offenbart sich ihre Macht, und der einzelne erfährt an den Sanktionen, die ihn treffen, die Gewalt der Gesellschaft und die Ohnmacht dessen, der sich ihr widersetzt.

Die Krawattenindustrie hat die unter Männern geltenden Verhaltensnormen in bezug auf den Krawattenbesitz ermittelt. Offenbar stimmten sie mit ihren Interessen nicht überein. Die Männer hielten wohl „zu wenig" für normal. Um den Absatz zu steigern, mußte die Krawatten-Industrie die sedimentierten Verhaltensnormen ändern; sie mußte an die Stelle einer sozialen Norm eine andere setzen. Sie mußte das, was „man" für selbstverständlich hielt, zum Nicht-Selbstverständlichen machen. Das ist nicht leicht. Gesellschaftliche Tatsachen sind widerstandsfähig, und wer sie brechen will, muß außergewöhnliche Mittel anwenden. Die Analyse eines wesentlichen dieser Mittel ist Gegenstand der vorliegenden Untersuchung. Auf Fachterminologie wird verzichtet. Die ausführliche umgangssprachliche Interpretation soll den einfühlenden Nachvollzug erleichtern. Um die alte Verhaltensnorm zu zerstören und die neue als geltend durchzusetzen, stellt das Krawatten-Institut der Verfolgungslust der Menschen einen Schimpfnamen zur Verfügung: wer an seinem traditionellen Verhalten festhält, soll nach dem Vorschlag des Krawatten-Instituts ein „Krawatten-Muffel" genannt werden. Die Erfindung eines Außenseiters, eines Schreckbildes zur Bekämpfung eines bestimmten Verhaltens hat Tradition. Im vergangenen Krieg erfand man den „Kohlenklau", eine Figur, die ebenso wie der Krawatten-Muffel graphisch dargestellt wurde und als negatives Schreckbild (Image) gestaltet war. Kohlenklau wollte derjenige heißen, der z.B. elektrischen Strom nicht sparsam verbrauchte.

Muffel ist der Name einer in Europa wenig verbreiteten Schafsart; zugleich ist das Wort zur Kennzeichnung eines mürrischen, dümmlichen Menschen geläufig. Daß zur Diffamierung der Name eines Tieres gewählt wurde, ist kein Zufall. Die Wahl von Tiernamen zur Beschimpfung hat Tradition. Tiere gelten als Symbol von Regungen, die der zivilisierte Mensch unterdrücken muß, wenn er in der Gesellschaft akzeptiert sein will. In der Rede vom „inneren Schweinehund", den man besiegen müsse, drückt sich das aus. Der „innere Schweinehund" ist das Symbol, der Inbegriff der Regungen, die den einzelnen, wenn sein Leben in Gefahr ist, zu überkommen pflegen: Feigheit; die Neigung, sich einer Gefahr durch Flucht zu entziehen; Angst vor physischer Verletzung; die Tendenz, andere, Freunde, Kameraden um der Erhaltung des eigenen Lebens willen im Stich zu lassen; es sind elementare, gleichsam naturhafte Reaktionsweisen, die die Erziehung, insbesondere die militärische, auszutreiben oder auszurotten bestrebt ist. Den inneren Schweinehund besiegen, das bedeutet, in einem umfassenden Sinn, sich selbst beherrschen, die Fähigkeit zur Kontrolle dieser und anderer Triebregungen, wie Hunger und Liebe, der Faulheit, dem Sich-gehen-lassen.

Schwein nennt die zivilisierte Menschheit denjenigen, der zum Beispiel sein Essen unkontrolliert und geräuschvoll verzehrt, der „schmatzt" und damit seinen Hunger in einer Weise befriedigt, die ausdrückt, daß er ungebrochene Lust an der Befriedigung dieses Bedürfnisses hat. Mit Tiernamen wird belegt, wer durch sein Verhalten zeigt, daß er in der Triebbeherrschung und Affektkontrolle nicht weit genug fortgeschritten ist. Mädchen, die hemmungslos schwätzen, werden durch den Namen Gänse diffamiert; den Eitlen, der ein Übermaß an Liebe und Verehrung seiner eigenen Person zuwendet, nennt man einen Affen.

Herrschaft über sich selbst gilt als Voraussetzung der Zugehörigkeit zur menschlichen Gesellschaft; die Diffamierung eines Menschen als Tier bedeutet daher virtuell Ausschluß aus der menschlichen Gesellschaft. Bei Menschen, die innerlich schwach sind, deren Erziehung zur Triebbeherrschung mißlungen ist, findet man häufig eine ausgesprochene Empfindlichkeit gegenüber solchen Diffamierungen. Niemand wird gerne Hund oder Schwein oder mit dem Namen eines anderen Tieres geannt. Denn in gewissem – magischen – Sinne bedeutet, ja ist die Benennung eines Menschen seine Verwandlung in das, als was er bezeichnet wird; nicht jeder ist in der Lage, seiner Benennung als Tier mit den aufgeklärten Worten zu widersprechen, das sei ja nur ein Name. Der Beschimpfte wird an die Mühe erinnert, die er aufbringen mußte, das Unkultivierte zu kultivieren; er fühlt sich womöglich bei unkultivierten Phantasien ertappt; er bekommt Angst und Wut. Doch die Bezeichnung mit einem Tiernamen kann ernster werden: Wenn die anderen den Beschimpften so behandeln, wie sie ihn einschätzen, dann wird der Name zur Realität, insofern die anderen den als dieses oder jenes Tier bezeichneten in die Rolle drängen, in der sie ihn sehen. Der Schimpfname ist ein erprobtes und wirkungsvolles gesellschaftliches Mittel, den Abweichenden zu diskreditieren und ihn zur Anpassung an die herrschenden Normen zu zwingen. Er gehört zu den Sanktionen, deren die Gesellschaft sich bedient, um dem einzelnen Furcht vor Normabweichung einzujagen. Man findet ihn überall dort, wo Individuen dazu neigen, gegen Gruppennormen zu verstoßen. Als „Pinscher“ oder „Uhu“ wird der Schriftsteller beschimpft, der offenbar anders denkt und handelt, als es den jeweils herrschenden Gruppen lieb ist. Die Neigung, einzelne Abweichende oder eine von der herrschenden Norm abweichende Gruppe durch diffamierende Namen lächerlich oder verächtlich zu machen, setzte sich auch durch, als die Juden Familiennamen annehmen mußten. Der Antisemit Fritsch, dem das traurige Verdienst zukommt, das „Handbuch der Judenfrage“ zusammengestellt zu haben, berichtet wohlwollend von der Diffamierungspraxis der österreichischen Militärkommissionen, in deren Zuständigkeit die Namenserteilung für die Juden lag.

Von dem durch den Schimpfnamen (Krawatten-Muffel) diffamierten Abweichenden entwirft die Anzeigen-Serie ein Bild, ein Stereotyp. Dessen Leistung besteht darin, eine zunächst nur durch *ein* Merkmal gekennzeichnete unbestimmte, zerstreute Zahl von Menschen, die nur in dem ganz äußerlichen Sinne eine Einheit bilden, insofern sie ein Merkmal gemeinsam haben, in eine sozialpsychologische Minorität zu verwandeln – und damit in ein potentielles Objekt von Verfolgung. Das Stereotyp ist ein Bild des Angehörigen einer Gruppe, das mit ganz bestimmten, fixen, unveränderlichen Eigenschaften ausgestattet ist. Die meisten Menschen tragen, ohne es zu wissen, solche Bilder in ihren Köpfen, in denen Neger, Flüchtlinge, Juden, Italiener, Blinde, Deutsche, Kinderreiche als Gruppe mit ganz bestimmten Eigenschaften fixiert sind. Begegnen solche Menschen einem Neger, Flüchtling usw., dann geschieht es leicht, daß sie nicht diese einzelne Person sehen, sondern das Bild, das sie in ihrem Bewußtsein haben; es schiebt sich vor die Realität und bestimmt, was sie wahrnehmen. Die Angehörigen der Gruppen, die solchen fixierten Vorstellungskomplexen begegnen, leiden darunter:

„‚Sehen Sie', meinte er (der afrikanische Student in Deutschland), ‚wenn man vom Ausland kommt, dann wird man fast immer für dumm gehalten. Die Leute scheinen nicht zu wissen, daß nur ganz qualifizierte Köpfe ausgewählt werden, um hier zu studieren. Äthiopien ist nicht so reich, daß es alle seine Studenten nach Deutschland schicken könnte. Es ist dann sehr bitter und hart, wenn man im Gastland als dummer Schwarzer angesehen und behandelt wird, wie es mir sehr oft geschehen ist, glauben Sie mir.'"

Das Bild des Krawatten-Muffels, wie es in den Anzeigen dargeboten wird, ist mit allen für das Ziel der Verhaltensänderung wünschenswerten, negativen Zügen ausgestattet. Ein charakteristischer Zug seines Bildes ist Abwehr. Beteuernd legt er die Hand aufs Herz, als wolle er dem Betrachter und zugleich dem Ankläger: der Gesellschaft, versichern, wie sehr er sich im Recht glaube. Zugleich weisen seine dümmlichen, beschränkt selbstzufriedenen Züge darauf hin, daß er unmöglich im Recht sein kann. Er hat eine niedrige Stirn, eng zusammenliegende Augen und entspricht darin der populären Vorstellung von Schwachköpfen und Verbrechern. Sein Lächeln hat etwas Blödes. Wo er in der Serie in Massen dargestellt ist, wirkt er ängstlich, hilflos abwehrend, wie auf der Flucht, als sei er dabei, seine Unschuld zu beteuern, und sich mit seiner Naivität zu rechtfertigen, ohne daß ihm dies noch etwas nütze. Als Millionär erscheint er etwas weniger blöde, dagegen mit leicht energischen Zügen, eine Konzession wohl an herrschende Vorstellungen; als Vater ist er charakterisiert durch eine ernste, beschränkte Würde; als Ehemann wirkt er einfältig. Auf dem Bild, auf dem er in der Stellung eines sich ergebenden Feindes gezeichnet ist, treten die Züge der Dummheit und Beschränktheit scharf hervor. Er erinnert auf diesem Bild an die ausgesuchten Propaganda-Fotos „bolschewistischer Untermenschen", mit denen man im letzten Weltkrieg das Feindgefühl stimulierte. Insofern er seiner Einstellung zur neuen Krawatten-Ordnung durch ängstlich abwehrendes Gestikulieren (Hand aufs Herz, hochgezogene Schultern, abwehrend vorgestreckte Hände, Neigung des Kopfes) Ausdruck gibt, erinnert er vage an die Stereotype von Südländern, Orientalen, Juden; es sind diese Züge seiner Erscheinung, Zeichen von Hilflosigkeit und Ohnmacht, die leicht Gewalttätigkeit und Verfolgungszwang provozieren.

Die Funktion eines solchen Stereotyps ist, in den Konsumenten Furcht davor zu erzeugen, mit diesem Bild, d. h. mit dieser sozialpsychologischen Minorität aus Dummheit, Angst, Ohnmacht und Schwäche identifiziert zu werden. Die Furcht, dieser Minorität zugerechnet zu werden, soll den einzelnen zur Anpassung an die Normen der eigenen Gruppe zwingen. Nach diesem Schema verfährt die Krawatten-Muffel-Serie. Wer sich dem Konsum-Standard nicht fügt, soll von allen Angepaßten zu der eben in ihren Zügen gekennzeichneten Minorität der Krawatten-Muffel gerechnet werden. Die Serie trainiert die Menschen darauf, Probleme des Verhaltens nach dem Schema „Wir und die anderen“ zu sehen, einem Grundschema vorurteilsvoller Mentalität. Die unausgesprochene Botschaft der Anzeigen-Serie des Krawatten-Instituts heißt: Wage es, dich nicht nach den Normen zu verhalten, die wir setzen, und die alle Welt schon akzeptiert hat – und du wirst zu einer dummen, ohnmächtigen, hilflosen Minorität gehören; du wirst verachtet und einsam sein. Mit der Aufrichtung des Stereotyps vom Krawatten-Muffel wird die Männerwelt in Schafe (= Gute, Angepaßte) und Böcke (= Böse, Abweichende) aufgeteilt. Der Böse ist der Krawatten-Muffel: er „trägt immer nur die gleichen Krawatten“. Er kommt seinen Konsumpflichten nicht nach. Ihm wird der Gute gegenübergestellt: der „Mann, der auf sich hält, besitzt zu jedem Anzug drei, vier passende Krawatten“. Er wechselt sie regelmäßig – und das fällt angenehm auf. Der brave Konsument soll sich mit den „Guten“ identifizieren, die „Bösen“ dagegen verabscheuen. Das Kollektiv der Angepaßten soll seine Wir-Gruppe sein, die Abweichenden, die Fremdgruppe, von der er sich distanzieren soll. Jeder Mann gehört nach dieser Schematisierung entweder zur einen oder zur anderen Kategorie: konformer Mensch oder Muffel-Tier. Einteilungen dieses Typs gehören zur Grundstruktur der vorurteilsvollen Mentalität, zu deren Festigung, im Interesse wirtschaftlicher Zwecke, Reklame das ihre beiträgt. In der Gleichsetzung des bösen Abweichlers mit einem Tier und in der starren Unterscheidung von Schafen und Böcken, Angepaßten und Unangepaßten, Freund und Feind greift die Serie hier auf eine Bewußtseinsstruktur zurück, die im kollektiven Denken eine lange Tradition und in der Politik eine verhängnisvolle Rolle gespielt hat. In dieser Mentalität wurde auch im SS-Hauptamt gedacht.

Reklame packt die Menschen bei ihrer Angst aufzufallen, letztlich bei der Furcht vor sozialer Isolierung, vor dem Ausgestoßenwerden, vor dem gesellschaftlichen Tod. Sie rührt in vielfältiger Weise an die Gefühle von Angst, Ohnmacht und Schwäche, die sich aus den politischen Erfahrungen der Vergangenheit im kollektiven Unbewußten sedimentiert haben und durch die faktische Ohnmacht der Menschen in der gegenwärtigen Gesellschaft unablässig reproduziert werden. Zugleich liefert Reklame Verhaltensschemata zur Bewältigung dieser Affekte.

„Paapaa – die sagen, Du bist ein Krawatten-Muffel!"

Diese Schlagzeile einer der Anzeigen beschwört das Bild einer häuslichen Szene, einer Szene, die geschehen sein könnte – auch beim Leser. Der Satz ist einem Kind in den Mund gelegt, einem Sohn. Der Mann, der ihn liest, wird in seiner Rolle als Vater angesprochen: sein Kind kommt ins Haus gelaufen; die Spielkameraden haben den Vater diffamiert.

Es bleibt dem Leser überlassen, sich die Szene auszumalen. Der Satz bietet, ebenso wie der Text, der folgt, Rahmen und Ansatzpunkt für die Phantasie, die Szene als ganze aus der eigenen Vorstellungswelt zu vervollständigen. Die Szene, welche das angebotene Fragment ergänzend vorgestellt, wird eine Funktion seiner inneren Stimmung, seiner Erfahrung sein. Jede Anzeige appelliert an kollektive Stimmungen, Regungen, Erfahrungen, an die durchschnittliche sozialpsychologische Lage derer, an die sie sich wendet. Die Phantasie der Konsumenten von Kommunikationen einer Anzeige vervollständigt deren fragmentarische Andeutungen – das Bild, die Schlagzeile, den kurzen Text – auf der Basis der jeweiligen affektiven Struktur. Ihre Bedeutung empfängt sie aus dem Bewußtsein und Unbewußten des Konsumenten. Die Vervollständigung, die hier entworfen wird, ist konstruiert aus den Elementen der Anzeige und aus mutmaßlichen Erfahrungszusammenhängen und affektiven Strukturen von Menschen heute. Sie berücksichtigt die zeitgeschichtliche Erfahrung der totalitären Systeme und die umfassende Abhängigkeit des einzelnen heute in seiner Stellung als Arbeitnehmer.

## Wilfried Gottschalch: Durch Aufklärung zur Befreiung

> *„Wer die Techniken der Seeleningenieure kennt, vermag Werbung gegen den Strich zu lesen."*

Es ist nicht so, daß der Seeleningenieur mit uns machen kann, was er will. Wie der Hypnotiseur hat er nur dort Erfolg, wo er auf unbewußte seelische Bereitschaft zum Gehorsam trifft. Wer seine Manipulationen für gefährlich hält, muß also die unbewußten Regungen unserer Seele, die uns zur Selbstaufgabe geneigt machen, ins Bewußtsein heben: „Was Es ist, soll Ich werden", um mit Freud zu reden.

Wenn Demokratie die politische Organisation einer Gesellschaft mündiger Menschen ist, dann dürfen sich die Demokraten nicht mit den bisherigen Resultaten der Werbung um den Freizeitkonsumenten abfinden. Die Menschen sind ja durch das Wirken der Freizeitindustrie nicht glücklicher geworden. Die Häufigkeit neurotischer Erkrankungen, das gestiegene Selbstzerstörungsbedürfnis der Menschen, das „sich u.a. an der Planung perfektionierter Vernichtungsmethoden ebenso ablesen läßt, wie an der steigenden Unfallrate" [T. Brocher], sprechen eine erschütternde Sprache. Man braucht viele Menschen bei ihren Freizeitvergnügen nur zu beobachten, um zu erkennen, wie trüb ihr Amüsement ist. Ihre Gesichter verraten selten Frohsinn. Wenn sie heiter werden wollen, benötigen sie oft Alkohol. Für den Theaterbesuch wählen nicht nur Männer, sondern auch Frauen häufig schwarze Kleidung. Die Gesellschaft trägt Trauer, möchte man sagen. Selbst die Jüngeren sind freudlos. Ihre Ekstase im Jazzkeller ist ohne Inhalt. „Daß sie zustande kommt, daß der Musik gehorcht wird, das ersetzt den Inhalt selber. Ihren Gegenstand besitzt die Ekstase an ihrem eigenen Zwangscharakter. Sie ist stilisiert nach den Verzückungen zum Schlag der Kriegstrommel, wie sie die Wilden exerzieren. Sie hat konvulsivische Züge, die an Veitstanz oder an die Reflexe verstümmelter Tiere gemahnen. Leidenschaft selber scheint von Defekten hervorgebracht. Aber das ekstatische Ritual verrät sich als Pseudoaktivität durch das Moment des Mimischen. Es wird nicht ‚aus Sinnlichkeit' getanzt oder zugehört, gewiß nicht durch Zuhören Sinnlichkeit befriedigt, sondern es werden Gesten Sinnlicher imitiert." [Th. W. Adorno]

So erinnern allerorten das Freizeitverhalten der Menschen und das Diktat des Konsumzwangs daran, daß sich, verbunden mit der Wirtschaftsverfassung unserer Gesellschaft, ein Sozialcharakter entwickelt hat, den stark neurotische Züge kennzeichnen. Was kann getan werden? An die Moral des einzelnen wird seit Jahrtausenden erfolglos appelliert. Die Lehren der Kirchen haben ihre Allgemeinverbindlichkeit verloren. Freizeitfürsorge durch den Staat würde lediglich eine andere Form der Fernlenkung sein. Das beweisen die Erfahrungen aus faschistischen und bolschewistischen Ländern.

Wenn meine Deutung der Werbung um den Freizeitkonsumenten und seines Verhaltens in der heutigen Gesellschaft richtig ist, dann kann vielleicht Aufklärung ein Heilmittel sein. Wer z.B. die Techniken der Seeleningenieure kennt, vermag Werbung gegen den Strich zu lesen. Wer den ideologischen Charakter des Angebots der Freizeitindustrie durchschaut, kann nicht mehr so leicht an der Nase herumgeführt werden, wie jene, die nicht vertraut sind mit der an und für sich recht bescheidenen Anzahl immer wiederholter Ideen und Tricks, deren sich die geheimen Verführer bedienen. Aber Schärfung des kritischen Bewußtseins genügt nicht. Das erstemal in der Geschichte besteht die Chance, den Massen die Verwirklichung eines Mußeideals zu gewähren, dessen Kultivierung bisher lediglich kleinen, aber mächtigen Gruppen der Gesellschaft möglich war.

Die von Kulturromantikern gepredigte Beseelung der Arbeit führt auf Holzwege. Der Fortschritt der Freiheit hat vielmehr umfassende Automatisierung der Arbeit, äußerste Einschränkung der Arbeitszeit und Austauschbarkeit der beruflichen Funktionen zur Voraussetzung. Wie Herbert Marcuse halte ich die Dauer des Arbeitstages für einen der entscheidenden Faktoren der Unterdrückung des Lustprinzips durch das Realitätsprinzip und stimme ihm zu, wenn er die Verkürzung der Arbeitszeit bis zu einem Punkt fordert, wo das bloße Arbeitsquantum die menschliche Entwicklung nicht mehr behindert.

„Die Verkürzung der Arbeitszeit würde an sich fast sicher ein beträchtliches Absinken des Lebensstandards, wie er heute in den industriell hochentwickelten Ländern herrscht, bedeuten. Aber die Rückkehr zu einem niedrigen Lebensstandard, wie der Zusammenbruch des Leistungsprinzips ihn mit sich brächte, spricht nicht gegen den Fortschritt der Freiheit." „Das Argument, daß die Vorbedingung der Freiheit ein immer höherer Lebensstandard sei, dient allzuleicht einer Rechtfertigung der Unterdrückung. Die Definition des Lebensstandards im Sinne von Autos, Fernsehapparaten und Faktoren ist die Definition des Leistungsprinzips an sich. Jenseits dieses Prinzips würde das Lebensniveau mit anderen Kriterien bemessen; dort würde es sich um andere Dinge handeln: um die weltweite Befriedigung menschlicher Grundbedürfnisse und um die Freiheit von Schuld und Angst – sowohl äußere wie internalisierte, triebhafte wie ‚vernunftgemäße'." [H. Marcuse]

Daraus ergibt sich die Notwendigkeit einer Erziehung zur Genußfähigkeit, zu bewußter Sensibilität. Sprachliche und musische Erziehung sind wichtige Mittel hierzu. Vergessen wir nicht: Bewußte Sensibilität ist potenzierte Sensibilität. Wer nicht fühlen will, will auch nicht denken. Sensibiliät macht nicht nur für Lust, sondern auch für Leid empfänglich. So stehen die Hedoniker immer im Lager der Aufklärung und auf seiten der Unterdrückten.

Reden und Schreiben im Dienste solcher Aufklärung ist die Forderung des Tages. Ein Zurück in eine von Romantikern verklärte Vergangenheit gibt es nicht. Gegen die Mängel der Industrialisierung hilft nur mehr Industrialisierung, gegen den Mißbrauch der Freizeit hilft nur mehr

Freizeit, und die Gegenaufklärung kann nur durch mehr Aufklärung besiegt werden. Allein mündige Menschen können eine anständige Daseinsgestaltung durchsetzen. Erst eine rationale Ordnung von Wirtschaft und Gesellschaft wird Freizeit als eigene Zeit ermöglichen. Ist das erreicht, können alle Gebrauch machen von Senecas Rat an Lucilius:

„Ein Tag aber ist eine Stufe des Lebens; die ganze Lebenszeit besteht aus Teilen und enthält Kreise, von welchen die größeren die kleinen umschließen. Den engsten Umkreis hat der Tag; doch auch dieser gelangt vom Anfang zum Ende, vom Aufgang bis zum Untergang. Daher hat man jeden Tag so einzurichten, als ob er die Reihe schlösse und die Summe der Lebenstage voll mache."

# Der 'Krawatten-Muffel' steckt in uns allen.

Wenn wir Männer eine Krawatte haben, die wirklich gut zum Anzug paßt, sind wir stolz und zufrieden. Meistens vergessen wir darüber, daß zu diesem Anzug bestimmt noch mehr Krawatten passen – und daß es uns eigentlich zukommt, ein bißchen vielseitig zu sein. Deshalb: Wer kein Muffel sein will, sollte zu jedem Anzug zwei, drei passende Krawatten haben ... und regelmäßig wechseln!

DEUTSCHES KRAWATTEN-INSTITUT

**Neue Krawatte, neuer Mann... Trag nicht die von gestern**

1. Was wird in der Anzeige eigentlich als Ware angeboten?
2. Was wird über diese Ware an Informationen geliefert und was verschwiegen?
3. In welchem Verhältnis stehen die vitalen Bedürfnisse der Umworbenen zum Angebot der Anzeige?
4. Aus welcher Interessenlage wird argumentiert oder scheinbar argumentiert?
5. Warum ist die Anzeige so beschaffen? Aufgrund welcher Voraussetzungen arbeitet sie mit diesen Mitteln?

## Dieter Meiners: Marketing als unternehmenspolitische Konzeption

*„Der Erfolg am Markt ist daher inzwischen zur entscheidenden Lebensfrage der Unternehmen geworden. [. . .] Doch geht es statt der früher üblichen mehr oder weniger pragmatischen Bewältigung der unternehmerischen Aufgabe, bei der das sogenannte Fingerspitzengefühl eine besondere Rolle spielte, heute um eine systematische Marktbearbeitung."*

### *Was ist Marketing?*

Der Begriff „Marketing" wird heutzutage in einem engeren und einem weiteren Sinne verwendet. Im *engeren* Sinne sieht man im Marketing eine Sammelbezeichnung für alle systematisch auf bestimmte Absatzziele gerichteten und optimal kombinierten Aktivitäten eines Unternehmens. Schwerpunkte im Bukett derartiger Aktivitäten sind u. a. die Marktforschung, die Produkt- und Preispolitik, die Werbung, die Verkaufsförderung. Im *weiteren* Sinne läßt sich unter Marketing dagegen ein im wesentlichen marktbezogener Denk- und Führungsstil verstehen: „Marketing ist eine unternehmerische Denkweise, die den Markt in den Mittelpunkt aller Überlegungen und Maßnahmen stellt." In diesem letzteren Sinn stellt Marketing eine bestimmte unternehmenspolitische Konzeption dar, die nicht zuletzt in der Unternehmensorganisation ihren Ausdruck finden muß. Die Realisierung einer marktorientierten Unternehmenspolitik ist undenkbar, wenn dafür kein geeignetes und für diesen Zweck koordinierbares Führungsinstrument zur Verfügung steht.

Dieses Buch versucht, beiden Definitionen des Marketing-Begriffs gerecht zu werden. Es wird im folgenden zwar einerseits auf einen marktorientierten Führungsstil abgestellt. Da aber andererseits die Behandlung *aller* Unternehmensaktivitäten innerhalb dieses Rahmens zu weit führen würde, gilt das Augenmerk dieses Buches doch im wesentlichen dem

Vertriebsbereich. Die unternehmenspolitische Aufgabe, die es hier zu analysieren und darzulegen gilt, umreißt C. W. Meyer mit folgenden Worten: „Alle absatzbezogenen Tätigkeiten im Sinne der Erfüllung der Vertriebsaufgabe zur Geltung zu bringen, heißt die absatzwirksamen Mittel zusammenzufassen und zielbewußt einzusetzen."

### *Warum Marketing?*

Die Notwendigkeit und Aktualität der marktorientierten Unternehmenspolitik erwächst aus den Veränderungen, die sich innerhalb der 60er Jahre für viele Branchen am Markt vollzogen haben:

(1) Der Nachholbedarf an lebensnotwendigen Gütern aus der entbehrungsreichen Nachkriegszeit lief aus.

(2) Steigende Einkommen wurden und werden zu einem immer größeren Teil für nicht-industrielle Leistungen ausgegeben (z. B. Reisen, sonstige Dienstleistungen).

(3) Der schnellere technische Fortschritt erfordert vielerorts fast pausenloses Investieren; doch die dafür benötigten Gewinne werden durch den Lohnkostendruck in engen Grenzen gehalten.

(4) Es fielen in Westeuropa bisher schützende Zollmauern, so daß sich die Unternehmen einem sich ständig verschärfenden internationalen Wettbewerb gegenübersehen.

(5) Alles in allem bestand die entscheidende Veränderung am Markt in der gewandelten Angebots-Nachfrage-Konstellation: aus dem Verkäufermarkt der 50er Jahre wurde vielerorts ein Käufermarkt von teilweise recht qualitäts- und preisbewußter Nachfrage.

Der Erfolg am Markt ist daher inzwischen zur entscheidenden Lebensfrage der Unternehmen geworden. Die Zeit, da dieser Erfolg sich von selbst einstellte, ist für die meisten Anbieter endgültig vorbei. Den internationalen Kampf um die Absatzmärkte bestehen allein diejenigen Unternehmen, die nicht nur die marktgerechteste Leistung erbringen, sondern sie gleichzeitig als solche auch durchzusetzen vermögen.

Zwar konnten auch frühere Unternehmergenerationen nicht am Markt vorbeiproduzieren. Doch geht es statt der früher üblichen mehr oder weniger pragmatischen Bewältigung der unternehmerischen Aufgabe, bei der das sogenannte Fingerspitzengefühl eine besondere Rolle spielte, heute um eine *systematische* Marktbearbeitung. Beim sich immer mehr verschärfenden Kampf um Märkte und Marktanteile entsann man sich der Grundbestandteile militärischer Strategie und der dort seit eh und je praktizierten logischen Abfolge von Lage, Ziel und Maßnahmen: Nachdem Lage und Entwicklung des Marktes ermittelt worden sind, erfolgt die Festlegung des unternehmerischen Zieles; erst die Orientierung an einer bestimmten Zielsetzung macht es möglich, einen hierauf abgestellten spezifischen, d.h. einen wohl dosierten sowie optimal koordinierten, Maßnahmenkatalog zu erarbeiten. Die Vielfalt und Kompliziertheit der den Unternehmenserfolg beeinflussenden Faktoren hat der Unternehmerpolitik nach Fingerspitzengefühl heute einen engen Rahmen gezogen.

*Die Wettbewerbsordnung als Herausforderung für die Unternehmenspolitik*

Die Verfolgung des egoistischen Prinzips im Rahmen eines geordneten Wettbewerbs ist der Motor unseres liberalen westlichen Wirtschaftssystems. Gemessen am Wohlstand der Bevölkerung hat dieser Motor dem liberalen System einen klaren Vorsprung vor zentralistischen wettbewerblosen Wirtschaftssystemen gesichert. Auch wenn das egoistische Prinzip in den letzten Jahren wachsender Kritik unterlag, dürfte es recht schwerfallen, diese Triebkraft durch eine andere, zumindest gleichwertige, ersetzen zu wollen. Denn geordneter Wettbewerb bedeutet „Zwang zur Leistung".

Der Wettbewerb läßt sich als Ausdruck einer sozialen Form des Kampfes gegen den Mangel begreifen. Denn mit Röpke lassen sich grundsätzlich drei Arten eines solchen Kampfes gegen den Mangel unterscheiden und nach den Beziehungen ordnen, in die die Menschen dabei treten. Die erste Beziehung ist danach die ethisch negative der Gewalt und der List, durch die die Mittel auf Kosten anderer verschafft werden. Die zweite ist die ethisch positive der altruistischen Hingabe, durch die Mittel ohne Gegenleistung zugewendet werden. Die dritte Beziehung schließlich bezeichnet Röpke als ethisch neutral, weil hier weder die eigene Wohlfahrt zum Schaden anderer führen muß, noch die eigene Wohlfahrt zum Nutzen anderer vernachlässigt wird. Vielmehr wird „kraft einer vertraglichen Gegenseitigkeit das Ziel der eigenen Wohlfahrtssteigerung mit dem Mittel fremder Wohlfahrtssteigerung erstrebt."

Da der Mensch in der Regel das egoistische Bestreben hat, ein ökonomisches Ziel mit dem geringstmöglichen Aufwand zu realisieren, liegt ihm zwar eine Zielverwirklichung auf Kosten anderer am nächsten. Durch das Wettbewerbsprinzip werden derartige ökonomische Handlungsweisen aber einer Kontrolle unterworfen und in Richtung leistungsgerechter Gegenseitigkeit „geläutert". Somit kommt es in einer Wettbewerbsordnung laufend zu Konflikten kleinerer und größerer Art zwischen den vielen egoistischen Einzelzielsetzungen, die aber grundsätzlich nur über einen Kompromiß realisiert werden können.

Die Erkenntnis dieser sozio-ökonomischen Beziehungen führte zur Konstruktion eines gesellschaftstheoretischen Systems, das als „Konfliktmodell" Eingang in die Sozialwissenschaften gefunden hat. Dahrendorf vertritt die Ansicht, daß Gesellschaften, die auf dem Prinzip sozialer Konflikte basieren, besonders starken Impulsen auf das Tempo, die Radikalität und die Richtung sozialen Wandels ausgesetzt sind. Dabei treten derartige Konflikte grundsätzlich nach zwei Seiten auf, nämlich sowohl zum Mitwettbewerber als auch zum Gegenleistenden. Dieses aus dem Zwang von Leistung und Gegenleistung sich ergebende System beinhaltet den Fortschritt für alle, solange das Gleichgewicht zwischen den Leistenden einigermaßen erhalten bleibt. Über dieses Gleichgewicht wacht im großen und ganzen eine Art Automatismus, der auf dem „Gegenmachtprinzip" beruht: Der Mächtigere kann allein durch das Entgegensetzen gleicher Macht gezügelt und in für alle nützliche Bahnen gelenkt werden. Der Egoismus der einzelnen Wirtschaftssubjekte wird somit zum Motor des gesamten Systems.

Für die im Wettbewerb stehenden Unternehmen bedeutet dies, daß sie den beiden Konfliktrichtungen gewachsen sein müssen, wenn sie existieren wollen: Tagtäglich muß diese Existenz am Markt durchgesetzt werden, denn dort bewerten die Käufer und Mitwettbewerber die Qualität der angebotenen Leistung.

Allein mit der Herstellung qualifizierter Produkte sowie deren Feilbieten erschöpft sich die Aktivität eines modernen Unternehmens nicht. Aufgrund der Unvollkommenheit der meisten Märkte, insbesondere ihrer Intransparenz, kann die unternehmerische Existenz nur gesichert werden, wenn nicht nur die meisten potentiellen Nachfrager von der angebotenen Qualität überzeugt worden sind, sondern wenn diese auch vom Erwerb dieser Qualität einen persönlichen Nutzenzuwachs erwarten. Grundsätzliches Ziel der Unternehmenspolitik muß es daher sein, die eigene Produktion und die Nutzenvorstellungen der Nachfrager in Einklang zu bringen.

Die Wechselbeziehungen zwischen diesen beiden Parametern bedeuten für das Unternehmen Aktivitäten in grundsätzlich zweierlei Richtung. Einmal muß die eigene Produktion den Nutzenvorstellungen am Markt angeglichen werden; zum anderen müssen, soweit dies möglich ist, aber auch die Nutzenvorstellungen der Nachfrager in Richtung des Absatzzieles beeinflußt werden. (Kritiker des Wettbewerbssystems bezeichnen den zuletzt genannten Fall überspitzt als „Manipulation".) Beide Aktionsrichtungen sind, wenn auch in einzelnen Branchen und Unternehmen in unterschiedlichem Maße möglich, notwendige Bestandteile einer marktorientierten Unternehmenspolitik.

Sicherung der Existenz bedeutet für ein Unternehmen nicht nur die *Konstanz* des Produktions- und Absatzniveaus, sondern weit mehr noch die *Teilhabe* am *Wachstum* der Gesamtwirtschaft. Kaum jemand würde ein Unternehmen gründen, wenn er nicht erwartete, eine Rendite zu erwirtschaften, die langfristig über dem in der Volkswirtschaft herrschenden Zinssatz liegt.

Da der Wettbewerb sich stets von neuem als Herausforderung diesem Erwerbsstreben entgegenstellt, wird manches Unternehmen versuchen, den Wettbewerbsdruck dadurch zu mindern, daß es sich „monopolistische Spielräume" verschafft. Die Möglichkeit solcher „monopolistischer Spielräume", in denen der Wettbewerb sehr beschränkt zum Tragen kommt, ist jedoch nur bedingt vorhanden. Natürlich gibt es Monopolpositionen aufgrund von Bodenschätzen, Patenten und besonderen Standorten. In den übrigen Fällen muß es aber bei dem Versuch bleiben, sich ein „Meinungsmonopol" aufzubauen, wie wir es beispielsweise vom Markenartikel her kennen.

Aber längst nicht allen Branchen und Unternehmen ist eine teilweise Umgehung des Wettbewerbsdrucks möglich. Gerade in technisch unkomplizierten und daher transparenteren Tätigkeitsbereichen ist eine Existenzsicherung meist nur über die Meisterung des Wettbewerbs denkbar.

Aufgrund des bereits oben behandelten Wandels von Verkäufer- zu Käufermärkten hat sich Ende der 60er Jahre der Wettbewerb allgemein stark verschärft. Die vom Markt aus gestellten Anforderungen an die Unternehmen, die sich obendrein auch noch in einem größeren europäischen Absatzgebiet zurechtfinden müssen, haben sich gewaltig erhöht. Die Unternehmen befinden sich in einem fortwährenden Balanceakt zwischen der Notwendigkeit zu investieren und steigendem Kostendruck einerseits und einem durch schärferen Wettbewerb bedingten Druck auf die Preise andererseits. Das Beispiel der chemischen Industrie zeigt außerdem, in welchem Dilemma sich manche Unternehmen bei ihren Investitionsüberlegungen befinden: Der enorme Preisdruck zwingt zur Suche nach immer kostengünstigeren Produktionsmöglichkeiten. Diese liegen zumeist in der Errichtung größerer Kapazitäten bei zugleich hoher Anlagenauslastung. Die auf diese Weise am Markt zusätzlich angebotenen Mengen verstärken aber erneut den Druck auf die Preise – also offenbar eine Kette ohne Ende, die den Chemieproduzenten viel Kopfschmerzen bereitet und die manchem Hersteller bereits die Existenz gekostet hat.

Die Herausforderung durch den Wettbewerb zwingt die Unternehmen zur Suche nach Mitteln, um diesen Kampf zu bestehen und eine zumindest „lebensnotwendige“ Rendite zu erwirtschaften. Die Arena für diesen Existenzkampf ist der Markt. Die zu findenden Mittel müssen also auch den dortigen Bedingungen entsprechen.

## Hans Usinger: Warenpräsentation

*„Die Anordnung und harmonische Gliederung muß psychologisch gut durchdacht sein, so daß der Kunde rein gefühlsmäßig von der Ware angezogen wird.“*

Oberster Grundstz bleibt immer wieder die Forderung, alle Möglichkeiten, die sich aus den räumlichen Voraussetzungen ergeben, für die Warenpräsentation zu nutzen.

Dabei ist selbstverständlich, alle Aufmachungsfragen mit dem richtigen Gefühl für eine wertgerechte Einordnung zu behandeln. Nur eine sauber und wertgerecht dargebotene Ware wirbt! –

Die Anordnung und harmonische Gliederung muß psychologisch gut durchdacht sein, so daß der Kunde rein gefühlsmäßig von der Ware angezogen wird.

Das Niveau eines Unternehmens wird bestimmt vom Genre der geführten Sortimente. Durch eine wertgerechte, offene Warenauslage gibt man dem Kunden die Möglichkeit, sich über das Angebot zu informieren und es zu beurteilen, wodurch verständlicherweise das Vertrauensverhältnis zum Unternehmen und zur geführten Ware vertieft wird.

Zunächst einmal ist es wichtig, den vorhandenen Raum nach Art und Umfang der geführten Abteilungen aufzuteilen. Hier haben sich in der Praxis folgende Gesichtspunkte herausgebildet:

1. Artverwandte Abteilungen und Abteilungsgruppen gehören zusammen.
2. Abteilungen, an denen der Kunde im Vorbeigehen kauft, verlegt man in den bestfrequentierten Ladenteil, z.B. Süßwaren, Seifen und Parfümerien.
3. Abteilungen, die auf Grund besonderer Leistungsfähigkeit als Zugabteilungen anzusprechen sind, placiert man in die Tiefe des Ladens, z.B. die Lebensmittelabteilung oder die Imbißecke.
4. Abteilungen, bei denen der Kunde erfahrungsgemäß zum Aussuchen, Wählen und Kaufen einen längeren Zeitraum benötigt und individueller

bedient werden will, ordnet man am besten an weniger stark frequentierte Plätze des Ladens ein.

Es ist möglich, daß sich in der Praxis Notwendigkeiten zur Änderung ergeben, die dann im Rahmen der beweglichen Ladenführung durchgeführt werden können. Jedoch kann man bei der Befolgung der eben aufgeführten Grundsätze mit einiger Sicherheit annehmen, daß die Notwendigkeit einer Verlegung von Abteilungen mit Spezialeinrichtung (Lebensmittel, Glas, Porzellan, Konfektion) nicht auftreten wird. Eine Schablone, die für alle Läden zutrifft, gibt es nicht; es wird immer Ausnahmen geben, die die Regel bestätigen!

Die Lebensmittelabteilung in unmittelbarer Nähe des Haupteinganges zu placieren, die Süßwarenabteilung in der Tiefe des Ladens aufzumachen, zusammengehörende Warengruppen, wie Glas, Porzellan, Hartwaren, getrennt in zwei Etagen unterzubringen, obwohl in allen diesen Fällen eine andere Lösung möglich wäre, sind als ausgesprochene Raumfehler zu betrachten.

Festhalten am Althergebrachten, Scheu vor zusätzlichen Kosten, besondere Vorliebe für eine Abteilung, die meistens die Vernachlässigung einer anderen Abteilung zur Folge hat, sind die Beweggründe, die eine geplante neue Lösung oft nicht zur Durchführung kommen lassen.

Unterstellen wir, daß viele Kunden in den Laden kommen, weil sie einen bestimmten Artikel kaufen wollen, so ist es die Aufgabe einer entsprechenden logischen Abteilungs- und Artikelgliederung, neben diesem geplanten und beabsichtigten Einkauf den Kunden zu möglichst vielen Impulskäufen zu veranlassen.

Niemand würde sich in einem Laden mit rund 7000 und mehr Artikeln zurechtfinden, wenn diese nicht in Abteilungen aufgegliedert wären. Wenn man nun innerhalb der einzelnen Abteilungen nochmals eine Aufteilung nach der Zusammengehörigkeit der Artikel vornimmt, so entspricht das nur einer klaren, logischen Überlegung. Unter logischer Aufteilung der Artikel versteht man in diesem Falle die Zusammenfassung der einzelnen Artikelgruppen entsprechend ihrem Verwendungszweck, wobei es nicht entscheidend ist, aus welchem Werkstoff der Artikel hergestellt ist. Sicherlich gibt es auch hier Grenzfälle, die von Fall zu Fall individuell behandelt werden müssen.

Wenn jedoch zum Beispiel Bestecke, Stahlwaren an der Abteilung Werkzeug geführt werden,
Vorhangschlösser, Zollstöcke, Fahrradöl an der Abteilung Haushaltwaren,

Ölkännchen an der Werkzeugabteilung,
Bügeleisen, Tauchsieder nicht an der Elektroabteilung, sondern an der Haushaltabteilung,
Tortenplatten an der Porzellanabteilung,
Tortenschaufeln an der Stahlwarenabteilung,
Eierlöffel an der Stahlwarenabteilung,
Eierbecher an der Plastikabteilung,
Ärmelhalter, Sockenhalter, Hosenträger an der Kurzwarenabteilung,
Transparentfolien, Plastikwaren, Babyartikel, Windelhosen, Gummieinlagen an der Seifen-Parfümerie-Abteilung

angeboten werden, so werden damit gleichartige Artikel gewaltsam auseinandergerissen, Impuls- und Anschlußverkäufe erschwert und vorhandene Umsatzmöglichkeiten nicht wahrgenommen.

Im Bedienungsladen können diese Aufmachungsfehler nur z.T. durch aufmerksames Bedienungspersonal (Zuempfehlen) kompensiert werden. Erfahrungsgemäß wird das Zuempfehlen aber eifriger betrieben, wenn z.B. neben der

Schuhcreme auch die Einschmierbürste,
neben dem Waschpulver auch Waschbürsten,
Wäscheleinen und Wäscheklammern,
neben dem Korkenzieher der Flaschenausgießer,
neben dem Briefpapier die Tinte zu finden ist.

Ein Kunde quittiert es z.B. mit einem Zusatzkauf, wenn er neben dem Schrankpapier gleich die Reißbrettstifte sieht.

Wenn der Kunde an der Theke nach einem Stück Seife greift, so muß ihn die danebenliegende Handwaschbürste, Seifendose oder der Waschlappen daran erinnern, daß er sich eigentlich schon immer dieses Stück zulegen wollte.

## Wie eine Getränke-Abteilung aussehen muß, die mehr Umsatz und Profit macht

*Wichtige Ergebnisse aus einer Untersuchung, die die Rationalisierungs-Gemeinschaft des Handels (RGH), Köln, im Jahre 1970 auf Veranlassung der Gerolsteiner Sprudel KG, Gerolstein, durchgeführt hat.*

### *Man muß nicht nur Ware liefern, sondern auch für ihren schnellen und gewinnbringenden Absatz sorgen*

Das ist Ihr Problem und auch unseres. Wir können beide mehr verkaufen, wenn wir für den Abverkauf sorgen. Insofern können wir alle von den Computer-Herstellern lernen. Sie können ihre hardware (Produkte und Maschinen) auch nur in dem Maße verkaufen, wie sie gleichzeitig software (know how, Handhabung, Schulung) verkaufen.

Auch wir haben Ihnen bisher nicht nur hardware (ein qualitativ hervorragendes Sortiment), sondern auch software (Nachfrage, Markenartikel-Werbung, hohe Bekanntheit, Verkaufsförderung) geliefert. Dieser Anteil, der jenseits der reinen Produktlieferung besteht, nimmt noch mehr zu. Das werden Sie auch festgestellt haben. Auch Sie müssen Ihren Kunden immer mehr Sortimentsberatung und Verkaufs-know-how liefern, wenn Sie mehr verkaufen wollen.

Über die optimale Plazierung, Vollständigkeit und Zusammensetzung der Getränke-Abteilung gab es bisher keine durch Zahlen erhärteten Unterlagen. Wir wollten es genau wissen und mit meßbaren Versuchsanordnungen und Experimenten herausfinden, ob sich hier brauchbare Regeln und Kriterien ablesen lassen. Deshalb haben wir die Rationalisierungs-Gemeinschaft des Handels beauftragt, in mehrere Monate dauernden Untersuchungen herauszufinden, wie eine Getränke-Abteilung aussehen muß, die mehr Umsatz und Profit macht. Hier sind die wichtigsten Ergebnisse:

Wenn Sie diese Ergebnisse bei Ihren Kunden in die Tat umsetzen helfen, werden Sie deren Umsätze und Profit in der Getränke-Abteilung spürbar verbessern können. Sie erweisen sich damit nicht nur als progressiver Partner – Sie spüren es auch an Ihren eigenen Umsätzen – und wir hoffentlich auch. Das ist der Sinn der Sache.

### *Ergebnis Nr. 1: Die Anordnung der Getränke im Verkaufsregal muß stimmen*

Jedes Verkaufsregal hat seine „Logenplätze“. Diese Logenplätze sind da, wo Augen- und Griffhöhe zusammentreffen.

Es ist erwiesen, daß der Mensch lieber zur Seite als nach oben oder nach unten sieht, auf der anderen Seite ist ihm auch jede Anstrengung im Bücken oder Recken recht unbequem. Die Griffhöhe dürfte also ideal sein. Sie liegt zwischen 1,30 m und 1,40 m. Der verkaufsaktivste Bereich des Regals ist die Regalmitte, denn dorthin schauen die meisten Kunden am intensivsten. Der beste Platz im Regal dürfte demnach die Mitte in Griffhöhe sein.

Am Anfang des Regals muß dennoch eine attraktive Warengruppe – gesehen aus der Richtung des Kundenstroms – plaziert werden. Sie lockt den Kunden an und verhindert, daß er von seiner Normalgewohnheit abgeht, den ersten Teil des Regals zu flüchtig zu betrachten.

Eine weitere attraktive Warengruppe sollte am Ende des Regals (in Richtung des Einkaufsweges) plaziert werden, um den Kunden zu *„zwingen"*, am ganzen Regal aufmerksam *„suchend"* vorbeizugehen. Das hat außerdem den Vorteil, daß auch der dem normalen Kundenweg entgegenfließende Strom in gleicher Weise erfaßt wird.

Das Sortiment der Abteilung für Bier und alkoholfreie Erfrischungsgetränke läßt sich zweckmäßigerweise in folgende Gruppen und Artikel-Familien unterteilen:

– Bier
– Fruchtsäfte
– Extrakte
– Mineralwässer und alkoholfreie Süßgetränke

o Mineralwässer
o Limonaden der Mineralbrunnen
o Fruchtsaftgetränke der Brunnen
o Koffeeinhaltige Getränke
o Sonstige

*Forderung an die Plazierung:*

– Ordnung im Regal.
  Ordnung bedeutet im Regal für Biere und alkoholfreie Getränke eine sichtbare Trennung der einzelnen Gruppen. Diese Trennung sollte *vertikal* erfolgen.
– Artikel, die forciert werden sollen, sollten einen guten Platz erhalten.
– Sowohl der Anfang als auch das Ende des Regals müssen attraktiv gemacht werden.
  Hier sollten umsatzstarke Artikel plaziert werden (siehe Schaubild).

*Optimale Plazierung von Bier und alkoholfreien Getränken*

## Peter Kaufmann: Die entscheidende Begegnung: der Tausch

*„Als Unternehmer sind wir auf den Markt verwiesen. Der Markt ist die Stätte der Befreundung zum Zwecke des Tausches."*

### *Die entscheidende Begegnung: der Tausch*

In der Wirtschaft wird nur aufgebaut, wo Tausch stattfindet. Am Hebel des Wachstums stehen Tauschhandlungen – *mehr* solcher als vorher.

Man kann den Tausch sowohl als Anfang wie als Ende jeder wirtschaftlichen Vollzugskette verstehen. Als Anfang, weil sich aus der Summierung dieser vielen einzelnen Transaktionen der volkswirtschaftliche Umsatz ergibt, was ein Mehr oder Minder an Arbeitsplätzen, Kaufkraft, Wohlbefinden und Zukunftsvertrauen einschließt.

Wir können den Tausch indessen auch als Ende, als Sinnerfüllung und letzten Bestimmungsgrund wirtschaftlichen Gemeinschaftstuns ansehen. Als Ende, weil alle Institutionen der Wirtschaft und die meisten des Rechts letztendlich darauf angelegt sind, Tausch herbeizuführen und Tausch in geregelten Bahnen ablaufen zu lassen.

Im Wirtschaftsteil der Tageszeitungen ist von „Tausch" – jedenfalls in Friedenszeiten – nie die Rede. Aber er bildet den Untergrund aller Schlagzeilen, Analysen, Marktberichte und Meinungskämpfe. Am Schluß löst sich auch jeder Disput an Hauptversammlungen in die Frage auf: Kam (genügend) Tausch zustande? Das bezieht sich auf die Ertragslage, den Gewinnausweis, die Entlastung der Verwaltung und die Dividende.

Meine Kundin vollzieht dabei einen sehr subtilen und manchmal selbst eleganten geistigen Prozeß auf drei Ebenen. Einmal auf der Ebene der Arithmetik: Was kostet es? Reicht es für diesen Kauf? Entspricht der Preis einigermaßen meinem Finanzstatus? Zweitens auf der Ebene des Wissens: Letztesmal hatte der Brie die richtige Reife! Dieser Chagall ist ohne Zweifel echt! Drittens auf der Ebene der Empfindungen und Gefühle: Paßt diese Farbe zu mir? Wird dieser Clip brillieren? Darf ich es auf einen ehelichen Disput ankommen lassen? Ist mir Emilio Pucci so viel wert? Dürrenmatt liegt mir!

In diesem Spiel sind unzählige Urteilskombinationen möglich. Sie werden sich wohl noch auf Jahre wissenschaftlicher Systematik unzugänglich erweisen. Manchmal ist es auf allen drei Ebenen ein das Ego bestätigendes Ja. Manchmal ein mit Traurigkeit durchzogenes Nein. Meist aber endet diese innerseelische Auseinandersetzung mit einem Kompromiß zwischen

Arithmetik und Lust. Gleiches vollzieht sich beim Händler. Auch seine dem Tauschvollzug vorangehenden Erwägungen berühren diese drei schicksalsträchtigen Ebenen. Im Bereich der Arithmetik handhabt er Kosten. Wissen beantwortet ihm die Frage, inwieweit er Monopolist ist. Auf der Ebene der Empfindungen und Gefühle manipuliert er die Kalkulation, zugebend, wenn er sich seiner Spekulationen sicher weiß, zurückhaltend, wenn er Tauschwiderstand ahnt.

Das legt nahe, darüber nachzudenken, inwieweit die beiden Tauschpartner in jeweiliger Situation aus einer Postition der Stärke oder Schwäche handeln. Friedrich von Wieser hat hierzu eine subtile Unterscheidung gemacht. „Die wirtschaftliche Lage des Schwachen ist typisch dadurch bezeichnet, daß dieser die Bedürfniswerte der Zukunft im Vergleiche mit denen der Gegenwart geringer einschätzt." Die Position der Schwäche nötigt ihn zum Tausch.

Wenn ich mir ein Überlager angeschafft habe und liquider werden muß, kann ich mir in der Kalkulation keine Überheblichkeiten leisten. Im Gegenteil. Die Position der Schwäche zwingt mich zu Abschreibungen. Wenn meine Tauschofferte nach Wochen und Monaten noch keinen Zuschlag auszulösen vermochte, ist sie ebenfalls schwach. Das Ideal einer starken Tauschposition liegt beim Monopolisten, dessen Gegenüber auf dringenden Tausch verwiesen ist. Diesen Zustand vergegenwärtigen wir uns gerne in abendlicher Feierstunde.

Was immer mir die Eierköpfe auch sagen werden – eines steht fest: daß sich mein Umsatzerfolg aus Tausenden und aber Tausenden gelungener Tauschakte ergibt. Bei gutem Umsatz lösen sich die meisten Führungsprobleme leichter!

Das gehaltvollste Treffen in der Geschäftswelt ist jenes zwischen Tauschfähigen und Tauschwilligen. Denn hier geht es um Aufbauendes.

Als Unternehmer sind wir auf den Markt verwiesen. Der Markt ist die Stätte der Befreundung zum Zwecke des Tausches. In der Wirtschaft gilt es demnach, die Befreundung zu kultivieren – die Befreundung mit Menschen – die Befreundung mit Ideen – die Befreundung mit Dingen. [. . .]

### *Was drängt den Verbraucher zum Tausch?*

Wir haben den Tausch als eine Grundbeziehung des arbeitsteiligen Wirtschaftens erkannt. In einem nach dem Markt verwiesenen System ökonomischer Prozesse haben wir uns alle durch den Tausch zu äußern. Zu klären ist indessen, welches die Zwänge und Motive sind, die den Tauschvollzug einleiten.

Die Not – die Notwendigkeit. Gewiß. Und zuerst. Daß der Mensch ein auf Ergänzung angelegtes Wesen sei und daß ihm die Bedürftigkeit auf die Stirne geschrieben ist, wurde schon immer erfahren. Daß er in der Vereinzelung hilflos ist, wissen wir. Auf dem Weg des Tausches beschaffen wir uns das tägliche Brot, die Kleidung, die Schlafstätte, die tausend unscheinbaren Dinge, welche wir den Tag hindurch benötigen. Es ist die Güterwelt des Selbstverständlichen. Die Not desjenigen, dem Tausch verwehrt ist, hat Daniel Defoe in seinem berühmten Inselroman erzählt. Und die Verlorenheit desjenigen, der Tausch nicht einleiten kann, weil er über kein Tauschgut verfügt und damit vom Markt ausgeschlossen ist, schildert durch Jahrhunderte hindurch jene Literatur, welche die „Armut" und das „Unheil" zum Thema hat. Vom Markt ausgeschlossen sein verwirft den Menschen in die Randlagen der Existenz. Jeder Krieg hat in seinem Gefolge die Suche nach dem Selbstverständlichen. Das Dürftige wird in jenen Zeiten in den Rangstufen der Gebrauchswerte nach ganz oben geschoben. Wie die Krume Brot. Wie der Schluck Wasser. Indessen ist die Stecknadel erst einmal literarisch hervorgetreten, nämlich als Adam Smith an ihrem Beispiel die industrielle Herstellung exemplifizierte. Aber die Schönheit der Stecknadel wurde noch nie besungen. Wahrscheinlich gibt es dazu auch nicht so leicht Veranlassung – bis auf den einen Umstand: daß sie uns unentbehrlich ist. Wie die Sicherheitsnadel. Wie das Küchenmesser. Wie der Bindfaden. Alles Dinge des täglichen oder periodischen Bedarfs, die durch ihre Anspruchslosigkeit im Schatten schönerer Objekte stehen und paradoxerweise nur durch ihre Unscheinbarkeit zu leuchten vermögen.

Der Mangel an Grundausstattung führt uns also zum Tausch.

Aber in der modernen Gesellschaft des Wohlstands, des Raffinements und der Friedfertigkeit sind es nicht in erster Linie die Dinge der Grundausstattung, welche die Fülle der Tauschbeziehungen, die Reichhaltigkeit des Angebots und die inspirierende Lebendigkeit der Auslagen bewirken, sondern vielmehr die den Verbraucher drängenden Vorstellungen von Besser-haben- und Schöner-haben-Wollen.

Wäre der Güteraustausch nur auf das Allernotwendigste der Lebensvorsorge beschränkt, würden wir noch auf der Kulturstufe der Primitiven verharren. Aber wo beginnt diese? Schon die Pygmäen tauschen Zeremoniellpfeile, deren einziger Sinn im Geschenk, in der Statusbetonung, in der Freude am Dekorativen liegt. Und in Colombo ließ sich das achtjährige Mädchen, das auf einem löchrigen Tuch die Fische der Familie ausgebreitet hatte, in ein schüchternes Gespräch um ein Plastikblümchen ein.

Trotzdem – es gibt in der Welt das Un-schein-bare und gleichzeitig darin das Un-entbehrliche. Niemand besingt es. Niemand gibt ihm die Schlagzeile. Niemand legt seinen versteckten Zauber dar. Denn es ist „nur“ nützlich. Ein Stück trockenes Kommißbrot ist die letzte Verteidigungslinie, wenn alles zusammenbricht.

Dem steht das Scheinende, das Glitzernde und gleichzeitig Entbehrliche gegenüber. Das Objekt des Gesprächs, des geheimnisvollen Zaubers, der fernen und fremden Welt. Schelling nannte diesen Bereich das „Neuselige“. Der Mensch verjünge sich durch sein Entzücken.

*Träume erkennen!*

Und daraufhin schaue ich mir meine Kunden im Geschäft nochmals an.

Was *bewegt* sie? Was motiviert sie? Was gibt ihrem Schritt die Eile zu einer Auslage hin? Was läßt sie aufhorchen – umkehren – hinschauen – in die Hand nehmen – aufatmen – lächeln? Was läßt sie sagen: „Endlich!“? Was zwingt sie in das Gewühl der City? Was läßt sie staubige Souks durcheilen? Was drängt sie, Meilen in Museumssälen abzuschreiten? Warum blättert mein Kunde in Esquire und stöbert nach Playboy? Warum lernt die Gattin neue Wörter wie Op und Pop? Wieso ereifert sie sich für Ken Scott? Oder Norman Norell? Oder Buckminster Fuller? Warum wagt sie sich auf Sampans? Weshalb peinigt sie ihren Liebhaber zum Geldverdienen? Wieso fragt sie mich jetzt nach dem Solitaire? Oder wünscht den Ausflug nach Anacapri?

Warum?

Weil diese Kundin Ferien denkt – Gäste erwartet – Auftritte ausmalt – den Mann verwöhnen will – die Kinder umsorgt – für Ionesco schwärmt – sich im Spiegel befragt.

Weil sie glaubt, nur die Galitzine könne sie kleiden – weil ihr jemand von Powder Pale schwärmte – weil man jetzt Giorgio Strehler gesehen haben sollte – weil der Gatte schon lange nicht mehr das befreiende Wort fallenließ . . .

Warum also?

Weil sie *träumt*.

Weil sie, nach einem Wort des unvergeßlichen Eduard Spranger, „noch im wünschenden Vorgefühl des Kommenden“ atmen möchte.

Jeder von uns träumt. Oft in lichten Augenblicken. Oft viele Stunden im Tag. Bevor wir das verbindende Wort sprechen, träumen wir. Bevor wir die Sistina aufsuchen, träumen wir. Bevor wir die Loggia mieten, träumen wir.

Bevor das Kind zur Welt kommt, träumen wir. Bevor wir Rudi Nureyev zuklatschen, träumen wir. Bevor wir den Grundstein legen, träumen wir. Bevor wir Arden for Men schütteln, träumen wir. Und bevor wir den Klee ersteigern, träumen wir auch.

Träumen – den Tag hindurch –, das meint Überspringen der Grenzen von Raum und Zeit in schönen Gedanken . . . Träumen – das ist Knüpfen von Verbindungen im Hellicht des Gewünschten.

Die großen Träume umkreisen stets die großen Themen menschlicher Daseinsgestaltung – damit also: lieben – wohnen – wachsen – stark werden – zusammen sein – gesichert sein – Erfolg strahlen. Die großen Träume umkreisen die Höhepunkte dieses Lebens: Geburt – Feste – Ferien – Rangerhöhungen – Rampenlicht – Siegesmahle – Ovationen – Einsfindungen – Saturnalien – Wiedergeburt. Große Träume intendieren Erfüllt-werden. Und solches in zweifacher Hinsicht:

einmal als Frei-sein-*von*-Etwas: von Sorge, Angst, störenden Nebengeräuschen – frei von peinlichen Folgen oder frei von Nikotin und Fabrikgeschmack;
sodann als Frei-sein-*für*-Etwas: für Gemütvolles, Schönes, Erhabenes, Wertvolles.

Nicht nur als Kinder, sondern auch als Erwachsene – vielleicht da erst recht – träumen wir von selbstgemachter Arbeit. Nur verwirklichen sich diese Träume nicht durch Heinzelmännchen, sondern durch Annehmlichkeit, welche in die Dinge selbst hineingelegt wird. Die programmierte Waschmaschine ist ein Beispiel dafür. Aber auch Fertigsuppen, Plattenwechsler, subliminale Sprachkurse, Cocktails aus Büchsen oder automatische Schaltungen.

Allgegenwärtig ist der Traum von ewiger Jugend. Rund 32 Milliarden Mark werden in der westlichen Welt jährlich ausgegeben, um Träume dieser Strebung auf dem Weg über Lippenstifte, Hormonspritzen, aufgesetzte Haarteile, Wasserkuren, Schlankheitsdiäten, Feinmassagen, Gurkenmilch oder auch Yogaübungen wirklich werden zu lassen. Träume von himmelfallendem Glück – ewigen Renten – nimmer erlahmender Energie – Reichtum im Schlaf – aufgedecktem Talent – Wiederkunft des Schönen . . .

„Traumhaft“ – solches verbindet sich nicht mit „bitter“, „kalt“, „traurig“ oder gar „düster“. Sondern mit „süß“, „schön“, „heiter“.

Träume haben das Gegenwärtige geschaffen – und Träume halten die Gegenwart in Spannung. Träume sind der Gegenpol des Verzagens.

Jenseits von Not und Notwendigkeit sind Träume das bewegende Prinzip der modernen Konsumgüterwelt. Träume drängen zum Tausch.

*Verbraucherträume verwirklichen sich im Verbraucher-Erlebnis*

Träume führen den Verbraucher – neben der Notwendigkeit, was wiederholt sei – zum Tausch, und seine Träume richten sich auf das Auch-haben-Wollen. Im geistigen Auge sehen wir geruhsame Ferientage, glückliche Begegnungen, das Aufblühen neuer Einsichten, berufliche Erfolge, Auszeichnungen. Wir sehen uns traulich in der Gartenlaube oder im Anstand nach dem Aar. Wir streifen in Gedanken durch die Glyptothek oder den Autosalon, fühlen sanftes Polster und kurbeln am Seitenfenster. Der schweifende Geist haftet offensichtlich an Höhepunkten. Er überspringt Nichtiges. Wir müssen bei der Marktbearbeitung somit über das Verbraucher-Erlebnis nachdenken.

Sofort ist beizufügen, daß viele der neuen Gegebenheiten, mit denen wir uns in der Produktentwicklung, in Verkauf und Werbung auseinanderzusetzen haben, auf den Umstand zurückgehen, daß das, was wir früher als Verbraucher-Erlebnis kannten, anders geworden ist. Dies ist auch der Grund zu den bedeutsamen Veränderungen, welche sich heute im Einzelhandel und in der Vermittlungsweise der Güterwirtschaft schlechthin, in der Struktur der Betriebsformen und den Appellen der Werbung vollziehen.

Ich meine, daß wir unsere unternehmerische Arbeit konsequent aus einem einfühlenden Deuten dieser neuen Verbraucher-Erlebnisse herauswachsen lassen sollten und daß verkäuferischer und werblicher Erfolg nur dort blühen kann, wo sich unser berufliches Wirken an Verbraucherträumen orientiert und auf Verbraucher-Erlebnisse die schöpferische Antwort gibt.

## Wolfgang Fritz Haug: Ursprung der Warenästhetik aus dem Widerspruch im Tauschverhältnis

*„Wo Geld den Tausch vermittelt, zerlegt es ihn nicht nur in zwei Akte, in Verkauf und Kauf, sondern es scheidet die gegensätzlichen Standpunkte (Gebrauchswert- und Tauschwertstandpunkt).“*

Fragt man nach den Bedingungen, die im Rahmen eines Tauschverhältnisses erfüllt sein müssen, damit zwei Warenbesitzer den Tauschakt vollziehen können, so stößt man sogleich auf die Schwierigkeiten, als deren Lösung sich dann die weitertreibende Gestalt herausbildet, das Geld.

Die selbstverständliche Bedingung dafür, daß ein Tausch sinnvoll ist, hat eine erste Schwierigkeit in sich, die seiner Durchführung und gar erst der

Ausbreitung der Tauschbeziehungen im Wege steht: sinnvoll ist nur der Tausch qualitativ unterschiedener Dinge; der jeweilige Besitzer muß sie „übrig" – und das heißt: nicht nötig, keinen Gebrauch für sie – haben; ihr Nichtbesitzer dagegen muß sie nötig haben, damit es für ihn in Frage kommt, sie einzutauschen. Nur wenn zwei derartige Beziehungen passend sich zusammenschließen, wird der Tausch möglich, und das heißt: für beide sinnvoll. Kurz: es muß das nicht-habende Brauchen jeder Seite mit dem nicht-brauchenden Haben der anderen Seite zusammentreffen. Wenn der, der das hat, was ich brauche, nicht braucht, was ich habe, kann er am Tausch kein Interesse haben.

Zweitens muß Wertgleichheit gegeben sein und zum Ausdruck gebracht werden können, ohne den in dieser Frage nicht gehandelt werden kann. Das heißt, von zwei Dingen muß gesagt werden können, daß sie einander gleichwertig sind. Aber wie nun die Wertgleichheit ausdrücken, wenn jede Ware ihren Wert immer nur als Tauschwert erweisen kann? Das heißt, ihr Wert erscheint zunächst immer erst als die Menge von einer andern Ware, die man gegen sie eintauschen kann. Außerhalb eines Tauschverhältnisses bleibt jede Ware, auf ihren Wert befragt, stumm, und innerhalb eines Tauschverhältnisses mit einer andern Ware muß er, für jede Art und Qualität, eigens gefunden werden. Die Lösung, aus der das Geld erwachsen wird, bahnt sich an, wenn bei der Suche nach dem Wertverhältnis zweier Waren die Erinnerung an die für beide Waren bereits bekannten Tauschverhältnisse mit einer dritten Ware sich einstellt. Die dritte Ware dient jetzt als Material des Wertausdrucks der beiden zu tauschenden Waren. Die Beziehung auf die dritte Ware begründet die Wertsprache, in der die beiden zu tauschenden Waren ihre Gleichwertigkeit sagen können.

Das Geld, als die Verallgemeinerung und Fortentwicklung der „dritten Ware", leistet ein Doppeltes. Zum einen übernimmt es die Funktion des messenden, vergleichbar machenden Wertausdrucks. Geld dient als einheitliches Material der Wertsprache. Indem der Tauschwert jeder Ware im Geld selbständige Gestalt annimmt, zertrennt das Geld zum andern den allzu komplexen Tausch zweier Dinge in zwei Tauschakte und spaltet so die „unmittelbare Identität zwischen dem Austausch des eigenen und dem Eintausch des fremden Arbeitsprodukts in den Gegensatz von Kauf und Verkauf" [K. Marx]. Jetzt wird nicht mehr unmittelbar eine Ware besonderer Art gegen eine Ware anderer besonderer Art getauscht; sondern zunächst wird eine bestimmte Menge jener „allgemeinen Ware" oder „Geldware" eingetauscht, die für alle andern Waren die selbständige Gestalt des allgemeinen Tauschwerts darstellt; erst in einem davon äußerlich unabhängigen, der Möglichkeit nach zeitlich und räumlich entfernten zweiten Tauschakt wird dann der zum Geld verselbständigte Tauschwert, diese „abstrakte Gestalt des allgemeinen Reichtums“, gegen die gebrauchte Ware eingetauscht. Als Geld steht das Mittlere des Vergleichs (tertium comparationis) auf eigenen Füßen, tritt zwischen alle Waren und vermittelt ihren Austausch.

Damit ist eine Abstraktion vollzogen: der Tauschwert hat sich, indem er sich gegenüber jeglichem besonderen Warenkörper verselbständigt hat, auch von jeglichem besonderen Bedürfnis abgelöst. Dem, der über ihn verfügt, verleiht er eine nur der Quantität nach begrenzte Macht über alle besonderen Qualitäten.

Das Geld erleichtert, beschleunigt und verallgemeinert den Tausch. Als Lösung der Schwierigkeiten des einfachen und unmittelbaren Tauschs verschärft es zugleich einen bereits im einfachen Tausch angelegten Widerspruch. Treibendes Motiv und bestimmender Zweck für jede Seite im Tausch zweier Waren ist das Bedürfnis nach dem Gebrauchswert der Ware der jeweils anderen Seite. Zugleich ist die eigene Ware und mit ihr das fremde Bedürfnis nur Mittel zu jenem Zweck. Der Zweck eines jeden ist dem jeweils andern nur Mittel, um durch Tausch zum eigenen Zweck zu kommen. So stehen sich in einem einzigen Tauschakt zwei mal zwei gegensätzliche Standpunkte gegenüber. Jede Seite steht sowohl auf dem Tauschwertstandpunkt als auch auf einem bestimmten Gebrauchswertstandpunkt. Jedem Gebrauchswertstandpunkt steht ein Tauschwertstandpunkt gegenüber, von dem aus er möglicherweise betrogen wird.

Wer auf dem Gebrauchswertstandpunkt steht, steht insofern selber mit auf dem Spiel, als er als sinnliches Wesen auf den Gebrauchswert angewiesen ist. Vom Tauschwertstandpunkt aus ist der Gebrauchswert nur der Köder. Indem und solange beide Standpunkte ungeschieden von jeder der beiden tauschenden Parteien eingenommen werden, bleibt in die Gleichheit beider Positionen der Widerspruch eingebunden.

Das Verhältnis ändert sich mit dem Dazwischentreten des Geldes. Wo Geld den Tausch vermittelt, zerlegt es ihn nicht nur in zwei Akte, in Verkauf und Kauf, sondern es scheidet die gegensätzlichen Standpunkte. Der Käufer steht auf dem Standpunkt des Bedürfnisses, also auf dem Gebrauchswertstandpunkt: sein Zweck ist der bestimmte Gebrauchswert; sein Mittel, diesen einzutauschen, ist der Tauschwert in Geldform. Dem Verkäufer ist derselbe Gebrauchswert bloßes Mittel, den Tauschwert seiner Ware zu Geld zu machen, also den in seiner Ware steckenden Tauschwert in der Gestalt des Geldes zu verselbständigen. Vom Tauschwertstandpunkt aus gilt jede Ware, ihrer besonderen Gestalt ungeachtet, als bloßer Tauschwert, der noch als Geld verwirklicht (realisiert) werden muß und für den die Gebrauchswertgestalt nur Durchgangsstadium und Gefängnis ist. Vom Standpunkt des Gebrauchswertbedürfnisses ist der Zweck der Sache erreicht, wenn die gekaufte Sache brauchbar und genießbar ist. Vom Tauschwertstandpunkt ist der Zweck erfüllt, wenn der Tauschwert in Geldform herausspringt. Soweit die Logik des Tauschs bestimmend ist, gilt dem Verkäufer das, was dem andern Lebensmittel ist – die materiellen und immateriellen Dinge, deren er zum Leben bedarf –, fungiert praktisch das Leben des andern als bloßes Medium und Instrument, um an den Tauschwert zu kommen. Dem einen gilt die Ware als Lebensmittel, dem andern das Leben als Verwertungsmittel. Zwischen beiden Standpunkten ist ein Unterschied wie zwischen Tag und Nacht. Sobald sie erst einmal getrennt vorkommen, ist ihr Widerspruch auch schon eklatant. Dieser Widerspruch wird bestimmend in der Warenproduktion und in der Geschichte der Weiterentwicklung sowohl der Waren selbst als auch der Methoden des Warenproduzierens. Im Auseinandertreten von Bedürfnis und Zahlungsfähigkeit macht er sich im Weltmaßstab für wachsende Teile der Menschheit geltend; als Zurückbleiben der zahlungsfähigen Nachfrage hinter der Produktion macht er sich periodisch fürs Kapital krisenförmig geltend und droht, den werktätigen Massen mit der Möglichkeit zur Lohnarbeit die materielle Lebensgrundlage zu entziehen.

Im Kontext unsrer Untersuchung stehen freilich nicht die krisenförmige Zuspitzung des Widerspruchs und die auf sie reagierenden bürgerlichen Bewältigungsversuche zur Debatte, sondern hier geht es um eine Scheinlösung dieses Grundwiderspruchs, die für das als normal geltende Funktionieren des gesellschaftlichen Systems der arbeitsteiligen Privatwirtschaft charakteristisch ist – und zwar vom historischen Anfang an.

Die Warenproduktion setzt sich zum Ziel nicht die Produktion bestimmter Gebrauchswerte als solcher, sondern das Produzieren für den Verkauf. Gebrauchswert spielt in der Berechnung des Warenproduzenten nur eine Rolle als vom Käufer erwarteter, worauf Rücksicht zu nehmen ist. Nicht nur sind Zweck und Mittel beim Käufer und Verkäufer entgegengesetzt. Darüber hinaus spielt sich derselbe Akt für sie in unterschiedlicher Zeit ab und hat für sie ganz unterschiedliche Bedeutung. Vom Tauschwertstandpunkt aus ist der Prozeß abgeschlossen und der Zweck realisiert mit dem Akt des Verkaufs. Vom Standpunkt des Gebrauchswertbedürfnisses aus ist derselbe Akt nur der Beginn und die Voraussetzung für die Realisierung seines Zwecks in Gebrauch und Genuß.

Aus dem so in Personen auseinandergelegten Widerspruch von Gebrauchswert und Tauschwert nimmt eine Tendenz ihren Ausgang, die den Warenkörper, seine Gebrauchsgestalt, in immer neue Veränderung treibt.

Hinfort wird bei aller Warenproduktion ein Doppeltes produziert: erstens der Gebrauchswert, zweitens und extra die Erscheinung des Gebrauchswertes. Denn bis zum Abschluß des Verkaufsaktes, womit der Tauschwertstandpunkt seinen Zweck erreicht hat, spielt der Gebrauchswert nur insofern eine Rolle, als der Käufer ihn sich von der Ware verspricht. Vom Tauschwertstandpunkt aus kommt es bis zum Schluß, nämlich dem Abschluß des Kaufvertrags, nur aufs Gebrauchswertversprechen seiner Ware an. Hier liegt von vornherein ein starker, weil ökonomisch funktioneller Akzent auf der Erscheinung des Gebrauchswerts, der, den einzelnen Kaufakt betrachtet, tendenziell als bloßer Schein eine Rolle spielt. Das Ästhetische der Ware im weitesten Sinne: sinnliche Erscheinung und Sinn ihres Gebrauchswerts, löst sich hier von der Sache ab. Schein wird für den Vollzug des Kaufakts so wichtig – und faktisch wichtiger – als Sein. Was nur etwas ist, aber nicht nach „Sein" aussieht, wird nicht gekauft. Was etwas zu sein scheint, wird wohl gekauft. Mit dem System von Verkauf und Kauf tritt auch der ästhetische Schein, das Gebrauchswertversprechen der Ware als eigenständige Verkaufsfunktion auf den Plan. Ökonomisch liegt es nahe und wird, in Auswirkung der Konkurrenz, schließlich zwingend, der technischen Beherrschung und sich verselbständigenden Produktion dieses Ästhetischen sich zuzuwenden. Das ästhetische Gebrauchswertversprechen der Ware wird zum Instrument für den Geldzweck. So entlockt sein entgegengesetztes Interesse dem Tauschwertstandpunkt Anstrengungen zum Gebrauchswertschein, die gerade deshalb so übertrieben auftreten, weil vom Standpunkt des Tauschwerts der Gebrauchswert das Unwesentliche ist. Sinnliches wird in diesem Zusammenhang zum Träger einer ökonomischen Funktion: zum Subjekt und Objekt ökonomisch funktionaler Faszination. Wer die Erscheinung beherrscht, beherrscht vermittels der Sinne die faszinierten Menschen.

So ist, schon in der Vorgeschichte des Kapitalismus, im Interessenverhältnis des Tauschs, die Tendenz zur Technokratie der Sinnlichkeit ökonomisch angelegt in der Unterordnung des Gebrauchswerts unter den Tauschwert. Weil bei entfalteter privater Warenproduktion wesentlich Tauschwert produziert wird, nicht jedoch wesentlich gesellschaftliches Lebensmittel, Mittel zur Bedürfnisbefriedigung, weil also die Eigenschaften der Waren, die die Bedürfnisse der künftigen Käufer ansprechen, nur Mittel zum Zweck der Realisierung des Tauschwerts sind, gilt, was der junge Marx in den „Pariser Manuskripten" mit Vehemenz herausgearbeitet hat: jedes Produkt privater Warenproduktion „ist ein Köder, womit man das Wesen des andern", wie es für den Tauschwertstandpunkt allein zählt, „sein Geld, an sich locken will". Andrerseits ist „jedes wirkliche oder mögliche Bedürfnis" des sinnlichen Menschen „eine Schwachheit, die die Fliege an die Leimstange heranführen wird". Wo immer eine Not, ein Bedürfnis, ein Bedarf, da bietet ein Warenbesitzer „mit liebenswürdigstem Schein" seinen „Liebesdienst" an, um alsbald die Rechnung zu präsentieren. Gerade weil es vom Tauschwertstandpunkt aus das Unwesen ist, wird das sinnliche Wesen der Geldbesitzer künftig in jeder Einbildung, Willkür und Laune belauert, bestärkt und bedient, indem der industrielle Kapitalist „sich seinen verworfensten Einfällen fügt, den Kuppler zwischen ihm und seinem Bedürfnis spielt, krankhafte Gelüste in ihm erregt, jede Schwachheit ihm ablauert . . .

## John K. Galbraith: Management der gezielten Nachfrage

*„Der Zweck der Nachfragesteuerung ist die Garantie, daß die Leute auch das kaufen, was hergestellt wird [. . .]"*

*1*

Zur Ermöglichung eines Managements der Verbrauchernachfrage gehört auch ein dazu geeigneter Mechanismus. Auf diesem Gebiet hält man nicht viel von autoritären Maßnahmen. Man kann den einzelnen dazu zwingen, nach Plan zu konsumieren, indem man ihm eine Zuteilungskarte gibt oder ihm auf andere Weise die bestimmten Waren zuteilt, die er verbrauchen soll. Doch das ist eine mühsame Form der Kontrolle, die sich schlecht den Unterschieden in der Persönlichkeit anpassen läßt. Abgesehen von ausgesprochenen Notsituationen, wie zum Beispiel in Kriegszeiten oder zur Unterstützung der Notleidenden, hält man diese Methode in einer fortschrittlichen Industriegesellschaft für unannehmbar. Selbst die formalen Planwirtschaften – die Sowjetunion und die Ostblockstaaten – betrachten die Rationierung als einen offenkundigen Beweis für wirtschaftliches Versagen. Es ist einfacher und – wenn auch weniger exakt – ausreichend, die Nachfrage mit Hilfe der Überredungskunst zu manipulieren statt durch ein Machtwort.

Obgleich man sicher die Werbung für das zentrale Merkmal dieser Manipulierung hält und obgleich sie tatsächlich von großer Bedeutung ist, gehört doch noch mehr dazu. Zu den Bedarfsmanagern zählen auch die Leute, die Waren verkaufen oder die Verkaufsstrategie bestimmen. Hierher gehören auch manche, von denen man glaubt, sie seien mit der

Herstellung von Waren beschäftigt. Das Management der Nachfrage besteht in der Entwicklung der Verkaufsstrategie für ein bestimmtes Erzeugnis. Dazu gehört jedoch auch die Gestaltung des Produktes selbst, oder die Entwicklung von Merkmalen dieses Produktes, an denen sich die Verkaufsstrategie orientieren kann. Gestaltung des Produktes, Änderungen des Modells, die Verpackung und sogar die Wirkungsweise zeigen schon, wie notwendig es ist, sogenannte zugkräftige Verkaufsargumente zu liefern. Diese werden ebenso Bestandteil der Nachfragesteuerung wie die Werbemaßnahmen.[1]

*2*

Der Zweck der Nachfragesteuerung ist die Garantie, daß die Leute auch das kaufen, was hergestellt wird – daß die Planung hinsichtlich der zu einem kontrollierten Preis abzusetzenden Mengen auch in der Praxis erfüllt wird. Nicht alle Werbung und Verkaufsförderung ist auf dieses Ziel abgestellt. Dieser Tatsache kommt polemische Bedeutung zu; denn es ist leicht möglich, Formen der Werbung und Verkaufsförderung aufzuzählen, die mit den Zwecken der Nachfragesteuerung und der industriellen Planung nichts zu tun haben.

So hat ein gewisser Teil der Werbung – die Textinserate und Warenhausangebote – kaum einen anderen Zweck, als Information zu vermitteln; die Öffentlichkeit soll davon unterrichtet werden, daß eine bestimmte Person oder Firma einen bestimmten Artikel zu einem bestimmten Preis zu verkaufen hat. Solche Inserate werden zum Beweis dafür herangezogen, daß die Aufgabe der Werbung lediglich in der Vermittlung von Information liege – obgleich, wie ich schon bei anderer Gelegenheit feststellte, nur ein sehr rückständiger Mitbürger sich erst sagen lassen muß, daß die American Tobacco Company Zigaretten zu verkaufen hat.

Die Wirtschaftstheorie hat unter der Überschrift des monopolistischen Wettbewerbs auch lange Zeit den Fall des Verkäufers herausgestellt, eines

[1] In einer Kultur, die so großen Wert auf technologische Veränderungen legt, ist die Annahme ganz natürlich, daß jedes „neue“ Produkt dem alten an sich schon überlegen ist. Diese Einstellung wird von den Leuten ausgenutzt, die die Verkaufsstrategie entwerfen – mit dem Ergebnis, daß sehr viele Änderungen an Produkt und Verpackung nur deshalb vorgenommen werden, damit man etwas aufzuweisen hat, das sich als neu ansprechen läßt. Hier haben wir die Erklärung für die in praktisch der gesamten Werbung immer wieder auftauchende Behauptung, es handle sich um neue Produkte.

unter vielen, der seinem Produkt durch die Werbung ganz besondere Eigenschaften anzudichten sucht, um so die Gefahr zu verringern, daß dieses Produkt durch ein anderes ersetzt wird. Er hat dann die Möglichkeit, einen höheren Preis zu verlangen und sich, zumindest vorübergehend, an monopolistischen Gewinnen zu bereichern. Auch dieser Fall ist denkbar, obgleich die Lehrbücher dafür Voraussetzungen anführen – *zahlreiche* Verkäufer, die verhältnismäßig leicht Zugang zu einer bestimmten Branche finden – die seine praktische Bedeutung stark herabsetzen. Es sind nicht die konkurrierenden Monopolgesellschaften, die von den großen Werbeagenturen wie J. Walter Thompson, McCann-Erickson oder Ogilvy, Benson und Mather als Kunden besonders geschätzt werden.

Schließlich bringt die konventionelle Wirtschaftstheorie die Werbung und verwandte Künste mit dem Oligopol in Verbindung. Hier meidet die für das Industriesystem charakteristische Firma den Preiswettkampf als zu gefährlich; die Rivalitäten toben sich statt dessen auf dem Gebiet einer stets wechselnden Strategie zur Abwerbung von Kunden der Konkurrenz aus. „Anstelle des Preiswettbewerbs bevorzugen die Oligopolisten den Wettbewerb auf dem Gebiet der Werbung und Absatzförderung und den Wettbewerb durch Stiländerungen und Verbesserungen der Erzeugnisse . . . Diese großen Werbeetats heben sich, wie schwere Waffensysteme, gegenseitig auf. Nicht einmal die Oligopolisten haben einen Vorteil davon.“ [Robert Dorfman, 1964]

Wenn man den Verbraucher bis auf den Zweifel, wessen Erzeugnisse er kaufen soll, für souverän hält, dann gelangt man unweigerlich zu diesem Schluß – daß derartige Werbung und entsprechend auch viele andere Ausgaben einschließlich der Kosten für Änderungen im Modell und in der Gestaltung sich gegenseitig aufheben und sinnlos seien. Die Firmen geben Geld dafür aus, sich gegenseitig Umsatz abzunehmen; allen kann das nicht gelingen, also ist das Ergebnis ein Unentschieden. Das einzige Ergebnis besteht darin, daß die Preise höher und die Gewinne niedriger sind, als wenn der Streit durch eine Regierungsmaßnahme oder durch staatsmännisches Verhalten von seiten der Industrie beigelegt würde.

Doch eine solche Auffassung von begrenzter Souveränität ist Unsinn. Wenn man annimmt, daß die Werbung einen Einfluß auf die Aufschlüsselung der Nachfrage unter mehreren Verkäufen desselben Produktes habe, dann muß man auch annehmen, daß sie die Aufteilung zwischen den einzelnen Produkten beeinflusse. Eine solche Werbung ist nicht sinnlos; sie steigert vielmehr die Erlöse aller Werbungtreibenden. Im Hinblick auf die Planung ist ihre Funktion noch wichtiger. Zusammen mit den anderen Künsten der Nachfragesteuerung verschafft sie der Firma nämlich einen ganz entscheidenden Einfluß auf die erzielten Erlöse. Was den traditionsbewußten Marktwirtschaftlern wie ein nerventötendes Ringen zwischen den Waschmittelherstellern vorkommt, das nur zu einem Patt führt, dient in Wirklichkeit einem tieferen, höchst bedeutsamen Zweck.

Diese Schlußfolgerung ist beruhigend. Die augenblickliche Anschauung der konventionellen Wirtschaftstheorie, nach der alljährlich viele Milliarden Dollar an Aufwendungen des Industriesystems für Werbung und andere Maßnahmen der Absatzförderung als sinn- und zwecklos abgeschrieben werden müßten, erscheint – gelinde ausgedrückt – drastisch. Keine andere legale Betätigung der Wirtschaft stößt auf so viel Ablehnung. Die Entdeckung, daß die Ausgaben für Werbung und Verkaufsförderung innerhalb des Systems eine organische Rolle spielen, mag deshalb recht plausibel erscheinen.

Diese Verkaufsbemühungen verfolgen, ganz grob gesprochen, den Zweck, die Kaufentscheidung vom Verbraucher, wo sie der Einflußnahme durch die Firma entzogen ist, an eine Stelle zu verlagern, wo sie beeinflußbar wird. Diese Verlagerung ist, genau wie die Preiskontrolle, keineswegs vollkommen. Doch auch hier gilt, daß das Unvollkommene nicht unwichtig ist. „Die allgemeine Regel, von der es weniger Ausnahmen gibt, als wir gern glauben möchten, heißt: wenn sie etwas herstellen, werden wir es auch kaufen.“ [Andrew Hacker, 1966]

Die besondere Strategie variiert zwar etwas je nach Industriezweig und Zeit, sie zielt jedoch in erster Linie auf die Schaffung eines loyalen oder automatischen Kundenstamms ab. Man bezeichnet das wechselweise entweder als Schaffung treuer Stammkunden oder als Bildung eines Marken-Image. Soweit diese Strategie erfolgreich ist, wird damit ein stabilier Kundenstamm erzielt, immun gegen den Massenabfall, der sich aus freier Ausübung der Kaufentscheide ergeben könnte. Dies ist der erste Beitrag zur Planung der Firma.

Eine rein defensiv eingestellte Strategie genügt jedoch nicht. Gemäß den Zielen der Technostruktur werden alle Firmen versuchen, ihre Umsätze zu erhöhen. Infolgedessen muß sich jede Firma darum bemühen, wenn sie nicht gegenüber den anderen ins Hintertreffen geraten will. Aus diesen Anstrengungen von seiten der Firmen, die in der Lage sind, das Spiel mitzumachen, ergibt sich ein grober Ausgleichsprozeß, der allen Beteiligten einen halbwegs verläßlichen Marktanteil garantiert. In großen Zügen funktioniert das etwa wie folgt.

Wenn sich eine Firma eines stetigen Zulaufs von seiten ihrer alten Kunden erfreut und wenn es ihr dazu noch gelingt, neue Kunden zu werben, dann wird man – ganz allgemein gesprochen – ihre Verkaufsstrategie als zufriedenstellend bezeichnen. Die Firma wird mit ihrem Erfolg nicht hadern. Wenn die Umsätze stagnieren oder rückläufig werden, dann verlangt das nach einer Änderung der Verkaufsmethoden, der Werbeplanung, der Warengestaltung oder der Waren selbst. Tests und Experimente kommen infrage. Früher oder später findet man eine neue Formel, die die gewünschten Ergebnisse zeitigt. Diese ruft dann Gegenmaßnahmen von seiten der Firmen hervor, deren Zuwachsrate zu diesem Zeitpunkt gerade stagniert.

Dieser Prozeß von Aktion und Reaktion gehört zu dem Wissensgebiet, das als „Spieltheorie" bekannt ist; er führt im großen und ganzen zu einem Ausgleich zwischen den beteiligten Firmen. Jede mag eine gewisse Zeitlang gewinnen oder verlieren, doch das Spiel mit Gewinn oder Verlust hält sich in engen Grenzen. Firmen, die wie im Falle der Automobilhersteller Packard und Studebaker nicht über die Mittel zu diesem Spiel verfügen – die sich insbesondere nicht die sehr hohen Kosten der Gestaltung und Umgestaltung ihrer Produkte leisten können – verlieren und gehen unter. Die Firmen, die mitspielen, werden gelegentlich auf hartnäckigen Widerstand von seiten der Kunden gegenüber einem bestimmten Produkt stoßen; dann läßt sich mit vertretbarem Kostenaufwand durch keine wie auch immer geartete Verkaufsstrategie eine Reaktion erzielen.[2] Die Größe und die breite Fächerung der Produktion erlaubt es dem ausgereiften Betrieb, einen solchen gelegentlichen Mißerfolg ohne gravierende Folgen hinzunehmen. Innerhalb des Industriesystems ist man sich jedoch im klaren darüber, daß man mit Hilfe einer neuen Verkaufsformel Abhilfe schaffen kann, falls die Umsätze einmal zurückgehen sollten. Diese Annahme ist im großen und ganzen auch gerechtfertigt. Das heißt, man kann fast immer geeignete Mittel und Wege finden, um die selbständigen Kaufentscheide der Verbraucher in überschaubaren Grenzen zu halten.

Selbst wenn es in den Vereinigten Staaten nur einen einzigen Automobilhersteller gäbe, wäre es immer noch von größter Bedeutung, daß er sich intensiv um das Management der Nachfrage auf diesem Sektor bemüht. Sonst könnten die Kunden nämlich von ihrer Souveränität Gebrauch machen und die Planung der Firma außer Kraft setzen, indem sie sich anderen Verkehrsmitteln zuwenden oder ihr Einkommen für etwas anderes ausge-

[2] Wie im Falle des Ford-Modells „Edsel". Ich erwähne dieses Beispiel noch einmal, weil dieser Mißerfolg mit bemerkenswertem Nachdruck (von denen, die diese Ideen nicht mögen) immer wieder als Beweis dafür genannt wird, daß Planung nicht funktioniert. Es beweist jedoch nur etwas, das ich ohne zu zögern auch zugestehe: daß Planung nicht perfekt funktioniert. Dieses Beispiel ist gerade deshalb so bekannt, weil es eine Ausnahme darstellt.

ben. (Dies ist die Antwort auf die orthodoxe Mutmaßung, daß Werbung hauptsächlich eine Folge des Markt-Oligopols sei.) Unter den gegenwärtigen Umständen setzt ein allgemeiner Umsatzrückgang bei Automobilen die Verkaufsstrategie (wozu immer auch die Umgestaltung der Produkte gehört) aller Firmen in Bewegung, um den ungünstigen Trend wieder aufzufangen. Dadurch werden wiederum die Grundkosten der ganzen Industrie stabilisiert.

## *3*

Eine Überredung von dem eben aufgezeigten Ausmaß erfordert eine umfassende, wiederholte und zwingende Kommunikation zwischen den Managern der Nachfrage und den „Gemanagten". Diese Kommunikation sollte so beschaffen sein, daß sie die Aufmerksamkeit des Verbrauchers für einen beträchtlichen Zeitraum relativ mühelos fesselt. Sie sollte Menschen aller Bildungsbereiche ansprechen. Kein Nichtleser sollte ausgeschlossen bleiben. Derartige Massenkommunikationsmittel waren nicht erforderlich, als die Bedürfnisse der Massen noch hauptsächlich im physischen Bereich verankert waren. Die Masse ließ sich damals hinsichtlich ihrer Geldausgaben nicht durch Überredungskünste beeinflussen – sie brauchte ihr Geld für Unterkunft und Verpflegung. Die Bedürfnisse einer wohlhabenden Minderheit ließen sich manipulieren. Diese Minderheit war überwiegend belesen, oder tat zumindest so; sie war gezielt über Zeitungen und Zeitschriften ansprechbar, deren Verbreitung auf die kleine Gemeinde der Belesenen beschränkt blieb. Mit dem Aufkommen des Massenwohlstandes und damit der Möglichkeit einer Manipulierung der Massennachfrage erfüllten diese Medien ihren Zweck nicht mehr.

Wieder einmal löste die Technologie die von ihr aufgeworfenen Probleme selbst. Mit dem Ansteigen des Masseneinkommens tauchten zufällig auch zuerst das Radio und dann das Fernsehen auf. Diese Medien waren aufgrund ihrer besonderen Eigenschaften ausgezeichnet zur Massenbeeinflussung geeignet: sie fesselten mühelos das Interesse, sie waren dem gesamten kulturellen Spektrum zugängig und unabhängig von bildungsmäßigen Voraussetzungen. Das Radio und insbesondere das Fernsehen sind so die wichtigsten Instrumente für das Management der Verbrauchernachfrage geworden. Unter den ernsthaften Soziologen hält sich hartnäckig die Tendenz, eine Institution als inhärent trivial zu betrachten, die Werbesprüche in gereimtem Singsang herausbringt, mit eindringlichen, weinerlichen Stimmen höchst unwahrscheinliche Freuden verspricht, die den menschlichen Schlund in normaler und krankhafter Funktion karikiert und in wenig einleuchtender Weise mit Andeutungen über die Möglichkeit antiseptischer Verführungskünste spielt. Das ist ein großer Fehler. Das Industriesystem ist zutiefst abhängig vom Werbefernsehen und könnte ohne die Fernsehwerbung in ihrer heutigen Form nicht existieren. Wirtschaftswissenschaftler, die einer Diskussion seiner Bedeutung ausweichen oder das Werbefernsehen als bösartige Verschwendung abtun, schützen damit ihren guten Ruf und die Reputation puritanischer Strenge. Sie unterstützen damit aber nicht ihren Anspruch darauf, ernst genommen zu werden.

*4*

Das Management der Nachfrage ist, wie wir hieraus erkennen, in jeder Hinsicht eine bewunderungswürdig subtile Einrichtung unseres Sozialgefüges. Es wirkt nicht auf den einzelnen, sondern auf die Massen. Jedes willensstarke und entschlußfreudige Individuum kann sich seinem Einfluß entziehen. Deshalb kann man auch nicht behaupten, der einzelne würde zum Kauf irgendeiner Ware gezwungen. An alle, die dagegen sind, gibt es eine einfache Antwort: Es steht euch frei, nicht mitzumachen! Die Gefahr, daß jemals genügend Menschen ihren Individualismus unter Beweis stellen werden, um das Management des Massenverhaltens ernsthaft zu gefährden, ist jedoch nur sehr gering.

Dieses Management dient jedoch noch einem anderen Zweck. Es schafft nämlich nicht nur eine weitgehende Kontrolle der Nachfrage, sondern es sorgt auch insgesamt für eine unermüdliche Propaganda zugunsten des Güterkonsums im allgemeinen. Von früh bis spät werden die Leute über die Vorzüge aller möglichen Waren unterrichtet und von ihrer absoluten Unentbehrlichkeit überzeugt. Jedes Produkt wurde bis in die kleinsten Merkmale und Eigenheiten hinein nach zugkräftigen Verkaufsargumenten untersucht; diese Punkte werden dann geschickt, ernsthaft und mit einem Unterton echter Anteilnahme als Quellen von Gesundheit, Glück, gesellschaftlichem Aufstieg oder höherem Ansehen dargestellt. Sogar nebensächliche Eigenschaften unwichtiger Waren werden mit einer Ernsthaftigkeit herausgestrichen, die der Verkündung einer Wiederkehr des Herrn mitsamt allen seinen Jüngern wohl anstehen würde. Wichtigeren Eigenschaften, zum Beispiel den Vorzügen nach weißerer Wäsche, wird natürlich entsprechend mehr Gewicht beigemessen.

Die Folge davon ist, daß Waren zwar in immer größerer Fülle vorhanden sind, aber keineswegs an scheinbarer Bedeutung verlieren. Im Gegenteil: es setzt schon einen Willensakt voraus, sich vorzustellen, daß etwas anderes ähnlich wichtig sein könnte. Aus moralischer Sicht sind wir uns darin einig, daß die Versorgung mit Wirtschaftsgütern kein Maßstab für die Errungenschaften der Menschheit ist; in der Praxis verhalten wir uns jedoch so, als gelte dieses Vorurteil.

Es könnte jedoch auch anders sein. Ohne die massiv eingesetzten Überredungskünste, die eine Begleiterscheinung der Bedarfssteuerung sind, hätte der zunehmende Überfluß sehr wohl das Interesse der Menschen am Erwerb von noch mehr Gütern beeinträchtigen können. Sie hätten sich dann nicht veranlaßt gefühlt, sich mit noch mehr Autos, Haushaltsgeräten, Waschmitteln, Kosmetika und anderen Produkten zu umgeben. Niemand hätte ihnen die Vorzüge neuer Packungen, neuer Arten von Fertiggerichten, neuartiger Zahnpasten, neuer Schmerztabletten und anderer neuer Varianten älterer Produkte eingeredet. Wenn der Bedarf an solchen Dingen sie nicht mehr drängte, hätten sie nicht mehr einen gleichmäßig hohen Anteil ihres Einkommens dafür ausgegeben und auch weniger zuverlässig dafür gearbeitet, noch mehr zu verdienen. Die Folge – eine verringerte und weniger verläßliche Konsumbereitschaft – wäre für das Industriesystem sehr unangenehm geworden. Dieses System setzt voraus, daß die Menschen ohne festgesetzte obere Grenze für die Beschaffung von noch mehr Gütern arbeiten. Wenn sie nach Erreichung einer gewissen Bedarfsdeckung zu arbeiten aufhörten, dann wären auch der Expansion des Industriesystems Grenzen gesetzt. Das Wachstum ließe sich als Ziel nicht mehr aufrechterhalten. Die Werbung und die ihr verwandten Künste tragen so zur Formung genau des Menschentyps bei, den das Industriesystem braucht: eines Menschen, der zuverlässig sein Einkommen ausgibt und zuverlässig arbeitet, weil er nie genug bekommt.

Diese Anstrengungen haben weiterhin zur Folge, daß das Prestige des Industriesystems gewahrt bleibt. Das Industriesystem ist schließlich dazu da, Güter zu liefern. Indem die Werbung diese Güter wichtig werden läßt, macht sie auch das Industriesystem wichtig. Damit trägt sie zur Wahrung der sozialen Bedeutung und des Prestiges der Technostruktur bei. Ebenso wie der Grundbesitzer und der Kapitalist an Prestige verloren, als Boden und Kapital ihre entscheidende soziale Bedeutung einbüßten, so würde auch die Technostruktur in dem Augenblick in den Hintergrund treten, wo die Versorgung mit Industriegütern etwa in der Art zur Routine würde, wie ein Wasserwerk in einem regenreichen Jahr ganz selbstverständlich ausreichend Wasser liefert. Dieser Fall wäre schon längst eingetreten, wenn nicht die Werbung unablässig die Wichtigkeit der Güter betonte und damit die Menschheit immer wieder vom Gegenteil überzeugte.

Wenn man die Werbung und die ihr verwandten Künste nicht für sich allein, sondern in ihrem wesentlichen Zusammenhang mit der industriellen Planung betrachtet, dann wird es klar, welch bedeutsame soziale Funktion ihnen zukommt. Sie erstreckt sich nicht nur auf das Management der Nachfrage, dieses unabdingbare Gegenstück zur Preiskontrolle, sondern darüber hinaus auch auf die Schaffung von Gewohnheiten, die für das Funktionieren und das Prestige des Industriesystems notwendig sind. Werbeleute haben es stets als wunden Punkt empfunden, daß die Wirtschaftswissenschaftler sie als soziale Verschwender hinstellten. Sie wußten nie recht, was sie auf diesen Vorwurf antworten sollten. Einige von ihnen haben zweifellos gespürt, daß in einer Gesellschaftsordnung mit psychologisch bedingten Bedürfnissen gerade die Instrumente nicht unwichtig sein können, die den Zugang zur Psyche des Menschen eröffnen. Sie hatten recht. Die hier dargestellten Funktionen mögen vielleicht weniger erhebend sein, als die anspruchsvolleren Philosophen der Werbeindustrie es wahrhaben wollen. Niemand kann jedoch ihre Wichtigkeit für das Industriesystem bezweifeln – wobei allerdings immer von den Maßstäben ausgegangen wird, an denen dieses System Leistung und Erfolg mißt.

## Rosser Reeves: Der Mythos der Madison Avenue

*„Wenn das Erzeugnis nicht der Befriedigung eines vorhandenen Wunsches oder Bedürfnisses der Verbraucher dient, wird die Werbung letzten Endes scheitern."*

„Ein Mythos", definiert der englische Geschichtsphilosoph Arnold Toynbee einmal, „ist ein seltsames Tier. Es ernährt sich von der eigenen Substanz, und je mehr es davon wegfrißt, um so größer wird es."

Ein Exemplar dieses Spezies treibt in der Madison Avenue sein Unwesen. Es ist bereits zu monströsen Ausmaßen angeschwollen, wird aber von Tag zu Tag noch dicker und fetter.

Wir meinen den Mythos von der Macht des Werbemanns.

Nicht jenes imaginären Werbemanns, wie er in Romanen und Sonntagsbeilagen vorkommt – jener Typ, der graue Flanellanzüge bevorzugt, fast ausschließlich von Gin lebt, den Ehebruch als Hobby betreibt, als Wortschatz nur den Fachjargon kennt und überhaupt mit geistigen Gaben nicht übermäßig gesegnet ist.

Es geht uns vielmehr um den Werbemann, wie ihn eine bestimmte neue Richtung der Volkswirtschaft und solcher Autoren wie Vance Packard darstellen: den Anstifter zur Verschwendung, den Schöpfer von Lebensstandardsymbolen, den schlauen Massenmanipulator und Erwecker überflüssiger Wünsche. Ein Mensch, geheimnisumwittert und mit dem Teufel im Bunde, der mit Kräften begabt ist, die gewöhnlich Sterbliche nicht besitzen. Er hat die Macht, die klügsten Leute der Welt wie Marionetten tanzen zu lassen – denn nach dem Mythos ist er in der Lage, alles an alle zu verkaufen.

Da dieser Mythos kostspielige Irrtümer zur Folge haben kann, müssen wir ihn uns einmal näher ansehen. Aus der Fülle der in letzter Zeit erschienenen Bücher und Zeitschriftenartikel, worin er ausführlich beschrieben und definiert wird, wollen wir uns auf die Darstellung beschränken, die John Kenneth Galbraith in seinem 1958 erschienenen Buch „The Affluent Society" (deutscher Titel: „Gesellschaft im Überfluß") gegeben hat. Sie erscheint uns ganz besonders typisch.

Das Bild, das Galbraith malt, ist beängstigend in seiner Schauerlichkeit: Unsere Gesellschaft bestehe zur Masse aus dahinvegetierenden Individuen, die „gar nicht wissen . . . was sie wollen". Und die Fabrikanten produzieren Dinge, die diese Leute gar nicht brauchen. Dann werde die Madison Avenue aufgefordert, ihren Hokuspokus spielen zu lassen, und die breite Masse ziehe in einem Zustand der Hypnose los, um für Milliarden Dollars verführerisch aufgeputzte, aber nutzlose Waren zu kaufen. Und dieser Vorgang wiederhole sich zyklisch – eine griechische Tragödie, in der die Menschen nolens volens ihrem Schicksal entgegengehen.

Es ist das Bild eines paranoiden, eines geisteskranken Kapitalismus. Denn die meisten dieser Erzeugnisse, so sagt Galbraith, würden kein wirkliches, sondern nur ein eingebildetes Bedürfnis befriedigen. Sie seien nutzlos und sinnlos:

„Da die Nachfrage nicht existieren würde, wenn sie nicht künstlich erzeugt worden wäre, ist die Nützlichkeit und Notwendigkeit dieser Erzeugnisse gleich Null."

Mit anderen Worten: „Bedürfnisse werden von der Werbung künstlich erzeugt." Das sei „moderne Wunschauslösung". Wie der Hund in dem berühmten Versuch des russischen Physiologen Pawlow werde die Allgemeinheit programmgemäß und pünktlich Speichel absondern, sobald die Madison Avenue läutet. So sei jeder von uns hineingerissen in einen Mahlstrom aus Mostrich und Matratzen, aus „schilfgrünen und kirschroten Coupés mit Automatik, Klimaanlage und Lenkhilfe", aus Fertiggerichten, Koffereisschränken, Schmalfilmkameras, selbsttätigen Waschmitteln und Babypuder.

Diese gegenseitige Abhängigkeit zwischen Werbung und Produzent nennt Galbraith den „Abhängigkeitseffekt". „Die Produktion von Waren erzeugt also erst die Wünsche, die zu befriedigen die Waren vorgeben." Unter dieser Voraussetzung erscheint eine ganze Kette daraus folgender Gedanken durchaus einleuchtend.

Dieser Rolle der Werbung – „Erwecken von Wünschen, die vorher nicht existiert haben" – gibt Galbraith gewissermaßen seinen akademischen Segen, denn er schreibt:

„Das ist nichts Neues. Selbst der zurückgebliebenste Schüler der primitivsten amerikanischen Handelsschule würde das alles als elementare Tatsache betrachten."

Mag sein. Aber das müßte schon eine mehr als primitive Handelsschule sein, mit Schülern, die an hochgradiger Allergie gegen die Erkenntnisse moderner Forschung leiden, denn nichts davon entspricht auch nur im entferntesten der Wirklichkeit in der Werbung.

In der Werbung gibt es keine solche Hexerei. Werbeleute verfügen über keine solchen Zauberkräfte. Vielleicht gibt es in der Werbung überhaupt nur ein Grundgesetz, das aber um so entscheidender ist und für dessen Wahrheit unzählige Agenturen, Tausende von Firmen und ganze Legionen von Bankrotteuren in den Zeugenstand treten werden.

Dieses Gesetz heißt:

*Wenn das Erzeugnis nicht der Befriedigung eines vorhandenen Wunsches oder Bedürfnisses der Verbraucher dient, wird die Werbung letzten Endes scheitern.*

Galbraith hat diese Tatsachen genau umgedreht.

*Die Werbung weckt nicht den Wunsch.*

*Vielmehr weckt der Wunsch die Werbung.*

Diese Wahrheit leuchtet auf den ersten Blick nicht unbedingt ein. Gestatten Sie uns darum, bei diesem Komplex etwas zu verweilen, denn er ist für den Produzenten von außerordentlicher Bedeutung.

Das Amerika von heute erfreut sich einer Fülle von Erzeugnissen, welche früher unbekannt waren. Vieles davon ist neuartig, ist raffiniert, blendend und spektakulär. Es wäre also eine ganz natürliche Annahme, daß damit neue Wünsche und neue Bedürfnisse im wesentlichen vergleichbar seien mit Spielzeugen für ein verwöhntes Kind, das immerzu etwas anderes haben will. Nicht minder natürlich wäre dann der Gedanke, daß Wunsch und Nachfrage nach den neuen Erzeugnissen vom Verkäufer hochgepeitscht werden können.

Aber in dieser Logik klafft eine Lücke. Neue Arten der Personenbeförderung erzeugen noch lange nicht den Wunsch, befördert zu werden. Neue

Arten von Nahrungsmitteln erzeugen keinen Hunger. Verwechseln Sie eine bestimmte Schuhform nicht mit dem Bedürfnis nach Schuhen, nicht eine Methode der Arbeitsersparnis mit dem Wunsch, weniger zu arbeiten. Verwechseln Sie eine neue Beleuchtungsart nicht mit dem Wunsch, die Dunkelheit zu bannen.

Bedenken Sie, daß es *kaum ein Erzeugnis auf dem Markt gibt, das es in primitiverer Form nicht schon vor Tausenden von Jahren gegeben hätte.*

Die wenigen Ausnahmen davon nehmen im Volumen unserer gigantischen Volkswirtschaft nur einen verschwindend kleinen Platz ein.

Die alten Römer zum Beispiel kannten Betten, Öfen und Teppiche, Parfums, Salben, Pomaden und Narkotika, Mundwasser, Puder und Seifen, sie kannten Uhren und Edelsteine und Ringe, hatten Lippenfärbemittel und Weine, Biere und Küchengeräte, Rasierapparate und gekühlte Lagerräume, besaßen Bäder, Öle, Zahnpasten und Haarcremes – um nur einiges zu nennen. Statt des Autos hatten sie den Streitwagen, statt der Maschine das Pferd, statt der Glühbirne die Öllampe, anstelle des Telegrafen gab es den Semaphor, anstelle der Druckerpresse den Schreiber, anstelle des Telefons den Boten, anstelle des Fernsehens Unterhaltungskünstler, anstelle des Buchs die Schriftrolle, und arbeitsparende Erfindungen wurden durch Sklavenmuskeln ersetzt.

Was es im alten Rom allerdings nicht gab, war eine Via Madisonia.

Es ist durchaus denkbar, daß ein intelligenter Römer, käme er in unsere Gesellschaft des Überflusses, sich lediglich in einem besseren Kaufhaus wiederzufinden meint.

Was sich zugetragen hat – und weiter zuträgt – ist schlicht und einfach eine Evolution der Produkte. Die industrielle Revolution mit ihren großartigen Maschinen hat den Massen das gebracht, was sich vordem nur eine kleine Schicht Privilegierter leisten konnte, und die Hersteller, in ihrem Streben nach größerem Gewinn, haben sich bemüht, die Erzeugnisse immer mehr zu verbessern. Die Werbung als *Ursache* dafür anzusehen heißt das Pferd am Schwanz aufzäumen. Werbung ist nur eine *Wirkung* – und der Produzent, der das nicht bedenkt, mißachtet die Gesetze der Wirklichkeit.

Wann hat Werbung denn Macht? Braucht jemand eine warme Stube – hat die Werbung nur dann Macht, wenn sie ihm, sagen wir, einen moderneren und praktischeren Ofen anbieten kann. Leidet er an Kopfschmerzen – hat sie nur dann Macht, wenn sie mit einem Medikament aufwarten kann, das ihm das Leben erträglicher macht. Ist seine Wäsche schmutzig – hat sie nur dann Macht, wenn sie ihm einfachere und schnellere Waschverfahren versprechen kann. Bluten seine Wunden – hat sie nur dann Macht, wenn sie ihm bessere Verbände anzubieten vermag. Die Beispiele ließen sich endlos fortführen.

Der „Wiederholungskauf" gibt die wirtschaftliche Waage ab, auf der diese Massenprodukte gewogen werden, und die Macht des Werbemanns ist nicht größer als die Überlebenskraft seines Produkts.

Der Ausdruck „Produktevolution" kommt nicht von ungefähr. Der ganze Gedanke geht in gewisser Weise unmittelbar auf Darwin zurück. Für kurze Zeit erscheinen auf der Wirtschaftsszene wilde Mutationen von Produkten. Sie sind sinnlos und dumm, aber derartige Erzeugnisse sind dazu verdammt, gleich dem Pterodactylus, dem Brontosaurus und dem Archaopteryx früher oder später auszusterben.

Der Produzent, der das übersieht und törichte, nichtige oder gar ungewünschte Erzeugnisse auf den Markt bringt, steuert blindlings in den Untergang, denn seine Rivalen werden das bestimmt nicht übersehen.

Zumindest muß sich ein Produzent den Erzeugnissen seiner Konkurrenten anpassen. Will er wirklich vorankommen, muß er sie sogar übertreffen. John Crichton, der Herausgeber der Fachzeitschrift „Advertising Age", faßte das kürzlich für einen verwirrten Geschäftsmann in wenigen, aber sehr gescheiten Worten zusammen. Er sagte:

„Wenn Ihre Forschungs- und Entwicklungsabteilung nur aus der Schreibmaschine irgendeines Anzeigenmannes besteht, sind Sie schon verloren."

Wir nähern uns langsam der wahren Rolle, die die Werbung in unserer Wirtschaft spielt. Im folgenden Kapitel wollen wir sie näher untersuchen.

Zuvor aber noch ein Wort:

Werden diese Erzeugnisse wirklich gebraucht? Sind sie eine absolute Notwendigkeit? Hier mag Galbraith mit seiner These sehr wohl einen Punkt für sich buchen, denn die Antwort lautet: Nein. Pat Steel von Young & Rubicam brachte das auf eine Formulierung, wie sie bündiger und treffender kaum möglich sein wird:

„Der Mensch braucht diese Dinge nicht wirklich. Er braucht keine Kunst, Musik, Literatur und Philosophie, er braucht keine Zeitungen, keine Geschichtsschreibung, keine Räder, keinen Kalender . . . Alles, was der Mensch wirklich braucht, sind eine Höhle, ein Stück Fleisch und vielleicht noch ein Feuer."

## David Ogilvy: Kaufen Menschen wegen der Werbung Dinge, die sie nicht brauchen?

*Kaufen Menschen wegen der Werbung Dinge, die sie nicht brauchen?* Wenn Sie der Meinung sind, daß die Menschen Desodorants nicht brauchen, so steht es Ihnen natürlich frei, die Werbung deswegen zu kritisieren, daß sie 87 Prozent der amerikanischen Frauen und 66 Prozent der amerikanischen Männer dazu bewog, Desodorants zu verwenden. Wenn Sie glauben, daß die Menschen kein Bier brauchen, so haben Sie ebenfalls recht, wenn Sie die Werbung tadeln, weil sie 58 Prozent der erwachsenen Bevölkerung veranlaßt, Bier zu trinken. Wenn Sie mit dem Reiseverkehr, dem persönlichen Komfort der Menschen und dem Automobilismus nicht einverstanden sind, so ist es Ihr gutes Recht, die Werbung zu verurteilen, weil sie derlei verwerfliche Dinge noch fördert.

Wenn Sie die Wohlstandsgesellschaft für unerwünscht halten, so haben Sie recht, wenn Sie die Werbung dafür verantwortlich machen, daß die Menschen danach streben.

Wenn Sie ein solcher Puritaner sind, so kann ich mit Ihnen nicht diskutieren. Ich kann Sie nur einen psychischen Masochisten nennen, und ich kann, so wie Erzbischof Leighton nur beten: „O Gott, erlöse mich von den Irrtümern der weisen Menschen und von den ach so guten Menschen."

Der gute alte John Burns, der Vater der Arbeiterbewegung in England, pflegte zu sagen, „die Tragödie der arbeitenden Klasse bestünde in der Armseligkeit ihrer Wünsche". Ich glaube nicht, daß ich mich zu entschuldigen brauche, wenn ich die arbeitende Klasse zu einer etwas weniger spartanischen Lebensführung bringen will.

## Jörg Huffschmid: Rationalität der Planung – Irrationalität der Versorgung

> *„Die langfristig geplante und von gesellschaftlichen Bedürfnissen fast völlig abgelöste Produktion von Märkten entspricht dem unternehmerischen Streben nach maximaler Sicherheit und Expansion."*

In der konzentrierten und sich weiter konzentrierenden Wirtschaft wird durch den Fortfall der als Kontrollinstanzen ausgegebenen Verschleierungsmechanismen Wettbewerb und Eigentumsrecht offensichtlich, daß die Steuerung aller wirtschaftlichen Prozesse vom und im Interesse des privatkapitalistischen Grundverhältnisses erfolgt, und dies um so mehr, als sich die Grundverhältnisse selbst in den Extremformen der Marktbeherrschung durch Großunternehmen manifestieren. War im frühen Kapitalismus nur die *Form* der Bedürfnisse als partikularisierter Individualbedürfnisse durch die führende Rolle der selbständigen Unternehmer bestimmt, während konkrete Inhalte sich im Mechanismus des Wettbewerbs noch vielfältig verwirklichen ließen, so werden jetzt im Zeitalter der Konzerne, der Serienproduktion und des Massenkonsums die Bedürfnisse selbst in ihrer jeweiligen inhaltlichen Gestalt in den Unternehmen geplant, geweckt und realisiert. Hatte der Wettbewerbsmechanismus den Konsumenten noch die Wahl zwischen einem breiten Fächer verschiedener Bedürfnisse und Güter gelassen, so wird der Spielraum mit steigender Konzentration zusehends eingeschränkt, bis der Kreis zwischen Bedürfnis und Befriedigung vollends kurzgeschlossen ist. Die für ein großes und finanziell wenig bewegliches Unternehmen notwendige langfristige Planung in Produktion und Verkauf verlangt, das Verkaufsrisiko zu vermindern, und macht sprunghaft wechselnde Bedürfnisse des Verbrauchers zu einer Bedrohung der Betriebsexistenz. Aus diesem Grunde erstreckt sich die langfristige Planung der Unternehmen nicht nur auf die Produktion, den Absatz sowie die Finanzierung, sondern auch auf die Bedürfnisse selbst, die teils gründlicher als in früheren Jahren erforscht, teils produziert, auf jeden Fall aber für den Produzenten berechenbar gemacht werden. „Man muß nicht nur bestimmen, was der Kunde will und was er dafür zu zahlen bereit ist, sondern die Herstellerfirma muß auch mit allen geeigneten Mitteln sicherstellen, daß der Verbraucher die von ihr hergestellten Produkte zu einem angemessenen Preis abnimmt." [John K. Galbraith, 1967] Die Maxime schneller Reaktion auf die Bedürfnisvariation wird ersetzt durch die der Vermeidung unvorhergesehener Bedürfnisschwankungen; Marktstrategie tritt an die Stelle von Marktforschung.

Die langfristig geplante und von gesellschaftlichen Bedürfnissen fast völlig abgelöste Produktion von Märkten entspricht dem unternehmerischen Streben nach maximaler Sicherheit und Expansion; sie stellt unter den veränderten kapitalistischen Strukturverhältnissen eine gegenüber der Koordination durch Wettbewerb erhöhte Rationalität der Privatwirtschaft dar. Gleichzeitig gelingt es jedoch immer weniger, dem Anspruch der gesamtgesellschaftlichen Bedürfnisbefriedigung gerecht zu werden, beziehungsweise dessen Nichterfüllung zu verdecken. Durch die Manipulation von Bedürfnissen wird die Sicherheit und Rationalität der unternehmerischen Planung zwar erhöht, die Irrationalität des Gesamtsystems in bezug auf die gesamtwirtschaftliche Versorgung und Bedürfnisbefriedigung jedoch immer krasser.

Zu den deutlichsten Erscheinungen dieser Irrationalität gehört es, daß ein stetig wachsender Teil der Handlungen bei der Produktion und dem Absatz eines Guts und damit auch ein stetig wachsender Teil seiner Kosten auf Dinge verwandt wird, die nichts mehr mit der Qualität des Guts zu tun haben, sondern sich ausschließlich auf die Herstellung der Kaufdisposition beim Konsumenten, also auf das Bewußtsein des Käufers richten. Die Kaufdisposition wird durch Werbung und Produktstrategie (Diversifikation) erzeugt. Die Ausgaben, die von der westdeutschen Wirtschaft zu Reklamezwecken getätigt werden, d.h. um Menschen zum Kauf bestimmter Güter zu veranlassen, liegen seit Jahren erheblich über den Summen, die in der Bundesrepublik von Bund, Ländern und Gemeinden für Schulen ausgegeben werden; sie nehmen einen langsam, aber kontinuierlich steigenden Prozentsatz des gesamten Volkseinkommens in Anspruch.

*Werbungsausgaben in Relation zu Schulausgaben und Volkseinkommen in der BRD 1962 bis 1967*

| | 1962 | 1963 | 1964 | 1965 | 1966 | 1967 |
|---|---|---|---|---|---|---|
| *Werbungsausgaben* | | | | | | |
| Mrd. DM | 8,5 | 9,6 | 10,7 | 12,2 | 13,6 | 14,2 |
| Steigerung in % | – | 12,9 | 11,5 | 14,0 | 11,5 | 4,4 |
| Ausgaben für Unterricht von Bund, Ländern und Gemeinden[2] | | | | | | |
| Mrd. DM | 7,4 | 8,4 | 9,6 | 10,9 | 11,8 | – |
| Steigerung in % | – | 13,5 | 14,3 | 13,5 | 8,3 | – |
| *Volkseinkommen*[3] | | | | | | |
| Mrd. DM | 272 | 289 | 317 | 345 | 365 | 362 |
| Veränderung in % | – | 6,3 | 9,7 | 8,8 | 5,8 | –0,8 |
| *Werbung in % der Schulausgaben* | 114,9 | 114,3 | 111,5 | 111,9 | 115,3 | – |
| *Werbung in % des Volkseinkommens* | 3,1 | 3,3 | 3,4 | 3,5 | 3,7 | 3,9 |

Quellen:
1 *Werbung 1967*, ZAW-Jahresbericht 1967, S. 30/31.
2 *Stat. Jahrb. 1965*, S. 446; 1966, S. 444; 1968, S. 394.
3 *Jahresgutachten 1968*, S. 122.

Wirtschaftswerbung steht im Dienst der privatwirtschaftlichen Rentabilität, gleichgültig in welcher Form sie sich präsentiert. Dies gilt ebenso für die solide auftretende Werbung durch Information über bestimmte Güter wie für die Vertrauens- oder Image-Werbung und die spektakulären Werbefeldzüge für neue Waren und Marken, wie sie z. B. anläßlich der Einführung neuer Waschmittel oder Zigaretten üblich sind. (Wobei es sich in beiden Fällen um Waren handelt, die relativ einheitlich sind, so daß eine – ohnehin nur in geringem Umfang mögliche – Qualitätsverbesserung kaum zu einer nennenswerten Umorientierung der Käufer führen würde.) In solchen Fällen kommt es darauf an, die Werbung weitgehend vom Produkt zu lösen, den Kunden nicht an die Qualität der Ware – die bei den Konkurrenten annähernd gleich ist – zu fixieren, sondern an bestimmte Symbole, die mit dem Unternehmen in Verbindung gebracht werden; diese Symbole haben weder mit dem Produkt noch mit dem Unternehmen etwas zu tun, sie appellieren vielfach an unbewußte Motivations- und Triebstrukturen und helfen mit, über die Kaufentscheidungen des Verbrauchers zu disponieren. Wer einen derartigen Werbefeldzug eröffnet, hat Chancen, der Konkurrenz erhebliche Marktanteile fortzunehmen – wenn diese sich nicht mit einem Gegenfeldzug zur Wehr setzt. Tut sie dies und neutralisiert sie die Bemühungen des Konkurrenten, so bleibt als Ergebnis, daß die Marktanteile der Großen untereinander unverändert geblieben, möglicherweise aber auf Kosten der kleinen Konkurrenten gestiegen sind. Dies führt zu einer Beschleunigung der Konzentration, weil nur wenige Firmen sich solche Werbefeldzüge leisten können, deren Kosten sich übrigens irgendwann einmal in den Verbraucherpreisen oder in der Güterqualität niederschlagen.

Ähnlich irrationale Eigenschaften zeigt eine andere Absatzstrategie, die sogenannte Produktdifferenzierung, die, wenn sie geschickt durchgeführt wird, zur totalen Verwirrung über die Qualität angebotener Güter und zur bedingungslosen Auslieferung an die Strategen der Absatzkämpfe durch Bewußtseinsmanipulation führt. Sie besteht im wesentlichen darin, das gleiche Produkt mit einigen geringfügigen Änderungen zu versehen und als Neuentwicklung oder neuartigen Typ anderen Käuferschichten anzubieten. Gerade auf Märkten, auf denen noch die Angebotskonkurrenz zwischen mehreren Konzernen besteht – Elektrogeräte, Filme, Waschmittel –, hat die Konkurrenz in der Regel nicht Preissenkung oder erhöhte Käufersouveränität zur Folge, sondern im Gegenteil erhöhte Manipulation des Käufers, die subjektive Hilflosigkeit erzeugt und objektiv ökonomische Verschwendung darstellt. Produkte werden aus Gründen der Absatzfähigkeit mit Zusätzen und Eigenschaften ausgestattet, die nichts mit ihrem Gebrauchswert zu tun haben, und verstärken so die ursprüngliche Irrationalität der Bedürfnisstruktur. Wenn die gesellschaftlichen Produktionsverhältnisse es verbieten, bestimmte Gebrauchsgüter wie Transportmittel, Waschmaschinen oder Küchen kollektiv zu nutzen, wenn die atomistische Produktionsverfassung und die dadurch bewirkte Bedürfnispartikularisierung den Besitz eines eigenen Autos, einer eigenen Waschmaschine, einer eigenen Küche, eines eigenen Fernsehapparates vorschreiben, dann führen die manipulative Verschleierung und Differenzierung dieses Angebots zu irrationaler Verschwendung. Die Tatsache, daß in der Bundesrepublik über zwei Dutzend verschiedener Waschmaschinentypen angeboten werden, deren funktional wichtige Unterschiede sich auf ein halbes Dutzend reduzieren lassen, ist ein groteskes Beispiel dieser Irrationalität. Die Vielzahl verschiedener Angebote auf dem Markt ist hier nicht der Ausdruck hoher funktionaler Variationsbreite der Ware, sondern vielmehr der Bemühungen, die Funktionsidentität aller dieser Güter durch eine Menge zusätzlicher und unnötiger Details, die das Gut verteuern, zu verdecken. Ein Verzicht auf solche „Differenzierung" würde nicht nur dem Verbraucher die Übersicht erleichtern, ohne den Nutzen des Gutes zu beeinträchtigen; er würde auch die Kosten des Produktes verringern. Erst durch Verzicht auf nichtfunktionale Differenzierungen könnte wieder Preiskonkurrenz entstehen, die dafür sorgte, daß die Güter relativ billig auf den Markt gelangen. Das Insistieren auf der „Vielfältigkeit" des Angebots ist jedoch oft nicht mehr als eine ideologische Verschleierung hoher und höchster Gewinne. Daß das mit vernünftiger und bestmöglicher Gesamtversorgung des Verbrauchers nichts mehr zu tun hat, liegt auf der Hand.

## Helmut Arndt: Macht, Konkurrenz und Demokratie

*„Jede Anhäufung von Macht in den Händen Einzelner gefährdet die menschliche Freiheit. Die Konzentration von politischer und wirtschaftlicher Macht tötet sie."*

Je mehr die Konzentration in der westlichen Welt zunimmt und je mehr die Märkte durch Tochtergesellschaften ein und desselben Konzerns beherrscht werden, um so stärker wird der Gegensatz zwischen den privatwirtschaftlichen und den volkswirtschaftlichen Interessen wieder aktuell. Wenn ein *Konzern* nicht mehr nur den nationalen Markt seines Landes, sondern – wie dies schon heute einige der großen Konzerne tun – den Weltmarkt oder zumindest große Teile desselben beherrscht, so kann auch ein Abbau von Handelshemmnissen die Konkurrenz nicht wieder herstellen. Zum anderen gibt es auf vielen Bereichen längst *internationale Kartel-*

*le*, welche nicht nur die Preis-, sondern auch die Qualitätskonkurrenz ausgeschlossen haben und die vielfach die Investitionen nicht nur quantitativ, sondern auch qualitativ – und damit zugleich den technischen Fortschritt – vom Standpunkt der privatwirtschaftlichen Gewinnmaximierung aus reglementieren. Die nationalen Kartellbehörden haben sich dieser internationalen Kartelle bisher nur in Ausnahmefällen angenommen, wobei in der BRD mitunter sogar die Ansicht vertreten wird, daß internationale Kartelle als Exportkartelle aufzufassen sind und insofern dank der Ausnahmebestimmungen des Gesetzes gegen Wettbewerbsbeschränkungen diesem nicht unterworfen seien. Tatsächlich sind mit Exportkartellen nationale Kartelle gemeint, welche die Konkurrenzfähigkeit des eigenen Landes stärken sollen. Internationale Kartelle sind demgegenüber Kartelle, welche die Konkurrenz sowohl innerhalb eines Landes als auch zwischen Ländern reduzieren oder ausschließen sollen. Das internationale Glühlampenkartell hat unter seinen Mitgliedern nicht nur die Welt derart aufgeteilt, daß für jedes Absatzgebiet grundsätzlich nur ein Anbieter zuständig war, sondern auch durch Vereinbarungen die Lebensdauer seiner Produkte reduziert, um auf diese Weise den Absatz zu erhöhen. Schon 1924 schrieb Mr. Woodward von der Phoebus S. A., der damaligen europäischen Dachgesellschaft des Kartells, an Mr. Owen D. Young von der General Electric: „Alle Hersteller sind sowohl an unser Standardisierungsprogramm gebunden als auch daran, unsere Regelung zu übernehmen, um eine wirtschaftliche Lebensdauer der Glühbirnen zu erreichen ... Es kann hiervon eine Verdoppelung des Geschäfts innerhalb von fünf Jahren für alle Beteiligten erwartet werden, abgesehen von den anderen Faktoren, die es ebenfalls vergrößern werden.“ Im Jahre 1927 schrieb die Tokyo Electric Company, Ltd. an Phoebus: „Wir haben die Lebensdauer unserer Glühbirnen von 3000 auf 2000 Stunden für Vacuumbirnen und von 2500 auf 1600 Stunden für gasgefüllte Glühbirnen gekürzt.“ – Im gleichen Brief heißt es: „Wir sind vollauf bereit, unsere Bemühungen fortzusetzen und zu verstärken, um die Außenseiter aus dem Geschäft zu drängen im allgemeinen Interesse der Kartellmitglieder (parties of the agreement).“ Im Jahre 1932 schrieb ein Ingenieur von General Electric an seinen Vorgesetzten:

„Vor zwei oder drei Jahren schlugen wir eine Verringerung der Lebensdauer von Glühbirnen für Taschenlampen vor ... Vor einiger Zeit machten die Batteriefabrikanten hierbei teilweise gemeinsame Sache mit uns und waren mit Glühbirnen einverstanden, die nur zwei statt drei Batterien überdauerten. Dies hat sich sehr bewährt. Wir haben unsere Forschung und Bemühungen fortgesetzt, die Verwendung von Glühbirnen, welche die Dauer von *einer* Batterie haben, durchzusetzen ... Wenn dies geschehen könnte, so würde unser Taschenlampengeschäft nach unseren

Schätzungen um ca. 60 Prozent ansteigen. Wir sehen weder von unserem Standpunkt aus noch von dem des Batterieproduzenten einen triftigen Grund, warum diese Änderung nicht schon jetzt vor sich gehen sollte."

Und im Jahre 1939 schrieb General Electric an die Tung-Sol Glühlampenwerke:

„In Übereinstimmung mit unserer Übung, Sie über Änderungen in unserer Glühlampenproduktion zu unterrichten, bringen wir zu Ihrer Aufmerksamkeit, daß wir folgender Änderung zugestimmt haben: 1. Die Lebensdauer der 2330 Glühbirnen wird von 300 auf 200 Stunden reduziert werden, sobald die Produktionsmöglichkeiten dies erlauben. Es ist klar, daß der Wechsel in keiner Weise publik gemacht werden wird."

Das „Hunting ground agreement", das den Weltmarkt für amorphen Phosphor einer privatwirtschaftlichen Rationierung unterwarf, ist 1966 von der Kanadischen Wettbewerbskommission aufgedeckt worden. In einem Brief, den Mr. Clayton von der britischen Albright & Wilson – Gruppe am 16. 9. 1959 an Mr. James W. Duff von Duff Chemical Co., Ltd. gerichtet hat, heißt es u. a.:

„Hiermit sollen die Abmachungen bestätigt werden, die vor kurzem mit Coignet und Knapsack hinsichtlich des Verkaufs von amorphem Phosphor getroffen wurden und jetzt unmittelbar in Kraft treten. Die Exportmärkte werden in fünf Gruppen aufgeteilt: Die ersten vier Gruppen stellen die Märkte dar, die von Coignet, Knapsack, Euch und uns erfaßt werden; in diesen Gruppen oder Jagdgründen schützen die anderen Beteiligten die Stellung des jeweiligen Besitzers des Jagdgrundes, indem sie entweder die Belieferung verweigern oder nur zu Mindestpreisen vornehmen, die vom Besitzer des Jagdgrundes vorgeschlagen werden. Die fünfte Gruppe umfaßt offene Märkte, in denen wegen des starken Wettbewerbs der Japaner und anderer, z. B. der Russen, oder der Schwierigkeit der Entscheidung, wem der Markt zugeteilt werden soll, die Hersteller ihre Preise frei festsetzen können . . ."

Infolge internationaler Abmachungen konnten in der BRD im Jahre 1968 Agfa-Color CT 18 Diafilme für DM 9,- ab Werk verkauft werden, während sie in der Schweiz – nach Zusammenbruch der „Preisbindung" – um so vieles niedriger im Preis lagen, daß sogenannte Re-Importeure die gleiche Ware – trotz der doppelten Transportkosten und der mehrfach einkalkulierten Handelsspannen – frei Frankfurt für DM 8.30 anbieten, konnten. Ähnliches galt für Kodak-Filme, wobei noch anzumerken ist, daß Kodak zum Chemiekonzern Du Pont und Agfa zu den Farbenfabriken Bayer AG gehört. Zugleich zeigt dieses Beispiel, welche Rolle vom Staat anerkannte Preisbindungen im Interesse internationaler Kartelle spielen können.

[. . .]

Die Neigung zur Simplifizierung, die nach dem zweiten Weltkrieg auch in wirtschaftspolitischen Fragen vorherrscht, wird der Problematik ökonomischer Konzentrationen nicht gerecht. Neben den Unterschieden in Arten und Formen spielt der Umfang von Konzentrationen eine Rolle, wobei die Antwort auf die Frage, wann Konzentrationen angemessen sind oder nicht, mit der technischen, aber auch mit der rechtlichen Entwicklung variiert. Wie es horizontale Konzentrationen gibt, welche die Produktivität fördern, so kann es horizontale Konzentrationen geben, die nur der Monopolisierung oder der Stärkung von Machtpositionen resp. der Verteidigung gegen Machtmißbrauch dienen. Vertikale Konzentrationen können – um nur noch ein weiteres Beispiel zu geben – zur Vereinfachung und Verbilligung mancher Arbeitsgänge nützlich sein, sie können aber auch, wie die Entwicklung der Lastwagenproduktion in der BRD zeigt, eine produktionstechnisch längst fällige horizontale Konzentration verhindern. Endlich kann es Produktionszweige geben, in denen die Ausnutzung gegebener Techniken jede Konkurrenz ausschließt. Hier steht die Wirtschaftspolitik vor der schwerwiegenden Frage, ob sie auf die Vorteile der Konkurrenz zu Gunsten niedriger Kosten oder umgekehrt aus Kostengründen auf Konkurrenz verzichten soll.

In der Bundesrepublik gibt es keine Unterlagen über das Ausmaß der Betriebs- und Unternehmenskonzentration. Der Regierung ist mangels Durchführung von Hearings unbekannt, wie Wachstum und Wettbewerbsfähigkeit der Volkswirtschaft der BRD durch die bisherigen Konzentrationsvorgänge oder durch künftige zu erwartende Konzentrationen beeinflußt werden. Gerade derjenige, der wenig weiß, weiß es jedoch in der Regel besser. So hat die Bundesregierung im Jahre 1964 Ergebnisse der unter der Federführung von Dr. Gustav Fremerey durchgeführten Konzentrationsuntersuchung, soweit sie ihr nicht paßten, als falsch bezeichnet. Ebenso hat die Bundesregierung in ihrer Stellungnahme zum Schlußbericht der Pressekommission vom 20. 2. 1969 nicht nur politisch, sondern auch sachlich Position bezogen. Auch in diesem Fall haben weder die Bundesregierung noch das Bundesparlament Hearings durchgeführt. Auch in diesem Fall war die Kommission von vornherein so zusammengesetzt worden, daß nach Möglichkeit nichts herauskommen konnte. Oder wollte jemand im Ernst behaupten, daß die größten Verleger im Bereich der Presse für die Beurteilung der Frage nach den politischen und kulturellen Folgen der Pressekonzentration zugleich die besten Experten sind?

In der Bundesrepublik gibt es nicht einmal exakte Angaben über den Umfang der Einkommens- und Vermögenskonzentrationen. Die auf den Einkommensteuerstatistiken aufbauenden Angaben über die Einkommenskonzentrationen täuschen, weil einmal die Spekulationseinkommen nur ausnahmsweise erfaßt werden (und es ganze Konzerne gibt, die nur durch Spekulationen in Aktien wie mit Unternehmen zusammengetragen worden sind) und zum anderen weder illegale noch legale Steuermanipulationen voll berücksichtigt werden. Ebensowenig geben die mit Hilfe der Vermögensteuer gewonnenen Zahlen den Umfang der Vermögenskonzentrationen wieder, weil die Vermögensteuer – ebenso wie Erbschaftsteuer – die Vermögen ungleichmäßig und überdies nicht einmal vollständig erfaßt. Sparvermögen, an dem Arbeiter und Angestellte vorwiegend beteiligt sind, wird z.B. hundertprozentig herangezogen. Das im Haus- und Grundbesitz steckende Vermögen hingegen wird infolge der niedrigen Festsetzung der Einheitswerte regelmäßig nur mit etwa einem Viertel oder einem Fünftel bewertet. Ebenso werden Maschinen, Werkzeuge und dergleichen infolge vorzeitiger Abschreibungen durchschnittlich nur mit einem Bruchteil ihres effektiven Wertes angesetzt.

Aus allen diesen Gründen kann die Regierung weder Ausmaß noch Qualität der Unternehmens- und Betriebskonzentrationen noch den Umfang der Einkommens- und Vermögenskonzentrationen überblicken.

Diese Überlegungen zeigen zugleich, wie notwendig eine ständige Überwachung und Kontrolle der Konzentrationen ist:

1. um zu vermeiden, daß produktive Konzentrationen durch unproduktive Konzentrationen verhindert werden,
2. um generell produktive Konzentrationen zu fördern,
3. um private Macht zu neutralisieren,
4. um die Konzentration von privater Macht zu verhindern,
5. um zu erreichen, daß die Unternehmerwirtschaft der Allgemeinheit dient und nicht zum Selbstzweck wird, und
6. um festzustellen, wo mit der Konkurrenz die Unternehmerwirtschaft versagt.

Eine solche ständige Kontrolle gibt es in der BRD nicht. Die Tätigkeit des Bundeskartellamtes reicht aus drei Gründen nicht aus: Erstens, weil sich die Tätigkeit des Amtes auf Kartelle und andere marktbeherrschende Stellungen beschränkt und weder die Wirksamkeit von Konzernen noch die Ausbeutung von Abhängigen und dergleichen erfaßt, zweitens, weil das Bundeskartellamt keine unabhängige, nur dem Parlament unterstellte Institution ist, sondern den Anweisungen des Bundeswirtschaftsministeriums unterliegt, und drittens, weil die Bundesregierung seine Empfehlungen nicht befolgt.

Eine ständige Kontrolle verlangt doppeltes:

1. eine unabhängige Konzentrationsbehörde und

2. permanente Hearings in öffentlichen Sitzungen von Parlamentsausschüssen, in denen keine Propagandareden entgegengenommen, sondern eidliche Vernehmungen durchgeführt werden.

Wenn eine Regierung Konzentrationen fördert, ohne sich vorher einen Einblick in die realen Gegebenheiten zu verschaffen, so kann dies nur zwei Gründe haben: Entweder verhält sich eine solche Regierung nicht rational, oder sie will die auf dem Wettbewerbsprinzip aufbauende Marktwirtschaft durch eine Form der zentralistischen Wirtschaft ersetzen. Je mehr die Wirtschaft in großen Aggregaten konzentriert ist, um so leichter kann der Staat sie dirigieren und – ähnlich wie in der Wirtschaftsverfassung des NS-Regimes – mit ihr machen, was er will. Für eine solche Entwicklung stehen, wie die Vergangenheit zeigt, mehrere Formen des Einsatzes von Staatsmacht zur Verfügung. Keine davon wird primär der Versorgung der privaten Konsumenten zugute kommen, und bei jeder Form wird der Grad an individueller Freiheit auf ein Minimum schrumpfen. Jede Anhäufung von Macht in den Händen Einzelner gefährdet die menschliche Freiheit. Die Konzentration von politischer und wirtschaftlicher Macht tötet sie. Wohin die gegenwärtige Entwicklung der Verfilzung wirtschaftlicher und politischer Macht führen muß, falls sie nicht umschlägt, kann kaum zweifelhaft sein. George Orwell hat es beschrieben.

## Paul A. Baran, Paul M. Sweezy: Werbung und Konkurrenz

*„In einem Wirtschaftssystem mit heftiger und unbarmherziger Konkurrenz, in dem die kleine Zahl der Konkurrenten Preisunterbietungen nicht zuläßt, wird die Werbung in immer größerem Maße zur Hauptwaffe im Konkurrenzkampf."*

*1*

Die Verkaufsförderung trat schon lange vor der jetzigen, monopolistischen Phase des Kapitalismus auf. Kaum ein Phänomen der wirtschaftlichen und sozialen Welt ist wie ein *deus ex machina* plötzlich da, ohne sich vorher anzukündigen. Tendenzen treten meist erst tastend auf und bleiben kürzere oder längere Zeit schwach und bedeutungslos. Einige kommen nie über das Stadium winziger Sprößlinge hinaus und werden von Gegenströmungen gebändigt und erstickt. Andere wachsen zu mächtigen Bäumen heran, die schließlich im Gepräge der sozialen Landschaft hervorstechen. So ist die Verkaufsförderung viel älter als der Kapitalismus qua Wirtschafts- und

Gesellschaftssystem. Sie tritt im Altertum in verschiedenen Formen auf, wird im Mittelalter deutlich ausgeprägt und wächst im Zeitalter des Kapitalismus an Ausmaß und Intensität. Ihr Wesen wird von Werner Sombart kurz beschrieben:

„Interesse erregen, Vertrauen erwerben, die Kauflust wecken: in dieser Klimax stellt sich die Wirksamkeit des glücklichen Händlers dar. Womit das erreicht wird, bleibt sich gleich. Genug, daß es keine äußeren, sondern nur innere Zwangsmittel sind, daß der Gegenpart nicht wider Willen, sondern aus eigenem Entschlusse den Pakt eingeht. Suggestion muß die Wirkung des Händlers sein. Der inneren Zwangsmittel aber gibt es viele."

So groß und abwechslungsreich das Arsenal dieser „inneren Zwangsmittel" jedoch in früherer Zeit gewesen sein mag, erst im entwickelten Stadium des Monopolkapitalismus – in den Vereinigten Staaten von heute – nehmen sie gigantische Ausmaße an. Von dieser Ausdehnung ist die Rolle der Verkaufsförderung im kapitalistischem System als ganzem betroffen: Von einem relativ unbedeutenden Merkmal des Systems hat sie sich zu einem seiner entscheidenden Nervenzentren entwickelt. In der Auswirkung auf die Wirtschaft wird sie nur noch vom Militarismus übertroffen. In allen anderen Bereichen des gesellschaftlichen Lebens ist ihr alles durchdringender Einfluß unerreicht.

Die ungeheure Entwicklung der Verkaufsförderung und die ins Auge springende Verstärkung ihrer Macht beruhen darauf, daß sie einer starken qualitativen Änderung unterworfen gewesen ist. Die Preiskonkurrenz hat als Mittel zum Anreiz der Öffentlichkeit als Kundschaft ihren Wert verloren und neuen Arten der Absatzförderung Platz gemacht: Werbung, abwechslungsreiche Aufmachung und Verpackung der Waren, „geplante Obsoleszenz", Änderung des Modells, Kundenkreditsysteme und dergleichen mehr.

*2*

In einem Wirtschaftssystem mit heftiger und unbarmherziger Konkurrenz, in dem die kleine Zahl der Konkurrenten Preisunterbietungen nicht zuläßt, wird die Werbung in immer größerem Maße zur Hauptwaffe im Konkurrenzkampf. Die unmittelbare wirtschaftliche Bedeutung und die Auswirkungen der Werbung sind in der Wirtschaftsliteratur gründlich analysiert und schnell begriffen worden. Unter den Bedingungen einer atomistischen Konkurrenz, d. h. wenn ein Industriezweig eine große Zahl von Verkäufern umfaßt, von denen jeder nur einen Bruchteil einer gleichartigen Produktion anbietet, ist für die Werbung eines Einzelunternehmens wenig Raum. Es kann zum üblichen Marktpreis verkaufen, einerlei was es produziert; wenn es seine Produktion vergrößert, kann es das zusätzliche Warenquantum durch eine kleine Preissenkung absetzen, und selbst bei einer geringen Preiserhöhung würde es seine Kunden verlieren und in die Arme der Konkurrenz treiben, die das gleiche Produkt zum alten Preis anbietet. Freilich können Produzentenverbände auch unter solchen Umständen noch Werbung für ein gemeinsames Produkt treiben und die Konsumenten dazu auffordern, mehr davon zu kaufen. Doch haben Appelle dieser Art („Trink mehr Whisky!" oder „Rauch mehr Zigaretten!") in der Geschichte der Werbung noch nie eine bedeutende Rolle gespielt.

Ganz anders ist die Lage, wenn die Zahl der Anbieter klein ist und jeder von ihnen an Produktion und Absatz einer Industrie einen großen Anteil hat. Solche relativ großen Unternehmen können den Markt mächtig in ihrem Sinne beeinflussen, indem sie zwischen ihren Produkten und denen der Konkurrenz einen deutlich ausgeprägten Unterschied herstellen und aufrechterhalten. Dieser Eindruck der Andersartigkeit wird hauptsächlich durch Werbung, Warenzeichen, Markennamen, besondere Verpackung und Produktabänderung zu erzielen versucht; glückt das, so bieten die voneinander abgehobenen Produkte in den Augen der Konsumenten immer weniger einen fast gleichwertigen Ersatz füreinander. Je größer der Erfolg dabei ist, desto mehr nähert sich der Anbieter des herausgehobenen Produkts einer Monopolstellung. Und je größer die Vorliebe des Publikums für sein besonderes Firmenzeichen wird, desto unelastischer wird die Nachfrage, mit der er zu rechnen hat, und desto besser ist er in der Lage, seinen Preis zu erhöhen, ohne eine entsprechende Ertragseinbuße hinnehmen zu müssen.

All das gilt in erster Linie für Verbrauchsgüter, ist aber für den Bereich der Produktionsgüter ebenfalls von beträchtlicher und wachsender Bedeutung. Man braucht sich bloß ein paar von den unzähligen allgemeinen und speziellen Zeitschriften anzusehen, die sich an Wirtschaftsleute richten, um sich davon zu überzeugen, daß selbst ausgezeichnet informierte, technisch verständige Käufer für die Reize der Werbung keineswegs unempfänglich zu sein scheinen.

Ebenso wie man die Käufer mittels Werbung und verwandter Praktiken dazu bringen kann, ein bestimmtes Produkt zu begünstigen, kann man die Nachfrage für ein neues oder scheinbar neues Produkt wecken. Mit den Worten E.H. Chamberlins in seinem bahnbrechenden Werk über dieses

„Die Werbung beeinflußt die Nachfrage ..., indem sie die Bedürfnisse selbst verändert. Der Unterschied zwischen dieser Veränderung und der der Kanäle, durch die bestehende Bedürfnisse befriedigt werden, ist analytisch völlig klar, obwohl er in der Praxis durch Vermengung beider Tatbestände oft verwischt wird. Eine Werbung, die lediglich den *Namen* eines besonderen Warenzeichens oder Fabrikanten zur Schau stellt, mag keinerlei Information vermitteln; indem sie aber diesen Namen bei den Käufern bekannter macht, verleitet sie diese dazu, ihm beim Einkauf gegenüber unbekannten Marken, für die keine Reklame gemacht worden ist, den Vorzug zu geben. Auch Verkaufsmethoden, die beim Käufer die schwachen Punkte ansprechen, Gesetze der Psychologie, mit denen er nicht vertraut ist und gegen die er sich nicht wehren kann, gegen ihn ausspielen, ihn erschrecken, ihm schmeicheln oder ihn entwaffnen – alle solche Methoden haben nichts mit seinem Wissen zu tun. Sie teilen ihm nichts mit; sie manipulieren ihn. Indem sie seine Motive verändern, bewirken sie eine Neuordnung seiner Bedürfnisse."

Und es liegt auf der Hand, daß der Preis der Produkte und die Profite des Unternehmens, das sich um diese Bedürfnisse bemüht, desto höher sein können, je intensiver die neugeschaffenen Bedürfnisse sind. Demgemäß ist, wie Scitovsky bemerkt, „das langanhaltende Ansteigen der Werbeausgaben . . . ein Zeichen für ein langanhaltendes Ansteigen der Profitspannen und ein Abnehmen der Preiskonkurrenz".

## *3*

So unzuverlässig statistische Zeitreihen im Bereich ökonomischer und sozialer Entwicklungen sind, lassen sie trotzdem keinen Zweifel daran, daß die Werbekosten in der amerikanischen Wirtschaft tatsächlich andauernd beträchtlich gestiegen sind. Vor einem Jahrhundert, als die Konzentrations- und Vertrustungswelle noch nicht eingesetzt hatte, die die monopolistische Phase des Kapitalismus einleitete, spielte die Werbung im Prozeß des Warenvertriebs und der Beeinflussung von Konsumentenhaltung und -gewohnheit eine sehr geringe Rolle. Werbung, wie sie damals existierte, wurde hauptsächlich von kleinen Kaufleuten betrieben, und selbst diese versuchten nicht, besondere Marken oder gekennzeichnete Artikel zu fördern. Die Fabrikanten selbst hatten noch nicht begonnen, die Werbung als ein Mittel auszuwerten, mit dem sie sich die äußerste Konsumentennachfrage sichern konnten. Um 1890 änderten sich sowohl Umfang als auch Ton der Werbung. Die Werbungskosten betrugen 1890 360 Mill. Dollar, etwa siebenmal soviel wie 1867. Bis 1929 hatte sich diese Ziffer fast verzehnfacht und belief sich auf 3426 Mill. Dollar.

Sobald der Monopolkapitalismus in sein Reifestadium getreten war, nahm die Werbung den Charakter „der Verführung im Gegensatz zur Bekanntmachung oder Wiederholung" an. Diese neue Phase in der Arbeit der Werbeleute wurde bereits 1905 in „Printer's Ink" lückenlos beschrieben:

„Dies ist das Goldene Zeitalter der Warenzeichen – eine Zeit, in der fast jeder, der ein wertvolles Erzeugnis herstellt, die Umrisse einer Nachfrage festlegen kann, die nicht nur mit den Jahren alles Dagewesene überschreitet, sondern auch in einem bestimmten Grade zum Monopol wird . . . Überall . . . gibt es Gelegenheiten, die Führung in der Werbung zu übernehmen – Dutzende von Allerweltserzeugnissen, unbekannten, nicht anerkannten Fabrikaten zu verdrängen durch betonte Aufmachung, durch Lebensmittel mit geschütztem Standard-Firmenzeichen, unterstützt von einer das ganze Land erfassenden Werbung, die selbst schon für die Öffentlichkeit zur Qualitätsgarantie geworden ist."

Die Werbewirtschaft ist denn auch astronomisch gewachsen, wobei Ausdehnung und Erfolg beständig durch die wachsende Monopolisierung der Wirtschaft und die Wirksamkeit der Medien gefördert wurden, die man in ihren Dienst preßte – besonders das Radio und nun vor allem das Fernsehen. Die Gesamtausgaben für Werbemittel stiegen 1957 auf 10,3 Mrd. Dollar und betrugen 1962 über 12 Mrd. Dollar. Rechnet man die Ausgaben für Marktforschung, Public relations, Produktausstattung und ähnliche von Werbeagenturen und anderen spezialisierten Firmen übernommene Dienstleistungen hinzu, so hat der Betrag inzwischen vermutlich 20 Mrd. Dollar überschritten. Und darin sind die Kosten für Marktforschung, Werbetätigkeit, Musterentwürfe usw., die in den Produktionsbetrieben selbst durchgeführt werden, noch gar nicht enthalten.

In diesen wahrhaft phantastischen Geldströmen spiegelt sich nun nicht irgendeine leichtfertige Unvernunft der Unternehmensleitungen wider; auch sind sie nicht Ausdruck einer besonderen Vorliebe des amerikanischen Volkes für gesungene Reklame, grelle Plakatwände sowie Zeitschriften und Zeitungen, die von Werbebeilagen überquellen. Was tatsächlich geschah, ist, daß sich die Werbung für einen großen Sektor der Konzernwirtschaft in ein unentbehrliches Werkzeug verwandelt hat. Ihre Verwendung im Konkurrenzkampf hat sie zu einem wesentlichen Bestandteil der auf Profitmaximierung gerichteten Politik der Kapitalgesellschaften werden lassen, und gleichzeitig dient sie als abschreckender Schutzwall zur Verteidigung von Monopolstellungen. Obwohl die Werbung den Unternehmensleitungen zunächst als bedauerliche Ausgabe erschien, die man so niedrig wie möglich halten müsse, hat sie sich seit langem in etwas verwandelt, was eine Werbeagentur mit Recht „eine Bedingung des Überlebens" für manches Großunternehmen genannt hat. [. . .]

[. . .] Da die Werbung ferner zugestandenermaßen die Konsumentennachfrage von der einen Ware auf die andere verlagert, zu Kaufentschlüssen aus irrationalen Gründen treibt und dazu verleitet, einen Teil des Einkommens für wertlose oder verfälschte Produkte auszugeben, wird ihr vorgeworfen, das Ergebnis der freien Konsumentenwahl zu verzerren und somit die Befriedigung der Konsumentenbedürfnisse nicht zu einem Höchstmaß kommen zu lassen. Innerhalb dieses Bezugsrahmens wird jedoch nicht gesehen, daß die Werbung den Gesamtumfang der Konsumentennachfrage ändert, und so findet sie kaum viel Beachtung, wenn die Funktionsprinzipien des kapitalistischen Systems als ganzes analysiert werden.

Diese Behandlungsweise verschleiert die Zentralfunktion der Werbung und von allem, was in der Wirtschaft des Monopolkapitalismus mit ihr verbunden ist – eine Funktion, die von Wirtschaftsleuten und -analytikern, die sich mit den Realitäten der amerikanischen Wirtschaft befassen, klarer erfaßt wird. So schreibt die McGraw-Hill-Wirtschaftsabteilung:

„Tatsächlich ist das Verkaufen oder Marketing, im Sinne des weiten Bereichs der Absatzgeschäfte vom Produktentwurf über die Preisfestsetzung und Werbung bis hin zum Druck auf die Türklingel und schließlichen Verkauf, nicht nur Symbol einer freien Gesellschaft, sondern in immer größerem Maße eine Notwendigkeit zum Funktionieren unserer besonders freien Gesellschaft."

Und die schlimme Lage, in die „unsere besonders freie Gesellschaft" kommen würde, wenn es diesen weiten Bereich der Absatzgeschäfte nicht gäbe, wird mit den grimmigen Worten eines prominenten New Yorker Emissionsbankiers umrissen:

„Kleidung würde unter dem Gesichtspunkt der Nützlichkeit gekauft; Lebensmittel würden nach ihrer Wirtschaftlichkeit und ihrem Nährwert erworben; Autos würden nur noch aus dem Wesentlichen bestehen und von denselben Eigentümern die ganzen zehn oder fünfzehn Jahre ihrer Nutzungsdauer gehalten; Wohnungen würden ihrer Eigenschaft als Obdach wegen gebaut und unterhalten, ohne daß auf Stil oder Nachbarschaft geachtet wird. Und was würde aus einem Markt werden, der abhängig ist von neuen Modellen, neuen Stilen, neuen Ideen?"

Da liegt also der Hase im Pfeffer. Wirklich, was sollte aus einem Markt werden, der ständig unter ungenügender Nachfrage leidet? Und was aus einem Wirtschaftssystem, das an chronischer Unterkonsumtion, Unterinvestition, Unterbeschäftigung krankt? Denn die ökonomische Bedeutung der Werbung besteht nicht in erster Linie darin, daß sie für eine Neuverteilung der Konsumentenausgaben auf die verschiedenen Waren sorgt, sondern daß sie die Höhe der gesamten Effektivnachfrage und somit das Einkommens- und Beschäftigungsniveau beeinflußt. Professoren für Marketing und Werbung haben das ebenso wie Wirtschaftsjournalisten bereits erfaßt, aber die Wirtschaftstheoretiker haben es mit wenigen Ausnahmen bis jetzt ignoriert. Dieses Versäumnis ist darauf zurückzuführen, daß man weder erkannt hat, wie sehr der Monopolkapitalismus von einer Tendenz zu chronischer Stagnation gekennzeichnet ist, noch in welch komplexer Weise die Werbung ihr entgegenwirkt. Denn während es unumgänglich ist, die gesamte Werbeanstrengung als eine Verwertungsweise des ökonomischen Surplus zu verstehen, wird diese Grundeigenschaft leicht durch die Art, wie sie in der Wirtschaftsrechnung behandelt wird, verschleiert. Die Schwierigkeit rührt daher, daß Werbekosten als Kosten gerechnet werden, den Produktionskosten gleichgestellt sind und damit natürlich nicht in die Profite eingehen. Da sie jedoch offensichtlich nicht zu den notwendigen Kosten von Produktion und Distribution gehören – wie weit diese auch gefaßt werden mögen –, kann man sie nur als Teil des Gesamtprofits betrachten.

Dieser Teil des Surplus weist bestimmte Eigentümlichkeiten auf. Einerseits setzt er sich aus zwei grundverschiedenen Elementen zusammen. Das eine Element bildet der Teil der gesamten Werbe- und anderen Verkaufskosten der Gesellschaft, der durch Preissteigerung bei den von produktiven Arbeitern gekauften Konsumgütern aufgebracht wird. Die Reallöhne werden um diesen Betrag geschmälert, und der Surplus, der die Differenz zwischen dem gesamten Nettoprodukt und den gesamten Reallöhnen der produktiven Arbeiter darstellt, steigt entsprechend. Das andere Element ist komplizierter. Es ist der Rest von den Werbe- und Verkaufskosten, der von den Kapitalisten selbst und von unproduktiven Arbeitern über die gestiegenen Preise für Waren, die sie kaufen, getragen wird. Dieser Bestandteil der Ausgaben für Werbung und Verkaufsförderung, der nicht von den produktiven Arbeitern getragen wird, bildet keine Steigerung des Surplus, bewirkt aber dessen Umverteilung: Einige Personen, die vom Surplus leben, werden eines Bruchteils ihres Einkommens beraubt, damit davon andere Personen unterhalten werden können, die auch vom Surplus leben, nämlich jene, deren Einkünfte aus Löhnen, Gehältern und Profiten stammen, die in der Verkaufs„industrie“ selbst entstehen.

Ein sogar noch wichtigeres Charakteristikum des Teils vom Gesamtsurplus, aus dem die Verkaufsförderung bestritten wird, könnte seine Fähigkeit zur „Selbstabsorbierung“ genannt werden. Denn zur gleichen Zeit, in der ein Teil dieses Surplus aus den produktiven Arbeitern herausgeholt und ein weiterer Teil den unproduktiven Arbeitern entzogen wird, ist der gesamte beteiligte Betrag bereits zur Aufrechterhaltung der Verkaufsförderung verwertet worden. Anders als der Bestandteil des Surplus, der die Form von Reingewinnen annimmt, bedarf der Anteil in Form von Verkaufskosten keiner Entsprechung durch den Konsum der Kapitalisten, keiner Anlagemöglichkeiten. Er schafft sich, so wie er ist, seine eigenen Kompensationen und Auswege. (Es gibt nur eine Einschränkung für diese Feststellung: Die Profite der Werbeagenturen und der anderen mit Verkaufsförderung beschäftigten Unternehmen fließen unverkennbar in den allgemeinen und gemeinsamen Profitfond und müssen durch Konsumtion der Kapitalisten bzw. Investition oder beides zugleich ausgeglichen werden.)

Die direkte Einwirkung der Verkaufsförderung auf die Einkommens- und Ertragsstruktur ähnelt der von Ausgaben der öffentlichen Hand, die durch Steuereinnahmen finanziert werden. Diese Einwirkung, gemessen an dem, was in der Wirtschaftsliteratur der „Multiplikator des ausgeglichenen Etats“ genannt wird, dehnt die Gesamtheit des Einkommens und des Ertrags bis zu einer Summe aus, die so groß ist wie die ursprünglichen Einnahmen (und Ausgaben). Und natürlich ist die Ausdehnung des Gesamteinkommens mit höherer Beschäftigung unproduktiver Arbeiter in Werbeagenturen, Werbemedien und dergleichen verbunden.

Bis jetzt haben wir die Aufmerksamkeit auf die direkte Beziehung der Werbung zur Einkommensbildung und Surplusabsorbierung gerichtet. Ihre indirekten Wirkungen sind vielleicht nicht weniger wichtig und gehen in dieselbe Richtung. Allgemein ausgedrückt, sind sie von zweierlei Art: jene, die Verfügbarkeit und Art der Anlagemöglichkeiten betreffen, und jene, die die Aufteilung des gesamten Volkseinkommens in Konsumtion und Ersparnis betreffen (was Keynesianer *propensity to consume*, den Hang zum Verbrauch nennen).

Im Hinblick auf die Anlagemöglichkeiten spielt die Werbung eine Rolle, die derjenigen ähnelt, die man herkömmlicherweise den Neuerungen zugeschrieben hat. Indem sie es ermöglicht, für ein Produkt Nachfrage zu *schaffen*, ermutigt die Werbung Investitionen in Betriebseinrichtung und Ausstattung, die andernfalls unterblieben wären. Es spielt keine Rolle, ob das Produkt, für das geworben wird, tatsächlich neu ist oder nicht: Ein altes Produkt unter einer neuen Marke tut es auch. Natürlich werden in solchen Fällen Ressourcen vergeudet; aber angesichts von Arbeitslosigkeit und brachliegender Kapazität wären diese Ressourcen sowieso nicht verwertet worden: Die Werbung bewirkt also einen Nettozuwachs von angelegtem Kapital und Einkommen. [. . .]

Die Strategie der Werbetreibenden besteht darin, es den Leuten als unumschränkt wünschenswert, ja als kategorischen Imperativ einzuhämmern, daß sie das neueste Produkt auf dem Markt besitzen müssen. Damit diese Strategie zum Tragen kommt, müssen die Produzenten jedoch ständig „neue“ Produkte auf den Markt werfen, wobei keiner riskiert, hinter den andern zurückzubleiben, weil sich seine Kunden ja den Neuheiten der Konkurrenz zuwenden könnten.

Aber selbst in unserem Zeitalter des wissenschaftlichen und technologischen Fortschritts ist es nicht so leicht, zu wirklich neuen oder andersgearteten Produkten zu kommen. So sind die Neuheiten, mit denen der Konsument systematisch bombardiert wird, vielfach ein Schwindel oder eine ähnliche Armseligkeit, und oft wirken sie sich auf das Funktionieren und die Brauchbarkeit des Produkts nachteilig aus. Gute Beispiele für erfundene Neuheiten liefert voll Bewunderung Rosser Reeves, der Chef der Werbeagentur Ted Bates, die eine der größten des Landes ist:

„Claude Hopkins, der sich mit seinen Texten einen Platz auf dem Olymp der Werbung gesichert hat, erzählt die Geschichte einer seiner großen Bierkampagnen. Auf einem Rundgang durch die Brauerei nickte er höflich über die Wunder von Malz und Hopfen wurde aber lebendig, als er sah, daß die leeren Flaschen mit heißem Dampf sterilisiert wurden. Sein Kunde wandte ein, das sei in jeder Brauerei der Fall. Hopkins setzte ihm geduldig auseinander, es komme nicht darauf an, *was* diese Brauereien tun, sondern was sie in der *Werbung* davon verkünden. Er schrieb einen klassischen Text, der proklamierte: „OUR BOTTLES ARE WASHED WITH LIVE STEAM!“ [„Unsere Flaschen werden mit Frischdampf gereinigt!“] George Washington Hill, der große Tabakfabrikant, startete einmal eine Werbekampagne für Zigaretten mit dem inzwischen berühmt gewordenen Werbespruch „IT'S TOASTED!“ [„Sie ist geröstet!“]. Jede andere Zigarette ist das auch, aber keiner der übrigen Fabrikanten war schlau genug gewesen, die enormen Möglichkeiten einer so einfachen Geschichte zu erkennen. Hopkins landete ein andermal einen großen Werbecoup mit dem Slogan „GET'S RID OF FILM ON YOUR TEETH!“ [„Beseitigt den Zahnbelag!“]. Das kann man wohl von jeder Zahnpasta behaupten.“

Diese Beispiele könnten natürlich beliebig vermehrt werden. Unter unserem augenblicklichen Gesichtspunkt ist jedoch die Allgegenwärtigkeit dieses Phänomens von geringerem Interesse als die Tatsache, daß es sich auf die Sphäre des Marketings beschränkt und nicht auf den Produktionsprozeß selbst zurückwirkt.

Ganz anders verhält es sich mit der zweiten Art von Neuheit. Hier haben wir es mit Produkten zu tun, die in Gestaltung und Aufmachung tatsächlich neu sind, doch im wesentlichen dem selben Zweck dienen wie die alten Produkte, die angeblich durch sie überholt sind. Die Größe des Unterschieds kann ganz und gar wechseln, von einer simplen Änderung der Verpackung bis zu den weitreichenden und kostspieligen jährlichen Änderungen der Automodelle. All diesen Produktveränderungen ist gemeinsam, daß sie in den Produktionsprozeß zurückreichen: Die Verkaufsförderung, einst bloßes Anhängsel der Produktion zur Unterstützung des Fabrikanten, seine zur Befriedigung von erkannten Konsumentenbedürfnissen entworfenen Waren mit Profit loszuschlagen, dringt immer mehr in Betrieb und Werkstatt ein und diktiert, was laut den von der Verkaufsabteilung und ihren Gutachtern und Beratern in der Werbeindustrie ausgearbeiteten Richtlinien produziert werden muß. Die McGraw-Hill-Wirtschaftsabteilung umreißt die Situation recht gut:

„Heute orientieren sich die Produktionsgesellschaften immer mehr am Markt, nicht mehr an der Produktion. Diese Veränderung geht in einigen Fällen so weit, daß die General Electric Company, um ein schlagendes Beispiel zu nennen, sich selber weit mehr für eine Vertriebs- als für eine Produktionsorganisation hält. Dieses Denken schlägt sich in einem Maße in der Struktur des Unternehmens nieder, daß die Notwendigkeiten des Marketings auf die Aufstellung und Anordnung der Produktionsanlagen zurückwirken und sie diktieren.“

Vance Packard ergänzt: „Ingenieure der Geräteindustrie haben Ende der fünfziger Jahre bei ihren Zusammenkünften häufig darüber geklagt, daß sie eigentlich nur noch Hampelmänner der Verkaufsabteilungen seien“, und zitiert dazu den amerikanischen Verbraucherverband, daß „ein großer Teil dessen, was man heute Produktforschung nennt, . . . in Wirklichkeit nichts weiter als ein Ausgabeposten der Verkaufsförderung [ist] und . . . nur den Zweck [hat], das herauszubekommen, was man in Fachkreisen als einträgliche ‚Produktmischung‘, bezeichnet.“ Und das ist nicht mal alles. Im Auftrage der Zeitschrift „Fortune“, dem zuverlässigen Chronisten der Sitten und Tugenden der Großindustrie, nahmen Wissenschaftler in die Forschungs- und Entwicklungsprogramme der großen amerikanischen Kapitalgesellschaften Einblick; dabei entdeckten sie, daß die dafür aufgebotenen Dollarmilliarden viel mehr mit der Produktion absetzbarer Waren zu tun haben als mit ihrer vielgepriesenen Bestimmung, Wissenschaft und Technologie zu entwickeln. Auf den Konsumenten wirkt sich diese Schwerpunktverlagerung in der Wirtschaft von der Produktion auf den Absatz nur negativ aus. Mit den Worten von Dexter W. Masters, dem früheren Direktor des Verbraucherverbands, dieser größten und erfahrensten Organisation im Bereich des Testens und Bewertens von Konsumgütern:

„Wenn die Konstruktion mehr durch den Absatz als durch die Funktion des Erzeugnisses bestimmt wird, wie das im steigenden Maße der Fall ist, und wenn die Absatzplanung auf häufigem Modewechsel beruht, dann sind gewisse Folgen einfach unvermeidlich: eine Neigung, minderwertiges Material zu verarbeiten; eine Verkürzung der für gesunde Produktionsentwicklung erforderlichen Zeit und eine Vernachlässigung der Qualität und einer angemessenen Güterüberwachung. Für den Verbraucher wirkt sich solche gesteuerte Veraltung als versteckte Preissteigerung aus, und zwar in Form einer kürzeren Lebensdauer des Erzeugnisses und häufig auch größerer Reparaturrechnungen."

Auf die Wirtschaft im ganzen wirkt sich das jedoch ebenso sicher positiv aus. In einer Gesellschaft wie den Vereinigten Staaten, die einen großen Bestand an langfristigen Konsumgütern hat, beruht ein bedeutender Bestandteil der Gesamtnachfrage nach Gütern und Dienstleistungen auf dem Bedürfnis, einen Teil dieses Bestands zu ersetzen, sobald er abgenutzt oder ausrangiert ist. Geplante Obsoleszenz erhöht den Grad der Abnutzung, und häufige Modeänderungen erhöhen den Grad des Ausrangierens. (Tatsächlich ist beides, wie Masters klarmacht, überhaupt nicht voneinander zu trennen.) Das führt geradewegs zu einer Verstärkung des Erneuerungsbedarfs und einem allgemeinen Anstieg von Einkommen und Beschäftigung. In dieser wie in anderer Hinsicht erweist sich die Verkaufsförderung als ein mächtiges Gegenmittel gegen die Tendenz des Kapitalismus, in chronische Depression zu verfallen.

## Ernest Zahn: Soziologie der Prosperität

*„Die für den Gang unserer Wirtschaft und die Ordnung der Gesellschaft entscheidenden Voraussetzungen liegen jetzt allem Anschein nach viel weniger bei den güterschaffenden als bei den güterverbrauchenden Tätigkeiten der Menschen, weniger bei der Meisterung der industriellen Technik als bei dem Umgang mit ihren Produkten."*

Wenn man in der Wirtschaftspolitik von „sozialen Fragen" spricht, dann ist man gewohnt oder geneigt, an Einkommensverhältnisse und Arbeitsbedingungen, an die Beschäftigungslage, die Sozialversicherung oder den Wohnungsbau, kurz: an lauter Themen zu denken, die den Unterhalt des Lebens und die Sicherung der Existenz betreffen. Solange es noch notleidende Massen gab, waren die sozialen Zeitfragen vorwiegend solche der materiellen Bedürftigkeit. Es waren Fragen der Armut. In höheren Löhnen, besseren Arbeitsverhältnissen und angemessenen Systemen der sozialen Sicherheit wurde die Lösung gesucht. Der Begriff der Wohlfahrt erhielt von hier aus seine Bestimmung, und der Sozialismus schrieb ihn auf seine Fahnen. Als Steigerung des materiellen Lebensstandards ist die Wohlfahrtszunahme quantifizierbar und meßbar geworden. Sozialer Fortschritt wurde materieller Fortschritt, und wenn schon in einem moralischen Sinn von Fortschritt kaum die Rede sein kann, so war doch das, was in der Wirtschaft und Technik geschah, bedeutsam und folgenreich genug. Es ist eine gewaltige Tatsache unserer neueren Geschichte, die die Statistik nun mit nüchternen Zahlen zum Ausdruck bringt: Die Not, von Schopenhauer dereinst die beständige Geißel des Volkes genannt, heute noch das Los von Millionen Unterernährten in Asien und Afrika, ist aus der westlichen Welt verschwunden, wenigstens als Massenerscheinung. Das tägliche Brot ist weniger das Gebet des Individuums als das Gebot für Instanzen, eine Planungsaufgabe zuständiger Organe der Wirtschaftspolitik.

Unterdessen aber sind neuartige soziale Fragen aufgetaucht. Sie sind Fragen des Reichtums. Die Prosperität ist zur wesentlichen Massenerscheinung unserer Gegenwart geworden. Und stellt die Armut vornehmlich ein Problem der Arbeitsorganisation und der Produktivitätserhöhung, so wird nun der Reichtum ein Problem der Ordnung des Konsums. Die für den Gang unserer Wirtschaft und die Ordnung der Gesellschaft entscheidenden Voraussetzungen liegen jetzt allem Anschein nach viel weniger bei den güterschaffenden als bei den güterverbrauchenden Tätigkeiten der Menschen, weniger bei der Meisterung der industriellen Technik als bei dem Umgang mit ihren Produkten. Man kann auch sagen, daß mehr noch als die Bewältigung der Arbeit das Fertigwerden mit der neuen Freizeit die geschichtliche Aufgabe unserer vermögend gewordenen und nivellierten Mittelstandsgesellschaft bildet.

In dieser Freizeit, die man nun dem Konsum ebenso zuordnet wie andererseits die Arbeit der Produktion, sollen die Güter des neuen Wohlstands in angemessene Lebensweisen eingepaßt werden. Sie sollen Stilformen gewinnen, eine Wertordnung, von der nicht zuletzt ein intakter Mechanismus der Versorgung abhängig bleibt, vor allem aber die weitere Entscheidung über alles das, was in Zukunft noch produziert und als Einrichtung des Lebensraumes angeboten werden soll. Wenn die moralische Zumutung des Jahrhunderts, lapidar zusammengefaßt, in der geistigen Verarbeitung und innerlichen Beherrschung der Zivilisation besteht, dann ist dies eine Aufgabe, die den Menschen primär nicht als Arbeiter, sondern als Konsumenten trifft. Schon ist die Aufgabe mehr als ein frommes Postulat. Immer mehr wird sie als ein eminent praktisches, als ein politisches und pädagogisches Problem, als das allgemeinste Thema der vielbesagten Integration unserer gesamten industriellen Wirtschaftskultur erkannt.

Mit einer Schnelligkeit, die man nie für möglich gehalten, nie zu prophezeien gewagt hätte, hat sich die westliche Welt von den Schrecken und Verlusten des Zweiten Weltkrieges erholt. Groß war die menschliche Leistung, machtvoll aber auch die Kapazität der industriellen Technik, ohne welche ein so erstaunlicher Aufbau niemals möglich gewesen wäre. Das Volkseinkommen ist heute so hoch wie nie zuvor, an Konjunktur und Vollbeschäftigung begann man sich zu gewöhnen, die jährliche Produktivitätssteigerung näherte sich der Grenze der 3 Prozent, und der sich von Tag zu Tag weiter ausdehnende Markt bietet beständig neue und ungekannte Güter und Dienste dar. Das Problem der Wirtschaft – die Feststellung ist schon ein Gemeinplatz – besteht nicht mehr in der Überwindung des Mangels, sondern im Loswerden des Überflusses. Mehr noch als um die Schaffung des Angebots ist man um die Schaffung und Aufrechterhaltung der Nachfrage bemüht. Die jährlichen Werbungskosten – sie sind Unterhaltskosten der Nachfrage – haben in den Vereinigten Staaten die 10-Milliarden-Dollar-Grenze überschritten.

Die Ansprüche an die Güter steigen, führen zu ästhetischer Verfeinerung, gesellschaftlicher Sublimierung. Nicht mehr so sehr Ingenieure und Konstrukteure wie industrielle Formgeber und modische Gestalter entscheiden über den Absatzerfolg. Mit seiner Erweiterung von den täglichen Haushaltsartikeln auf die dauerhaften Güter und Dienstleistungen begann der Massenkonsum eine Form der Daseineinrichtung zu werden. Die heutigen Güter in ihrer Gesamtheit – als angebotener gesellschaftlicher Hausrat, als Material neuer Lebensgestaltung – sind Einladungen an Phantasie und Geschmack, Herausforderungen an die kulturelle Begabtheit der Konsumenten. Nachdem der Mensch allmählich von der Sorge um das Alter durch die immer perfekteren Versicherungssysteme des Wohlfahrtsstaates befreit wurde, braucht er kaum noch ans Sparen zu denken. Nicht Sparen, sondern vernünftiges Investieren ist die zeitgemäße Methode, „an der Zukunft zu bauen“. Dieses Bauen ist jetzt weniger Lebenssicherung als Lebenssteigerung, wennschon es andererseits zutreffen mag, daß im Aufstiegsverlangen der Zeitgenossen das Streben nach sozialer Sicherheit mitschwingt. Jedenfalls aber bildet nicht *Entbehrtes,* sondern *Begehrtes* den Stachel, der jenen anschwellenden Prozeß vorantreibt, darin die Erfüllung eines Wunsches hundert neue wachzurufen scheint.

Unsere westliche Gesellschaft ist beherrscht von einem nie gekannten Expansionsdrang. Das eigentümliche Wesen dieser Dynamik verkennt man, wenn man in ihr nur eine blinde Jagd nach materiellem Besitz sieht. Es geht um viel mehr. Es geht um das ehrgeizige Teilhabenwollen an neu erschlossenen Welten, an neuen Möglichkeiten der Existenz. Dies zeigt sich im Streben nach den Stargütern des Zivilisationskomforts genauso wie im Streben nach immer besseren Wohnverhältnissen, im Tourismus der neuen, mittelständischen Massen nicht anders als in ihrem Wissensdurst und Bildungshunger. Es zeigt sich an der Bevölkerungszunahme (*baby boom*), am Lebenszyklus der modernen Familie, am Aufwand für die Kinder, den schon Gerhard Mackenroth eine „Indikation der sozialen Selbsteinschätzung" genannt hat.

George Katona hat untersucht, wie sich dieses expansive Streben als wirtschaftliches Denken und Verhalten der Menschen äußert. Er hat das Bewußtseinsklima der Prosperität, wenigstens in Amerika, als einen tiefverwurzelten Optimismus aufgewiesen, als ein motiviertes keineswegs vages! – Vertrauen in die Wirtschaft, das auch durch die Rezessionen der Jahre 1957 und 1958 nicht erschüttert werden konnte. An wirtschaftliche Katastrophen – galoppierende Inflationen oder tiefe Depressionen, wie man sie in den zwanziger und dreißiger Jahren erlebt hat – wird nicht mehr ernstlich geglaubt. Sofern nicht neue Kriege oder andere internationale Konflikte zur verderblichen *force majeure* werden, traut man Regierung und Privatwirtschaft Einsicht und Mittel zu, gefahrvolle Entwicklungen abzuwenden. In Europa, das den Zweiten Weltkrieg verloren und schlimmere Erfahrungen als die Vereinigten Staaten hinter sich hat, mag dieses erstaunliche Vertrauen in die Wirtschaft fehlen. Allein, das hindert nicht, daß sich auch hier jener ambitiöse Zeitgeist der Tüchtigkeit manifestiert, der für die ganze westliche Wirtschaftsgesellschaft so charakteristisch ist. In Europa ist wiederum eine der stimulierendsten Kräfte das Bewußtsein des Wiederaufbaus „aus dem Nichts". Der Stolz gelenkiger einzelner, es wieder geschafft und innerhalb der großen Wirtschaftswunder ein solches im kleinen vollbracht zu haben, ist nur der Anreiz zur Verwirklichung weiterer Daseinspläne.

Die Steigerung des Lebensstandards ist in den vom Kriege betroffenen Ländern nicht nur eine registrierte Tatsache der Statistik. Sie ist vor allem die konkrete Erfahrung am eigenen Leibe, und jeder rechnet sie sich in der Regel als seine Leistung an. Lohn- und Gehaltserhöhungen haben sich in den letzten Jahren auch in Westeuropa mit Regelmäßigkeit eingestellt. Sie wurden hingenommen wie etwas, das einem ganz selbstverständlich zukam. Blieben sie aus, dann war man enttäuscht, nicht anders als die Unternehmer, wenn der Gewinn einmal hinter demjenigen des Vorjahres zurückblieb. Der Leistungs- und Konsumwille der Arbeitnehmer ist nur die Entsprechung zur Leistungs- und Investitionsbereitschaft der Produzenten. Hier wie dort wird die fortschreitende Prosperität als „normale Sache", als selbstverständliches Verdienst empfunden.

## Walter Bodmer-Lenzin: Die Stunde des Verbrauchers

*„Der Zweck allen Wirtschaftens soll die Befriedigung von Konsumbedürfnissen sein. Die Wirtschaft soll dem Verbraucher dienen."*

Im Bereiche der Wirtschaft ist das Verbraucherinteresse das Gesamtinteresse, weil jedermann Verbraucher ist. Alle übrigen wirtschaftlichen Interessen sind Sonderinteressen.

Jeder Mensch hat Sonderinteressen, bei deren Durchsetzung er zu Mitmenschen in Gegensatz gerät. Die meisten Sonderinteressen, die es gibt, stimmen zudem mit den seinigen nicht überein. Die Sonderinteressen des Herstellers stehen im Gegensatz zu denjenigen seiner Lieferanten, seiner Konkurrenten, seiner Arbeiter und Angestellten, seiner direkten und indirekten Abnehmer, der Steuerbehörden, der Kreise, die unter den Abgasen und den Abwässern seines Betriebes zu leiden haben, usw. Ähnlich verhält es sich mit den Sonderinteressen des landwirtschaftlichen Erzeugers, des Großhändlers, des Einzelhändlers, des Dienstleisters usw. Die Sonderinteressen des Arbeitnehmers stehen nicht nur im Gegensatz zu denjenigen seines Arbeitgebers, sondern auch zu denjenigen der Verbraucher der Waren und Dienstleistungen, auf deren Preis sich seine Forderungen nach mehr Lohn, größeren Sozialleistungen, längeren Ferien und kürzerer Arbeitszeit auswirken.

Wird die Organisation der Wirtschaft nach Sonderinteressen irgendwelcher Gruppen ausgerichtet, ist also die Wahrscheinlichkeit, daß sie sich mehr oder weniger zum Nachteil der meisten Menschen auswirkt, recht groß. Dies gilt um so mehr, als eine Ordnung, die bestimmte Gruppen von Erwerbstätigen oder bestimmte soziale Schichten begünstigt, auf die Dauer sogar für diese nachteilige Wirkungen hat, weil sie über kurz oder lang unfehlbar eine Reaktion der Benachteiligten hervorruft, die meistens mehr oder weniger ausgeprägt auf eine Umkehrung der Lage hinzielt.

Als Verbraucher haben aber alle Menschen übereinstimmend ein Interesse daran, Waren und Dienstleistungen in möglichst guter Qualität und ausreichender Menge und zu einem möglichst tiefen Preis an dem Ort und zu dem Zeitpunkt zu erhalten, die ihnen am bequemsten sind. Jeder einzelne hat deshalb insgesamt und auf weite Sicht bei derjenigen Organisation der Wirtschaft die besten Aussichten, welche die bestmögliche Gewähr für die Wahrung der allgemeinen Verbraucherinteressen bietet.

Der Vorteil jedes Menschen liegt letztlich in der folgerichtigen Anwendung des Grundsatzes, daß alle Sonderinteressen den allgemeinen Interessen der Verbraucher untergeordnet werden müssen. Der Zweck allen

Wirtschaftens soll die Befriedigung von Konsumbedürfnissen sein. Die Wirtschaft soll dem Verbraucher dienen.

Das Streben nach der folgerichtigen Anwendung dieses Grundsatzes kann als „Konsumismus“ bezeichnet werden. Diese Bezeichnung hat den Nachteil, daß sie dem Wort „Kommunismus“ sehr ähnlich klingt und auch nicht besonders wohltönend ist. Ich vermag aber keine treffendere Bezeichnung zu finden.

Da die Wirtschaft eine Summe menschlicher Tätigkeiten darstellt, muß jedes Bestreben, in ihr bestimmte Interessen zu wahren, um erfolgreich zu sein, von einer ganz realistischen Schau des Verhaltens des Durchschnittsmenschen ausgehen. Jede Idealisierung des Menschen im allgemeinen oder einer bestimmten Gruppe führt mehr oder weniger rasch, aber unfehlbar zum Mißerfolg. Die einzige Technik der Organisation der Wirtschaft – und des menschlichen Zusammenlebens überhaupt –, die einen dauerhaften Erfolg haben kann, ist diejenige, welche den Menschen in jeder Funktion, Stellung und Lage mit all seinen Fehlleistungen und all seiner Selbstsucht in Rechnung stellt. Um die Erarbeitung und Anwendung dieser Technik muß sich der „Konsumismus“ bemühen.

## Werner Hofmann: „Wohlstandsgesellschaft“ und Verelendung

> *„An die Stelle der einst zu vermutenden Lohnverelendung sind Formen einer viel universelleren, viel tödlicheren Gefährdung und tatsächlichen Verkümmerung der allgemeinpsychischen, der intellektuellen und sittlichen Kräfte des Menschen getreten.“*

Will man den heutigen Verhältnissen gerecht werden, so ist zu bedenken:

1. Gegenüber dem frühen Stadium der Industrie, als diese ihre Märkte allem voran in der Nachfrage der Fürstenhöfe für Kriegszwecke sowie für aristokratischen Luxus und später immer mehr in der gehobenen Nachfrage bürgerlicher Konsumenten finden konnte, ist die Produktion von heute zum großen Teil auf den Massenabsatz und daher vor allem auf die Lohnkaufkraft der Unselbständigen angewiesen. Ein Jean-Baptiste Say konnte noch seiner Befriedigung darüber Ausdruck geben: „Es ist nicht zu befürchten, daß der Verbrauch der arbeitenden Klasse einen großen Umfang annehmen wird, dank der Ungunst ihrer Position.“ Demgegenüber ist heute ein großer Teil der Geschäftswelt, wie auch das üppig ins Kraut geschossene Werbewesen anzeigt, auf Gedeih und Verderb angewiesen auf die Waidgründe der verbrauchenden Massen, und noch das biblische Scherflein der Witwe wird nicht verschmäht.

2. Ein immer größerer Teil der Masseneinkommen wandert über die Kassen des umverteilenden *Hoheitsträgers.* Auf der einen Seite stehen die Steuern, die wachsenden Beiträge zur Sozialversicherung, auf der anderen die verschiedensten Formen direkter oder indirekter öffentlicher Zuwendungen. So kann allein durch eine mehr fördernde oder mehr belastende öffentliche Fiskalpolitik, ganz außerhalb des Arbeitsverhältnisses, eine fühlbare Verbesserung oder Verschlechterung in der Einkommenslage der arbeitenden Schichten eintreten.

3. Was heute, in der Zeit der Massenproduktion, der Produktion auch *für* die Massen, des zunehmend aufwendigen Werbekriegs, der immer listigeren und aggressiveren Verfahren, den Verbrauchern die Bedürfnisse der Produktion als ihre eigenen einzuimpfen, mit der Folge zunehmender Einkommensvorgriffe in Gestalt des Abzahlungsgeschäfts, der Kleinkredite, des Lebens auf Pump und Borg – was unter solchen Umständen also untersucht werden muß, ist offenbar nicht so sehr die *Versagung* als vielmehr gerade die *Gewährung*, ja selbst die *Aufdrängung* von Genuß. – In einer Gesellschaft, die das Arbeitsverhältnis seinem eigentlich menschlichen Zweck gründlich entfremdet hat, denaturieren auch die Formen des Genießens. Verarmung kann in der Konsumtion selbst stattfinden, Entfremdung vom *menschlichen*weck der verfügbaren Dinge, ja von den eigenen Bedürfnissen der nur noch Begehrenden. – Marx hat über diese Verkehrung des Inhalts der Konsumtion in der Erwerbsgesellschaft geschrieben:

„Jeder Mensch spekuliert darauf, dem andern ein *neues* Bedürfnis zu schaffen, um ihn zu einem neuen Opfer zu zwingen, um ihn in eine neue Abhängigkeit zu versetzen und ihn zu einer neuen Weise des *Genusses* und damit des ökonomischen Ruins zu verleiten. Jeder sucht eine *fremde* Wesenskraft über den anderen zu schaffen, um darin die Befriedigung seines eigennützigen Bedürfnisses zu finden. Mit der Masse der Gegenstände wächst daher das Reich der fremden Wesen, denen der Mensch unterjocht ist, und jedes neue Produkt ist eine neue *Potenz* des wechselseitigen Betrugs und der wechselseitigen Ausplünderung. Der Mensch wird um so ärmer als Mensch, er bedarf um so mehr des *Geldes*, um sich des feindlichen Wesens zu bemächtigen, und die Macht seines *Geldes* fällt gerade im umgekehrten Verhältnis als die Masse der Produktion, d.h., seine Bedürftigkeit wächst, wie die *Macht* des Geldes zunimmt. [. . .] Die *Quantität* des Geldes wird immer mehr seine einzige *mächtige* Eigenschaft: wie es alles Wesen auf seine Abstraktion reduziert, so reduziert es sich in seiner eigenen Bewegung als *quantitatives* Wesen. Die *Maßlosigkeit* und *Unmäßigkeit* wird sein wahres Maß. – Subjektiv selbst erscheint dies so, teils daß die Ausdehnung der Produkte und der Bedürfnisse zum *erfinderischen* und stets *kalkulierenden* Sklaven unmenschlicher, raffinierter, unnatürlicher und *eingebildeter* Gelüste wird – das Privateigentum weiß das rohe Bedürfnis nicht zum *menschli-*

*chen Bedürfnis* zu machen; sein *Idealismus* ist die *Einbildung*, die *Willkür*, die *Laune*, und ein Eunuche schmeichelt nicht niederträchtiger seinem Despoten und sucht durch keine infameren Mittel seine abgestumpfte Genußfähigkeit zu irritieren, um sich selbst eine Gunst zu erschleichen, wie der Industrieeunuche, der Produzent, um sich Silberpfennige zu erschleichen, aus der Tasche des christlich geliebten Nachbarn die Goldvögel herauszulocken, [. . .] sich seinen verworfensten Einfällen fügt, den Kuppler zwischen ihm und seinem Bedürfnis spielt, krankhafte Gelüste in ihm erregt, jede Schwachheit ihm ablauert, um dann das Handgeld für diesen Liebesdienst zu verlangen. – Teils zeigt sich diese Entfremdung, indem die Raffinierung der Bedürfnisse und ihrer Mittel auf der einen Seite, die viehische Verwilderung, vollständige, rohe, abstrakte Einfachheit des Bedürfnisses auf der anderen Seite produziert; oder vielmehr nur sich selbst in seiner gegenteiligen Bedeutung wiedergebiert."

Ganz anders hingegen die Verhältnisse in einer *menschlich* gewordenen Gesellschaft, wo das erste Bedürfnis des Menschen der Mensch selbst ist, wo

„[. . .] an die Stelle des nationalökonomischen *Reichtums*d *Elends* der *reiche Mensch* und das reiche menschliche Bedürfnis tritt. Der *reiche Mensch* ist zugleich der einer Totalität der menschlichen Lebensäußerung *bedürftige* Mensch. Der Mensch, in dem seine eigne Verwirklichung, als innere Notwendigkeit, als *Not* existiert. Nicht nur der *Reichtum*, auch die *Armut* des Menschen erhält gleichmäßig – unter Voraussetzung des Sozialismus – eine *menschliche* und daher gesellschaftliche Bedeutung. Sie ist das passive Band, welches den Menschen den größten Reichtum, den *andren* Menschen, als Bedürfnis empfinden läßt."

In der entfremdeten Welt ist auch die Verbrauchssphäre, jener letzte Hort der individuellen Selbstbestimmung, welchen die Wirtschaft übrig zu lassen scheint, entstellt; die Formen des Genusses brutalisieren sich. Die Unterwerfung der Tauschenden am Markt unter die *Ware* als einen abstrakten, gegenüber dem Nutzwert der Dinge gleichgültigen Wert setzt sich fort im verdinglichten Verhältnis zu den Gegenständen der Konsumtion. Der *Gebrauchswert* selbst wird in gewisser Weise *abstrakt*. Die Mittel der Werbung, der Konsumentenverlockung arbeiten darauf hin, den Dingen einen spezifischen *gesellschaftlichen Gebrauchswert* zu verleihen, ganz unabhängig von dem durch ihre physische Natur gesetzten Zweck; sie sollen „Status"-Wert, soziale Prestige- und Ostentationsbedeutung erhalten. In dem *„Man trägt"* spricht sich jener gesellschaftliche Zwang zum *Haben* unmittelbar aus, der selbst noch die qualitative Differenz der Erzeugnisse mit gesellschaftlichem Appell-Charakter belegt. Die Dinge verlieren ihre Unschuld als Gegenstände des persönlichen Wohlgefallens, und noch in den Wahlakt des Kaufenden geht ein fremder Wille ein. So vollzieht sich inmitten jener vermeintlichen Restsphäre der individuellen Freiheit selbst eine fortschreitende Überfremdung und Kollektivierung des Willens. Vollends unter den Bedingungen der automatischen Produktion tritt sinnfällig hervor, daß der Bereich der Konsumtion zum bloßen Appendix der Formen des Produzierens und das Verbraucherbedürfnis zum eigentlichen Bedürfnis der *Industrie* geworden ist.

In der Verallgemeinerung des Sinns für das Haben, in der Verarmung der Konsumtion zur bloßen *Habsucht*, worin die Sachen oft unmittelbarer *Ersatz* werden für die fehlende zwischenmenschliche Erfahrung, zu einer *Sucht*, die den Menschen stets mit dem Erreichten unzufrieden läßt, in der *Akkumulation der Bedürfnisse*, in dem ständigen Vorauseilen der Begehrlichkeit gegenüber dem, was das Individualeinkommen hergibt, finden sich auch die Unselbständigen immer neu an die gesellschaftlichen Bedingungen ihrer Arbeit gefesselt. Es gehört zu den großen Entdeckungen unserer Epoche, nicht länger durch den Zwang physischer Existenznot, sondern vielmehr durch den Sporn eines psychisch empfundenen Mangels, über den „Willen zum Konsum", die Unselbständigen verläßlich an ein System zu binden, das ihnen allein Wunscherfüllung verheißt. – Allerdings: indem die Arbeitenden in ihrem Verlangen stets eine soziale Stufe weiter greifen sollen, indem ihnen das vergnügliche Leben sozialer Oberschichten nahegebracht wird, tritt die ständige stille Aufforderung zum *Genuß* in direkten Widerspruch zu dem *Leistungs*verlangen der Arbeitswelt. Die Arbeit nach fremder Weisung erscheint nun dem einzelnen schlechthin als ein unverdientes Unglück, das ihm persönlich widerfahren ist und dem er auf jede Weise zu entrinnen sucht.

Nimmt man schließlich hinzu, daß der Gebrauch jener Freizeit, die den einzelnen für sein gesellschaftliches Mißgeschick entschädigen soll, vielfach eine *zusätzliche* Belastung der Physis und vor allem der mentalen Spannkraft mit sich bringt, so erscheint es nicht länger als Paradoxie, daß in gewisser Weise sich heute *Verelendung durch Verbrauch* vollzieht.

### *Zur Frage der mentalen Verelendung*

Da die Situation der Unselbständigen sich heute nach allen Seiten in den gesamtgesellschaftlichen Raum hinein erweitert hat und *alle* Arbeits- und Lebensbedingungen in die „Lage" und in den Kräftehaushalt der Arbeitenden eingehen, wäre es primitiver „Materialismus", die Frage der Verelendung immer noch so zu sehen, wie sie im 19. Jahrhundert stand und wie sie, diesseits und jenseits der großen Scheidelinie der Geister, Unkenntnis auf der einen Seite, Buchstabentreue auf der anderen noch heute betrachten will. An die Stelle der einst zu vermutenden Lohnverelendung sind Formen einer viel universelleren, viel tödlicheren Gefährdung und tatsächlichen Verkümmerung der allgemeinpsychischen, der intelektuellen und sittlichen Kräfte der Menschen getreten. Die Einzelmomente sind wohlbekannt; sie können nicht länger von den gesamtgesellschaftlichen Umständen unserer Epoche gesondert werden.

1. *Psychische Verelendung* ist allgemein in den Wirkungen zu erkennen, welche die gesellschaftlichen Mechanismen der Überfremdung und Deroutierung des individuellen Lebens ausüben – bis hin zu massenhaft verbreiteten neurotischen Erscheinungen. Das *Leben im gesellschaftlichen Widerspruch* erzeugt eine schlechthin *schizoide Bewußtseinslage*; im Unverträglichen läßt es sich nicht hausen. Das einschneidende Erlebnis übermächtiger sozialer Gewalten, das den Verhältnissen unserer machtgeordneten Gesellschaft entspricht, setzt sich um in den latenten Trieb zur Gewaltsamkeit, in aufgestaute Potenzen gesellschaftlicher Aggressivität. In einer Welt schließlich, die der Arbeit, dem eigentlichen Bezirk menschlicher Tätigkeit, keinen glaubhaften Sinn mehr verleihen kann, ist der Arbeitende auch außerhalb der Arbeit nicht mehr „bei sich", sondern „außer sich", und er will es sein. Das Verlangen nach Reiz, nach Unruhe, nach Rhythmus, ja nach Lärm, nach Sportplatz-Ekstase und Kilometer-Rausch, der *leere Aktivismus*, der seinerseits – etwa vor dem Fernsehschirm – immer *rezeptiver* wird, den Charakter eines *Ersatzes* für den Verlust der eigentlichen Welt nicht mehr verleugnen kann und eben hierdurch das Verlangen steigert: dies alles, und vieles andere mehr, kennzeichnet die Psycho-Pathologie des umgetriebenen Menschen unserer Zeit.

2. *Intellektuelle Verelendung:* Die Klage über den zunehmenden Verfall des „Bildungs"-Niveaus ist, bei uns und anderwärts, ebenso allgemein, wie gleichzeitig der *systemimmanente* Charakter der Einzelmomente verkannt wird. In einer Gesellschaft der totalen Verwertung in der auch intellektuelle Potenzen nach dem Grade ihrer ökonomisch-gesellschaftlichen Nutzbarkeit gewertet und entwickelt werden, muß jedes zweckfreie „Bildungsideal" verkümmern. Schon der Gedanke einer „Allgemeinbildung", wie er jedenfalls dem Lehrprogramm unserer Schulen zugrunde liegt, steht in tiefem Widerspruch zu den spezialistischen Anforderungen einer Arbeitswelt, die – allen gegenteiligen Beteuerungen zum Trotz – nur nach dem *Funktionswert* von nutzbarem Ausbildungswissen fragt.

Was jedoch heute bedroht ist, das ist schon lange nicht mehr ein Bildungsbegriff, sondern vielmehr die psycho-physiologische *Fähigkeit* aller Menschen zur Aneignung von Wissen überhaupt. Die unaufhörliche Reizüberflutung durch die „Massenmedien", der ein entsprechend süchtiges

Verlangen nach „Zerstreuung“ mittlerweile entgegenkommt, die erwerbswirtschaftlichen Formen der Produktion, des Vertriebs, der Aufdrängung geistiger Massenware ziehen mit unerbittlicher Konsequenz die fortschreitende Verpöbelung des Geschmacks nach sich. Auf Urteilsbildung sind unsere vielfältigen Nachrichten- und Unterhaltungsgewerbe ohnehin nicht eingestellt. Im allgemeinen Bewußtsein haben sich in grotesker Weise die Bedeutungsgehalte des gesellschaftlichen Lebens verschoben, die Maßstäbe verrückt. Und je verzweifelter Zeitungen und Filmgesellschaften heute um ihren Fortbestand ringen, desto größer werden ihre Mittel. Die allgemeine Deroutierung des Bewußtseins, die immer penetrantere Überfremdung des Denkens setzt sich schließlich bei der jungen Generation in einen geradezu *biologischen* Verfall der Lernbereitschaft um, in ein kontinuierliches Sinken ihrer Aufnahmekraft, ihrer Fähigkeit zur Konzentration, in ein wachsendes Verlangen nach Zerstreuung. So sind die Klagen über ungenügende Leistungen von Abiturienten, von Lehrabschlußprüflingen, vollends über unzureichendes Fachwissen der Berufstätigen unüberhörbar geworden. Die Perspektivlosigkeit der Gesellschaft und des individuellen Daseins, die Sinnentleerung der Arbeit, das Erlebnis der Ohnmacht des Geistes gegenüber der kompakten Macht der realen gesellschaftlichen Gewalten, die Erfahrung, daß das persönliche Fortkommen in der Gesellschaft von heute immer weniger von der eigenen Leistung abhängt, der tiefe Zweifel an der Relevanz von Wissen und Bildung für das „Leben“ – dies alles muß die Orientierungslosigkeit, erst recht der jungen Menschen, vervollständigen. Das Problem unserer Tage ist schon nicht mehr eine durch „Kulturindustrie“ vermittelte „Halbbildung“, sondern vielmehr der sich abzeichnende massenhafte Rückfall der Menschen in Verhältnisse der rohesten Unwissenheit – ein Rückfall, der schließlich selbst für das Fortschreiten der rein materiellen Potenzen der Gesellschaft verhängnisvoll zu werden droht.

3. *Sittliche Verelendung:* Die selben Kräfte, die an der geistigen Substanz der Gesellschaft zehren, sind seit langem daran, nicht nur die zweifelhaften Werte der spezifisch bürgerlichen Moral abzutragen, sondern gleichzeitig alle Formen des gesellschaftlichen Zusammenlebens überhaupt zu denaturieren. Längst hat die ethische Indifferenz des Gewinnprinzips alles in der Gesellschaft feil gemacht: Gesinnung, Ehre, Gewissen. Sie setzt sich über die Medien der Bewußtseinsindustrie auch unmittelbar um in eine zunehmende Brutalisierung des gesellschaftlichen Verkehrs. Keine Abscheulichkeit des gesellschaftlichen Daseins – wenn sie nur im Bereich des Individuellen bleibt! –, die nicht willkommene Gelegenheit zur millionenfachen Kolportage wäre. Die systematische Propagierung der ausschweifendsten,

der erfindungsreichsten Verbrechen macht die Einrichtungen der Bewußtseinsindustrie zu wahren Brutstätten der Kriminalität, sie löst alle Rechtsbegriffe auf und zerstört die Maßstäbe gesellschaftlicher Sittlichkeit. Die Anarchie der einander widerstreitenden Privatinteressen kehrt wieder in den allgemeinen Formen gewalttätiger Selbsthilfe, die ihrerseits die ebenso rohe Zwangsgewalt des Staates auf den Plan ruft.

Verkümmerung der intellektuellen, mentalen, sittlichen Kräfte der Menschen – das ist der Inhalt, den im geschichtlichen Wandel Verelendung heute angenommen hat. Und jener platte „Materialismus", der über das Ende einer *ökonomischen* Verelendung frohlockt, vergißt, daß schon der Marxsche Begriff der Verelendung *alle* Seiten der menschlichen Existenz des Arbeitenden in sich einschloß.

Verelendung von solcher Art beschränkt sich allerdings seit langem nicht mehr auf einen bestimmten Teil der Gesellschaft; in ihrem Zeichen begegnen einander vielmehr *alle* sozialen Gruppen und Schichten. Eine Gesellschaft, die das, was sie geschichtlich versprach, nicht mehr einlösen kann, verfällt als ganze, in allen ihren Teilen. Die tragende Schicht einer Gesellschaft vermag unter solchen Umständen nur noch eins: nämlich auch ihren sozialen Widerpart in den eigenen Marasmus hineinzuziehen. Und wenn es das allgemeine Kennzeichen des *Paupers* ist, daß er sich aus eigenem nicht mehr zu helfen weiß, so ist das non plus ultra moderner Pauperisierung des *Bewußtseins* da erreicht, wo derjenige, dem angetan wird, was er nicht begreift, in die Formen seiner mentalen Verelendung sogar einwilligt, wo diese ihm zum eigenen Trieb, zum eigenen Verlangen geworden sind.

## Wolfgang Menge: Werbekosten und Verbraucheraufklärung

> *„Der homo oeconomicus ist eine Märchenfigur, der kritische Käufer steckt noch im Reagenzglas, und sollte er wirklich mal lebendig werden, wird er eine Umwelt vorfinden, die zum Teil verseucht, auf alle Fälle aber ihm feindlich gesonnen ist."*

Aber wir stehen ein bißchen hilflos in der Gegend herum. Wenn wir auch nur flüchtig in die Kulissen geblickt haben, die Methoden ahnen, sind wir verängstigt, in jedem Fall betäubt, meistens freilich ahnungslos und doof.

Der homo oeconomicus ist eine Märchenfigur, der kritische Käufer steckt noch im Reagenzglas, und sollte er wirklich mal lebendig werden, wird er eine Umwelt vorfinden, die zum Teil verseucht, auf alle Fälle aber ihm feindlich gesonnen ist.

Allein in der Bundesrepublik hat die Riege der Verkäufer im Jahre 1970 rund 20 Milliarden Mark investiert, um ihre Waren besser loszuwerden. Dagegen hat die Bundesregierung im Haushaltsjahr 1970 „zum Zwecke der Verbraucheraufklärung" folgende Beträge eingesetzt:

| | | |
|---|---|---|
| Das Ressort | Bundesminister für Wirtschaft | DM 6,360.000.– |
| Das Ressort | Bundesminister für Ernährung, Landwirtschaft und Forsten | DM 2,800.000.– |
| Das Ressort | Bundesminister für Jugend, Familie und Gesundheit (für gesundheitliche Ernährungsaufklärung und für aktuelle Fragen des Lebensmittel- und Veterinärwesens) | DM 1,208.000.– |
| Das Ressort | Bundesminister für Städtebau und Wohnungswesen | DM 74.000.– |

Das sind insgesamt DM 10,442.000.–, ein schöner Haufen Geld, dann jedenfalls, wenn man ihn in Markstücken transportieren müßte. Selbst eine sehr anspruchsvolle Familie mit Kindern könnte eine Weile mit diesem Betrag gut auskommen. Wenn man jedoch bedenkt, daß allein die Subventionen für die Deutsche Oper Berlin weit mehr als doppelt so hoch sind, überwältigt einen dieser Betrag nicht mehr ganz so sehr.

Und wer sich dann die Mühe macht und die einzelnen Posten durchgeht und sieht, wer alles von diesen 10,4 Millionen ernährt werden muß (die Länder geben auch noch Trinkgelder): etwa fünf Frauenverbände für ihre 22 Hauswirtschaftlichen Beratungsstellen, elf Verbraucherzentralen der Länder mit fünfzig Beratungsstellen, acht Wohnberatungsstellen, die Stiftung Warentest, der Verein zum Schutz der Verbraucher gegen unlauteren Wettbewerb, das Deutsche Grüne Kreuz usw.

Zugegeben, die Berliner Oper und Verbraucheraufklärung sind miteinander nicht zu vergleichen. Aber Verbraucheraufklärung des Ministeriums für Gesundheit auch nicht immer mit der des Ministeriums für Landwirtschaft. Sorgen sich die einen, daß wir zu viel und zu fett essen, sorgen sich die anderen, daß wir zu wenig, vor allem zu wenig Butter essen. Doch nicht zu vergleichen auf alle Fälle sind die 20 Milliarden und die Millionen. (Wem das Rechnen mit Milliarden nicht so geläufig ist: Das Verhältnis ist 1 : 2000.)

Aber dieses Mißverhältnis drückt sich nicht allein in den Zahlen aus, wir haben ja kein mathematisches Problem vorliegen. Die Übermacht der Verkäufer wird erst dann deutlich, wenn man sich einmal ein bißchen darum kümmert, was die mit den 20 Milliarden machen.

# *Quellennachweis*

Karl Christian Behrens: Werbung und Verbraucher. Aus: KARL CHRISTIAN BEHRENS, Werbung und Verbraucher. In: Verbraucherdienst, Ausgabe B, hrsg. v. Bundesausschuß für volkswirtschaftliche Aufklärung. Köln 1969

Verbraucherforum: Ist Werbung ersetzbar? Aus: Wirtschaftswoche 50/1972 (Zeit-Verlag G. Bucerius, Frankfurt), S. 22–24

Otto Walter Haseloff: Über Wirkungsbedingungen politischer und werblicher Kommunikation. Aus: OTTO WALTER HASELOFF, Über Wirkungsbedingungen politischer und werblicher Kommunikation. In: Kommunikation, hrsg. von OTTO WALTER HASELOFF. Berlin: Colloquium 1971, S. 151–153

Hans Hörmann: Zeichen und Zeichenbenutzer. Aus: HANS HÖRMANN, Psychologie der Sprache. Berlin, Heidelberg, New York: Springer 1970, S. 169f.

Die Internationalen Richtlinien für die Lauterkeit in der Werbung. Aus: KARL CHRISTIAN BEHRENS, Absatzwerbung. Wiesbaden: Gabler 1963, S. 205–209

Peter Teigeler: Die Wirksamkeit von Texten. Aus: PETER TEIGELER, Verständlichkeit und Wirksamkeit von Sprache und Text. Karlsruhe: Nadolski 1968, S. 81–83, 102–106

Volker Klotz: Slogans. Aus: VOLKER KLOTZ, Slogans. In: Sprache im technischen Zeitalter 7/1963 (Stuttgart: Kohlhammer), S. 539–542

Roland Barthes: Die drei Nachrichten der Panzani-Anzeige. Aus: alternative 54; zit. nach: ROLAND BARTHES, Rhetorik des Bildes. In: GÜNTHER SCHIWY, Der französische Strukturalismus. Reinbek: Rowohlt Taschenbuch Verlag 1969 = rororo 310, S. 159–162

Ein wenig Konsumenten-Psychologie. Aus: Direct Mail I – Bedeutung, Sinn und Wirkung. Schlußbericht einer Basis-Motivuntersuchung. Zürich: Markt- und Motivforschung AG 1973, S. 2–24

Ludwig von Holzschuher: Das Beispiel eines werbenden Reisevertreters. Aus: LUDWIG VON HOLZSCHUHER, Psychologische Grundlagen der Werbung. Essen: Giradet 1969, S. 19–21

Vance Packard: Leitbildwerbung in der Autoindustrie. Aus: VANCE PACKARD, Die geheimen Verführer. Berlin: Ullstein 1971 = Ullstein Buch 402, S. 41–43 (© Econ, Düsseldorf)

Renate Lengwenus: Dufte Marken kauf' ich gern – teure noch viel lieber . . . Aus: Jasmin 25/1973 (30. 11. 1973), S. 56

Frauentypologie. Markt- und Medienverhalten weiblicher Marketing-Zielgruppen. Aus: Frauen-Typologie, hrsg. v. Brigitte – Gruner & Jahr. Hamburg: Gruner & Jahr 1973, Vorbemerkung u. S. 29, 33, 35, 37, 51, 57.

Klaus Horn: Zur Bedeutung der Werbung für die Individuen. Aus: KLAUS HORN, Zur individuellen Bedeutung und gesellschaftlichen Funktion von Werbeinhalten. In: Manipulation der Meinungsbildung, hrsg. von RALF ZOLL. Opladen: Westdeutscher Verlag 1971 = Kritik 4, S. 208–215 (an dem Text hat Dr. Erich Cramer, Hannover, mitgearbeitet)

Wilfried Gottschalch: Durch Aufklärung zur Befreiung. Aus: WILFRIED GOTT-

SCHALCH, Soziales Lernen und politische Bildung. Frankfurt: Europäische Verlags-Anstalt 1970, S. 110–113

Dieter Meiners: Marketing als unternehmenspolitische Konzeption. Aus: DIETER MEINERS, Einführung ins Marketing. München: List 1972 = List-Taschenbuch 383, S. 9–15

Hans Usinger: Warenpräsentation. Aus: HANS USINGER, Wann und wie verkaufen? Düsseldorf: Econ 1960, S. 21–23

Wie eine Getränke-Abteilung aussehen muß, die mehr Umsatz und Profit macht. Aus: Rationalisierung-Gemeinschaft des Handels (RGH), Untersuchung im Auftrag der Gerolsteiner Sprudel KG. Köln 1970, S. 2–7

Peter Kaufmann: Die entscheidende Begegnung: der Tausch. Aus: PETER KAUFMANN, Der Schlüssel zum Verbraucher. Wien, Düsseldorf: Econ 1969, S. 18–20, 33–36, 58

Wolfgang Fritz Haug: Ursprung der Warenästhetik aus dem Widerspruch im Tauschverhältnis. Aus: WOLFGANG FRITZ HAUG, Kritik der Warenästhetik. Frankfurt: Suhrkamp 1971 = edition suhrkamp 513, S. 13–18

John K. Galbraith: Management der gezielten Nachfrage. Aus: JOHN K. GALBRAITH, Die moderne Industriegesellschaft. München: Droemersche Verlagsanstalt 1968, S. 228–237 (© 1967 by John Kenneth Galbraith, © Droemersche Verlagsanstalt, Th. Knaur Nachf. München, Zürich 1968)

Rosser Reeves: Der Mythos der Madison Avenue. Aus: ROSSER REEVES, Werbung ohne Mythos. München: Kindler 1963, S. 158–165

David Ogilvy: Kaufen Menschen wegen der Werbung Dinge, die sie nicht brauchen? Aus: DAVID OGILVY, Geständnisse eines Werbemannes. München: Heyne = Heyne-Sachbuch 62, S. 153 (© Econ, Düsseldorf)

Jörg Huffschmid: Rationalität der Planung – Irrationalität der Versorgung. Aus: JÖRG HUFFSCHMID, Die Politik des Kapitals. Frankfurt: Suhrkamp 1972 = edition suhrkamp 313, S. 104–108

Helmut Arndt: Macht, Konkurrenz und Demokratie. Aus: HELMUT ARNDT, Macht, Konkurrenz und Demokratie. In: Konzentration ohne Kontrolle, hrsg. von DIETER GROSSER. Köln, Opladen: Westdeutscher Verlag 1969 ($^3$1974) = Kritik 2, S. 72f., 75–78

Paul A. Baran, Paul M. Sweezy: Werbung und Konkurrenz. Aus: PAUL A. BARAN, PAUL M. SWEEZY, Monopolkapital. Frankfurt: Suhrkampf 1969, S. 116–121, 124–127, 129–131

Ernest Zahn: Soziologie der Prosperität. Aus: ERNEST ZAHN, Soziologie der Prosperität. Köln, Berlin: Kiepenheuer & Witsch 1960, S. 19–23

Walter Bodmer-Lenzin: Die Stunde des Verbrauchers. Aus: WALTER BODMER-LENZIN, Die Stunde des Verbrauchers. Wien, Düsseldorf: Econ 1965, S. 7–9

Werner Hofmann: „Wohlstandsgesellschaft“ und Verelendung. Aus: WERNER HOFMANN, Verelendung. In: Folgen einer Theorie. Frankfurt: Suhrkamp 1967 = edition suhrkamp 226, S. 52–59

Wolfgang Menge: Werbekosten und Verbraucheraufklärung. Aus: WOLFGANG MENGE, Der verkaufte Käufer. Wien, München, Zürich: Molden 1971, S. 12f.

## Worterklärungen

*Äquivalenz:* Gleichwertigkeit, Entsprechung
*agonal:* wettkampfmäßig
*Akkumulation:* Anhäufung
*Analogie:* Übereinstimmung, Entsprechung, Ähnlichkeit
*Appendix:* Anhängsel
*Demographie, demographisch:* Bevölkerungswissenschaft, bevölkerungswissenschaftlich. Die Bevölkerungswissenschaft hat zum Ziel, den Zustand und die Veränderung der Bevölkerungszahl und -zusammensetzung statistisch zu beschreiben
*denaturieren:* der natürlichen Werte und Gehalte berauben
*Deroutierung:* Orientierungslosigkeit (Deroute: veraltet für die wilde Flucht einer Truppe)
*Direct Mail:* Postwurfsendung
*Empirie, empirisch:* bezeichnet einen wissenschaftlichen Ansatz, der aufgrund von Beobachtungen und Erfahrungen zu Ergebnissen und Erkenntnissen kommt
*Evidenzsuggestion:* der Eindruck von Offensichtlichkeit wird durch suggestive Beeinflussung erzeugt
*Expansion:* Ausdehnung, Ausbreitung
*Extraversion:* eine psychische Einstellung, die gekennzeichnet ist durch die Konzentration der Interessen auf äußere Objekte und äußere Einflüsse (Gegensatz: Introversion)
*Genre:* Art, Gattung
*Glyptothek:* Sammlung von geschnittenen Steinen und Skulpturen
*Hedoniker:* Anhänger einer Lehre der griechischen Philosophie, nach der Glück und Ziel des Menschen im Gefühl der Lust besteht
*Homogenität, homogen:* Gleichartigkeit, gleichartig
*Image:* Vorstellung, Bild von einem Produkt, das zu Kaufverhalten führen soll
*Indifferenz:* Unbestimmtheit, Unentschiedenheit, Gleichgültigkeit
*Intransparenz:* keine oder nur geringe Durchschaubarkeit (z. B. des Marktgeschehens)
*Investitionen:* langfristige Anlage von Kapital in Sachgütern
*Items:* Aufgaben (z. B. in einer bestimmten Testanordnung)
*kompetitiv:* mitbewerbend
*kooperativ:* zusammenarbeitend
*Marasmus:* allgemeiner geistig-körperlicher Kräfteverfall
*Marketing:* vgl. Dieter Meiners, S. 79f.
*mental:* geistig
*Monopol:* siehe „Oligopol"
*Obsoleszenz:* Veralten, Veraltung
*Oligopol:* bezeichnet eine der möglichen Marktformen mit dem Kennzeichen, daß *wenigen* Anbietern einer Ware oder Dienstleistung eine große Zahl von Nachfragern gegenübersteht. Ein *Monopol* liegt vor, wenn die Verfügungsgewalt

über das gesamte Angebot oder die gesamte Nachfrage einer Ware am Markt in *einer* Hand liegt

*Optimierung:* die bestmögliche Erreichung des wirtschaftlichen Ziels, z. B. Erhöhung der Produktion bei Verringerung der Kosten

*Ostentation:* Schaustellung

*Partikularisierung:* Auflösung in Teile

*Prosperität:* Wohlstand

*Psycho-Pathologie:* Lehre von den seelischen Erkrankungen

*redundant:* überflüssig, weitschweifig, sich wiederholend

*Rendite:* Jahresertrag eines angelegten Kapitals

*resp. = respektive:* beziehungsweise, oder

*Ressourcen:* Hilfsmittel, Hilfsquellen, Geldmittel

*rezeptiv:* (nur) aufnehmend

*Saturnalien:* römisches Freudenfest zu Ehren des Gottes Saturn

*Segmentierung:* Zerlegung in einzelne Teile (Segmente)

*Selektion, selegieren:* Auswahl, auswählen

*Semantik:* Lehre von den Bedeutungen

*Sortiment:* Warenangebot, Warenauswahl

*Souks:* Markt, Verkaufsbuden

*Statements:* Aussagen, Feststellungen, Behauptungen

*Status:* Zustand, Bestand, Stand

*Surplus:* wirtschaftlicher Gewinn, Überschuß

*Tautologie, tautologisch:* Bezeichnung desselben durch verschiedene Ausdrücke (z. B.: weißer Schimmel)

*virtuell:* möglich, möglicherweise, der Möglichkeit nach

56.78.25

# Texte und Materialien zum Literaturunterricht

Herausgegeben von H. Ivo, V. Merkelbach und H. Thiel.

| | |
|---|---|
| **Texte zur Literatursoziologie** | (6201) |
| **Schiller in Deutschland 1781–1970** | (6202) |
| **Weitermachen? Abschaffen? Verändern?** | (6203) |
| **Science-fiction** Eine Textsammlung | (6204) |
| **Science-fiction** Materialien und Hinweise | (6205) |
| **Vietnam. Wissenschaftliche Analysen. Politische Reden. Interviews. Stellungnahmen. Gedichte.** | (6206) |
| **Kontroverse Interpretationen Brechtscher Lyrik** | (6207) |
| **Methoden der Literaturanalyse im 20. Jahrhundert** | (6209) |
| **Probleme des Pressewesens** | (6212) |
| **Politische Lyrik des Vormärz (1840–1848)** | |
| **Interpretationsmuster** | (6213) |
| **Begleitheft** | (6214) |
| **Werbung** | (6215) |
| **Comics** | (6216) |
| **Arbeiterliteratur** | (6217) |
| **Neue Science-fiction** | (6218) |
| **Expressionismus** | (6219) |
| **Gegengesänge. Parodien. Variationen** | (6220) |
| **Texte zur Romantheorie** | (6225) |

**Diesterweg** 622/1

# Kommunikation / Sprache

Materialien für den Kurs- und Projektunterricht. Herausgegeben von H. Thiel

| | |
|---|---|
| **Einführung in die Linguistik** | (6241) |
| **Kommunikation und Information** | (6242) |
| **Sprache und Schicht** | (6243) |
| **Wirkungen von Massenmedien** | (6244) |
| **Politische Reden in Deutschland** | (6245) |
| **Sprachnorm und Gesellschaft** | (6246) |
| **Sprechen, Denken, Wirklichkeit** | (6248) |
| **Orthographie und Gesellschaft** | (6251) |
| **Sprache, Arbeit, Gesellschaft** | (6252) |
| **Sprache und Sexualität** | (6253) |
| **Fachsprache und Gemeinsprache** | (6254) |
| **Film- und Fernsehsprache I** | (6255) |
| **Film- und Fernsehsprache II** | (6259) |
| **Fachsprache der Justiz** | (6256) |
| **Kommunikationspsychologie und Literatur** | (6258) |

**Diesterweg**